古典文獻研究輯刊

十八編

曾永義 主編

第14冊

六朝志怪筆記中動物故事研究（上）

陳曉蓁 著

國家圖書館出版品預行編目資料

六朝志怪筆記中動物故事研究（上）／陳曉蓁 著 — 初版 —
新北市：花木蘭文化事業有限公司，2018〔民107〕
序 2+ 目 2+188 面；19×26 公分
（古典文學研究輯刊 十八編；第 14 冊）
ISBN 978-986-485-515-5（精裝）
1. 六朝志怪 2. 志怪小說 3. 文學評論
820.8 107011657

ISBN-978-986-485-515-5

9 789864 855155

古典文學研究輯刊
十八編　第十四冊　　　　　ISBN：978-986-485-515-5

六朝志怪筆記中動物故事研究（上）

作　　者　陳曉蓁
主　　編　曾永義
總 編 輯　杜潔祥
副總編輯　楊嘉樂
編　　輯　許郁翎、王筑　美術編輯　陳逸婷
出　　版　花木蘭文化事業有限公司
發 行 人　高小娟
聯絡地址　235 新北市中和區中安街七二號十三樓
　　　　　電話：02-2923-1455／傳真：02-2923-1452
網　　址　http://www.huamulan.tw 信箱 hml810518@gmail.com
印　　刷　普羅文化出版廣告事業
初　　版　2018 年 9 月
全書字數　371738 字
定　　價　十八編 15 冊（精裝）新台幣 29,000 元

六朝志怪筆記中動物故事研究（上）

陳曉蓁　著

作者簡介

陳曉蓁，國立臺灣師範大學國文學系學士，中國文化大學中國文學研究所碩士，中國文化大學中國文學研究所博士。國中教師。

提　　要

　　自古以來，動物與人之生活息息相關，而六朝志怪筆記盛行，有關動物情節之敘事已可見及，人們口耳相傳的談資、文人耳聞目見而執筆隨錄之文，在傳聞來源及記錄者之地域、背景各異的情形下，使六朝關注於動物敘事之筆記，呈現多樣風貌。本論文以六朝志怪筆記之動物故事爲觀察面向，涉及二十五本書目，四百〇六則敘事，以「民間故事」角度切入，由「情節單元」及「故事類型」兩方面進行觀察研究，探其意義及價值。

　　論文分八章論述：第一章緒論；第二章爲六朝志怪筆記動物故事相關書目與情節單元之分析；第三章、第四章乃就情節之「奇貌殊能」、「人情互動」方面研探；第五章就「故事類型」論之，敘六朝志怪筆記動物類型故事；第六章探六朝志怪筆記動物故事所呈現之民俗信仰與社會現象，研析內在之深層意涵；第七章述六朝志怪筆記動物故事在後世的流傳與影響；第八章結論，總結研究成果。

序

在職場工作之餘，又跨入研究所課程，經過碩士在職專班及博士班的淬鍊，而今，已過了十四個年頭。對於中國文學的接觸，愈深入愈覺其浩瀚，也愈感受到文學引人之處。在博士班的歲月裡，尤其在撰寫論文階段，經歷了不時發現問題、不斷解決問題的過程，進而慢慢揭穿問題的答案，看見六朝志怪筆記在多方變化的年代裡，展現六朝之奇，動物的奇異敘事，反映了該時代的現實；而故事得流傳延展，顯見六朝之時已出現令人感到有趣的情節。

論文自題目的思索及訂定、資料的蒐集整理，至各篇章陸續完成，歷時四年，指導老師即使處於百忙中，仍不斷指引努力方向，並予以身心之關切，致論文之撰寫幾經琢磨，逐漸成形，對於六朝何以多志怪之作，漸而由情節、故事再向內探及生成背景、往後觀察其流傳影響，從而對六朝志怪筆記動物故事有較深層面的了解。過程中獲益良多者，除論文內容本身，更在於思維的訓練、對問題的解決能力、時間的分配運用、及親朋師友的懇摯情意。

論文之寫就，感謝指導老師殷殷引導，口考委員提供寶貴意見，指點明路，並有家人、朋友持續關懷及鼓勵。謹以此文，獻給所有支持、關心我的人。

目

次

第一章 緒 論

第一節 研究動機

　　遠古以來，動物即與人同處自然界中，彼此或存防禦之敵對關係；畜牧活動出現後，動物進而成為人類食物來源，或為生活上的幫手，而人類也因畜養動物之故，得以延續並發展出更為進步的生活。中國在夏、商、周之際，牛幫人耕地、為人拉車；而人們娛樂時，動物也不可或缺，《戰國策》中，人民生活因有「鬥雞」、「走犬」〔註1〕，更趨多采。〔註2〕

　　動物出現在人類生活中，也成人們口耳相傳的談資，並為文人筆之於書，先秦《戰國策》〈鷸蚌相爭〉、〈狐假虎威〉即為名篇。東漢以來，天災接踵而至，歷三國、兩晉、南北朝，政經局勢每變亂紛呈，致人民生計陷入困境，甚至令人流離失所。政治、經濟上的變動不安，加之古來向有天象照應人事之說、陰陽災異讖緯之學，百姓冀求安定的心理因之而生，此時所盛行的道教神仙思想、外傳而入的佛教達於涅槃以斷絕痛苦而解脫之說，則影響黎民甚鉅。人民日常生活中的言談，流傳於社會民間的軼事傳聞，在時代變亂的六朝中，常成為有才之士隨筆記下、書之以文字的素材，志怪筆記盛行於六朝，乃其來有自。六朝志怪筆記中，述及動物之敘事，也因神話、傳說、迷信、方術等深植民心，政治、社會變動，佛、道思想盛行，滲入神異色彩，促使動物與人之間，生發更多元的互動樣態。

〔註1〕（西漢）劉向校定、（東漢）高誘註：《戰國策・齊策一・蘇秦為趙合從說齊宣王》（臺北：藝文印書館，2009年11月初版4刷），頁181。

〔註2〕楊帆：〈中國民間社會的動物觀念〉，《海南師範大學學報》（社會科學版）第21卷第6期（總98期）（2008年11月），頁110。

　　六朝筆記，多爲文人執筆所記之雜錄見聞、心得體悟等，街談巷語、耳聞目見之事，皆可爲敘寫之材，其經傳聞，後由文士紀錄、增飾而出，部分源於口語文學〔註3〕，是以，流傳於民間的敘事作品，正可由筆記中汲取材料。再就民間口耳相傳的敘事觀之，因口傳者背景、地域等因素不同，流播於民間之故事，易有異說產生，因此，欲觀察散見於筆記中的民間故事，須由故事之情節及主要結構入手進行。本論文即欲就六朝志怪筆記之動物故事，以情節單元、故事類型之向度，歸納其現象，解析其民俗信仰，觀察其在後世的流傳及影響，盼能探究出其意義及價值。

第二節　文獻探討

　　1923 年，魯迅的《中國小說史略》問世，六朝志怪筆記漸受重視。1948年起，報刊、期刊陸續可見論六朝筆記之篇章發表，時至今日，六朝志怪筆記之研究，可概分爲四階段，「1948～1983 年」「重通論及文獻整理」，「1984～1990 年」「主題式探討增多」，「1991～2000 年」「主題探討跨越文學，會議論文促進研究」，「2001 年迄今」則「打破時代文學侷限，學術交流更趨熱絡」〔註4〕。由其發展歷程，可見及六朝志怪筆記，由通論性宏觀研究，跨向主題式微觀探討，由文學本身，探及其他如動物之議題。

　　就動物主題觀之，六朝志怪筆記探及的論文或篇章逐漸增多，重心也有所轉變，「精怪」主題最早論及，且探討此一主題者尤多；次有「宗教」主題竄起，以道教議題早於佛教；其後則有關注「圖騰」之主題者，重在社會生活中的信仰與崇拜；1996 年起，則有由「民間故事」入手者。

一、單篇論文

　　隨筆記下耳聞目見之六朝志怪筆記，爲民間敘事之文學作品。涉及動物主題之作，從「民間故事」向度切入者，單篇論文部分，以討論單一動物者居多，其中以虎、螺、狐爲多。

〔註3〕 李豐楙：《魏晉南北朝文士與道教之關係》（臺北：國立政治大學中國文學研究所博士論文，1978 年 6 月），頁 555。

〔註4〕 參謝明勳：〈臺灣地區近三十年（自 1980 年起）六朝志怪小說研究策略之省思〉，《中正大學中文學術年刊》2008 年第 2 期（總第 12 期）（2008 年 12 月），頁 241～258。

（一）論虎

著重虎者，有：

1. 洪瑞英〈中國人虎婚姻故事類型研究〉，以人虎婚姻之故事類型爲觀察，探究虎變形爲人，與人結合之姻緣，與鳥妻故事類似，卻又更含一層追求生命自由的意識〔註5〕。

2. 孫正國〈中國義虎型故事的文化傳承〉，敘虎遭困，獲人相救而報恩的情節單元，解析故事含有尙義、報恩、及贖罪之亞型，比較各朝代三種亞型的流傳情況，並闡述故事之產生與圖騰崇拜信仰有關。〔註6〕

（二）談螺

關注螺者，有：

1. 劉守華〈從〈白水素女〉到〈田螺姑娘〉——一個著名故事類型的解析〉，追溯故事源流及後續發展，就同一類型之筆記小說及民間故事加以剖析，觀察箇中情節單元的變化。〔註7〕

2. 吳俐雯〈「田螺姑娘」故事的產生及演變〉，探討田螺姑娘故事之產生、演化，及其社會教化功能。〔註8〕

（三）議狐

探及狐者，如周愛明〈論狐妻故事的生成與發展〉，由圖騰崇拜角度切入，闡述狐妻故事自《山海經》九尾狐即可見及，蘊含氏族繁殖之意；魏晉南北朝時則具故事雛形，且狐已能幻化；唐代時故事數量增多，更富人情味；唐之後則故事趨於完形。〔註9〕

另有擇單本書籍，探討其具民間文學特質者，如謝明勳《搜神記》之民間文學特性試論〉，就文字敘述的「三復」模式、及文字上「聲音」特點的運

〔註5〕　洪瑞英：〈中國人虎婚姻故事類型研究〉，收錄於國立清華大學人文社會學院中國語文學系主編：《小說戲曲研究》第5集（臺北：聯經出版事業公司，1995年2月初版），頁1～26。

〔註6〕　孫正國：〈中國義虎型故事的文化傳承〉，《西南民族學院學報》（哲學社會科學版）總23卷第1期（2002年1月），頁84～88。

〔註7〕　劉守華：〈從〈白水素女〉到〈田螺姑娘〉——一個著名故事類型的解析〉，《古典文學知識》2001年第3期（總第68期）（2001年3月），頁71～80。

〔註8〕　吳俐雯：〈「田螺姑娘」故事的產生及演變〉，《耕莘學報》第5期（2007年6月），頁25～42。

〔註9〕　周愛明：〈論狐妻故事的生成與發展〉，《民間文學論壇》1990年第5期（總第46期）（1990年9月），頁39～42。

用，提出此書存有民間文學特色。〔註10〕

二、學位論文

學位論文部分，探討《搜神記》者居多，也見就單一動物作主題探討者。

（一）探討《搜神記》

以《搜神記》爲探討重心者，有：

1. 林翠萍《《搜神記》與《嶺南摭怪》之比較研究》，以故事類型分類方法，進行比較探究。《搜神記》部分，「妖精變化故事」分「精怪異能」、「人妖交往」二項論述；其第四章第一節「內容的傳承與變異」中，探及「妖精變化突顯變形意義」蘊含人類對於生存環境存有「恐懼與希望」；第二節「情節的類同與差異」中，就情節單元向度，探討「動物輔導建造型故事」，反映出時人思維。〔註11〕

2. 林淑珍《論《搜神記》的民間童話質素》，將《搜神記》故事分「奇人異士」、「神鬼信仰」、「妖精變化」、「事物推原」四類，與動物相關者，「妖精變化」類占8則，次爲「事物推原」類，占5則，「奇人異士」也不遑多讓，占4則，「神鬼信仰」類則居其末。〔註12〕

3. 陳佩玫《《搜神記》的民間故事類型研究——以「地陷爲湖」及「羽衣仙女」型故事的演變爲主之考察》，分《搜神記》故事爲六類：「神話故事」、「幻想故事」、「神仙故事」、「傳奇故事」、「笨魔的故事」及「動物故事」，並就「地陷爲湖」、「羽衣仙女」型故事作探析。第二章「《搜神記》的民間故事類型探析」第一節「神話故事」中，「盤瓠神話」、「蠶馬神話」敘及狗和馬；第二節「幻想故事」，則有「凶宅捉怪」、「動物報恩」、「龍女報恩」及「魚龜成橋助逃亡」等型故事涉及動物；第六節「動物故事」分「老虎報恩」型、「義犬救主」型故事敘述之；第四章「『羽衣仙女』之考察」，就「鳥崇拜」、「人鳥結合」，析其故事之增異、演變，並探其主題內涵。〔註13〕

〔註10〕 謝明勳：〈《搜神記》之民間文學特性試論〉，《第二屆通俗文學與雅正文學全國學術研討會論文集》（臺中：國立中興大學中國文學系出版，臺北：新文豐出版股份有限公司發行，2001年2月），頁399～426。

〔註11〕 林翠萍：《《搜神記》與《嶺南摭怪》之比較研究》（臺南：國立成功大學中國文學研究所碩士論文，1996年1月），頁90～92、163～166、188～191。

〔註12〕 見林淑珍：《論《搜神記》的民間童話質素》（臺南：國立臺南師範學院國民教育研究所碩士論文，2002年5月）。

〔註13〕 見陳佩玫：《《搜神記》的民間故事類型研究——以「地陷爲湖」及「羽衣仙

（二）探討單一動物

另有就單一動物為題以探討者，論及猴者稍多於蛇及虎。

1. 蔡蕙懋《猿猴搶親故事研究》，就「公猿猴竊婦」、「母猿猴搶夫」及「猴娃娘」三故事類型，闡述各異的情節發展，論及搶親習俗、圖騰觀念等，探究猿猴角色形象的轉變，並討論故事主題。〔註14〕

2. 王雅榮《「猴玃搶婦」故事的源流及演變——兼論魏晉志怪中的「異類婚媾」故事》，持「猴玃搶婦」故事源於蜀西南羌族之看法，反映了圖騰崇拜觀念及搶婚習俗。〔註15〕

3. 楊艾甄《中國人蛇婚戀故事研究》取材六朝之晉干寶《搜神記》、張華《博物志》、南朝宋劉敬叔《異苑》、南朝梁任昉《述異記》，及唐、宋、明、清筆記，並輔以民間故事材料，採民間故事分類形式，探其情節、人物形象及主題。論文以蛇為研究重心，並未及於其他動物。〔註16〕

4. 洪瑞英《中國人虎變形故事研究》，取六朝、唐、宋、明、清之筆記，就人化虎、虎變人故事觀察其承襲、發展情形，並與西洋、東南亞、印度等之狼人、虎人傳說相比較，以發掘此一變形傳說的特質及意義。〔註17〕

以上由情節單元及故事類型而敘寫之篇章及論文，以《搜神記》為探究範疇者多，六朝其他志怪筆記之探及，則明顯居於少數；在所涉的動物種類方面，多以單一動物為主作跨時代的線狀觀察，較少及於囊括多種動物的研究。

第三節　研究範圍

本論文對動物故事之界定，取六朝志怪筆記中，提及動物且有情節的敘事作品為畛域，包含以動物為主體而發生之敘事，而動物幻化為人或他物，

女」型故事的演變為主之考察》（臺北：國立政治大學中國文學系國文教學碩士班九十三學年度碩士論文，2005 年 7 月），頁 25～29、34～38、42～49、65～70、135～190。

〔註14〕蔡蕙懋：《猿猴搶親故事研究》（臺中：國立中興大學中國文學系碩士論文，2000 年 12 月）。

〔註15〕王雅榮：《「猴玃搶婦」故事的源流及演變——兼論魏晉志怪中的「異類婚媾」故事》（南京：南京師範大學古代文學碩士論文，2005 年 4 月）。

〔註16〕楊艾甄：《中國人蛇婚戀故事研究》（臺南：國立成功大學中國文學研究所在職專班碩士論文，2009 年 2 月）。

〔註17〕洪瑞英：《中國人虎變形故事研究》（臺中：逢甲大學中國文學研究所碩士論文，1991 年 5 月）。

因其原始之本質爲動物，故如動物精怪類的角色，也涵蓋在內。至於文本中以半人半獸之形象出現者，其作用僅止於記載怪異之事，卻不含內在意蘊者，則不在探討之列。此外，六朝志怪筆記中尚有人幻化爲動物之情節，因其本質不屬動物，故不列入本論文之研究範圍。

至於使用書目方面，今可見及之六朝志怪筆記，多非原書樣貌，政權變異、災禍頻仍、刊刻技術未臻發達，皆使六朝志怪筆記亡佚者多。觀《漢書》〈藝文志〉「諸子略」錄小說十五家；《晉書》、《宋書》、《北齊書》、《周書》等，皆不見「志」之體例〔註18〕；直至《隋書》，始見〈經籍志〉「史部」載《宣驗記》、《冥祥記》、《列異傳》等大部分志怪歸於「雜傳」類〔註19〕，「子部」則見《金樓子》、《博物志》等書歸於「雜家」之列，殷芸《小說》隸屬「小說家」之列〔註20〕；宋、元之時，載於史籍之六朝志怪筆記有卷數減少者，有未見著錄者，流傳而下的作品已顯不全。雖說如此，胡應麟《少室山房筆叢》卻言：「漢、唐、六代諸小說，幾於無不傳者，今單行別梓雖寡，《太平廣記》之中，一目可盡；《御覽》諸書，往往概見，鄭漁仲所謂名亡實存也。」〔註21〕此即葉慶炳所言「今可得見之漢、魏、六朝小說」，在「原書久佚」、「殘缺」等因素下，或賴「注疏家」引用、「類書」採錄；或由後人「輯錄」；甚或經後人整理而成〔註22〕，因此，六朝志怪筆記保存之繁省狀況不一，資料信度，也隨版本而異。

在眾多輯本中，《古小說鉤沉》輯自三十六種古小說，並「訂訛補缺、辨僞還眞」〔註23〕，輯佚範圍包含《北堂書鈔》、《藝文類聚》、《太平廣記》、《太

〔註18〕 《晉書》至清朝，始見丁國鈞、文廷式、秦榮光、黃逢元等人之《補晉書藝文志》。見王承略、劉心明主編：《二十五史藝文經籍志考補萃編》（第十、十一卷）（北京：清華大學出版社，2012年4月第1版，2012年4月第1次印刷）。

〔註19〕 （唐）魏徵等撰：《隋書·卷三十三·志第二十八·經籍二》（臺北：臺灣商務印書館，1937年1月初版1刷，2010年7月臺2版1刷，《百衲本二十四史》），頁454。

〔註20〕 （唐）魏徵等撰：《隋書·卷三十四·志第二十九·經籍三》，同前註，頁462、463。

〔註21〕 （明）胡應麟：《少室山房筆叢·卷二十九·丙部·九流餘緒下》（臺北：世界書局，2009年2月1版2刷，與（明）周嬰《巵林》合刊），頁376。

〔註22〕 葉慶炳：《漢魏六朝小說選》（臺北：弘道文化事業有限公司，1977年10月10日再版），敘例頁3。

〔註23〕 周楞伽遺作、周允中整理：〈試讀魯迅整理的《古小說鉤沉》及其不足〉，《魯

平御覽》等唐、宋時類書，且「一開始就利用敦煌石室新發現的唐人寫本類書殘卷輯校古小說」〔註24〕，材料堪屬更近於六朝，因此，《古小說鉤沉》乃輯本中較具可信度者〔註25〕。本論文採用之版本，即以《古小說鉤沉》爲主，而《古小說鉤沉》未收之書，則採後人之校注本，或較完備之圖書。

　　本論文研究範圍涉及之書目，依作者生卒年排列；作者佚名者，則置於後。書目及使用版本如下，共計二十五本〔註26〕：

序號	朝代	作者	生卒年	書目	版本	總篇數	有情節的篇數
1	魏	曹丕	187～226	《列異傳》	《古小說鉤沉》本〔註27〕	50	11
2	西晉	張華	232～300	《博物志》	《四部備要》本〔註28〕	315	15
3	西晉	陸機	261～303	《要覽》	《玉函山房輯佚書》本（《筆記小說大觀》第19編第1冊）〔註29〕	11	2
4	東晉	郭璞	276～324	《玄中記》	《古小說鉤沉》本〔註30〕	71	13
5	東晉	干寶	286?～336	《搜神記》	胡懷琛點校本〔註31〕	464	122
6	東晉	祖台之	約317～419	《祖台之志怪》	《古小說鉤沉》本〔註32〕	15	2

迅研究月刊》2000年第6期（總第228期）（2000年6月），頁54。

〔註24〕盧芳、湯穎儀：〈獨立的準備——魯迅輯校的《古小說鉤沉》初考〉，《焦作師範高等專科學校學報》第22卷第1期（2006年3月），頁13～15。

〔註25〕前野直彬指出：「在六朝小說裏面，可以說沒有一種傳本保存原來的樣子」，「我們目前當作研究資料可以利用的只有魯迅的《古小說鉤沉》而已。這本書根據很多資料，經過周密的合校，提供六朝小說一可靠的版本」。〔日〕前野直彬著；前田一惠譯：〈評《古小說鉤沉》——兼論有關六朝小說的資料〉，《中外文學》第8卷第9期（總第93期）（1980年2月），頁84～85。

〔註26〕以下表格，酌參林富士：〈人間之魅——漢唐之間「精魅」故事析論〉，《中央研究院歷史語言研究所集刊》第78本第1分（2007年3月），頁143。人物之生卒年，則參林富士之文，並及於姜亮夫纂定；陶秋英校：《歷代人物年里碑傳綜表》（臺北：文史哲出版社，1985年2月再版）。

〔註27〕魯迅輯錄：《古小說鉤沉》（濟南：齊魯書社，1997年11月第1版，1997年11月第1次印刷），頁81～92。

〔註28〕（西晉）張華撰；（宋）周日用等注：《博物志》（《四部備要》本第421冊〔臺北：臺灣中華書局，1966年3月臺1版〕，連江葉氏本，據士禮居本校刊）。

〔註29〕（西晉）陸機：《陸氏要覽》，收於《筆記小說大觀》第19編第1冊（臺北：新興書局，1997年8月版，馬國翰輯《玉函山房輯佚書》本），頁179～184。

〔註30〕魯迅輯錄：《古小說鉤沉》，同註27，頁233～240。

〔註31〕（東晉）干寶撰；胡懷琛點校：《搜神記》（臺北：鼎文書局，1978年8月初版）。該書據湖北崇文書局百子全書本加標點。

〔註32〕魯迅輯錄：《古小說鉤沉》，同註27，頁128～131。

7	東晉	孔約	317？～420？ 〔註33〕	《孔氏志怪》〔註33〕	《古小說鉤沉》本〔註34〕	10	2
8	東晉	陶潛	365～427	《搜神後記》	汪紹楹校注本〔註35〕、再補以王國良《搜神後記研究‧補遺》〔註36〕	135	29
9	東晉前秦	王嘉	？～約390 〔註37〕	《拾遺記》	齊治平校注本〔註38〕	127	34
10	東晉	戴祚	fl.420 〔註39〕	《甄異傳》	《古小說鉤沉》本〔註40〕	17	4
11	東晉	荀氏	不可考	《靈鬼志》	《古小說鉤沉》本〔註41〕	24	1
12	宋	劉敬叔	約390～470 〔註42〕	《異苑》	《學津討原》本（《叢書集成新編》第82冊）〔註43〕	383	54
13	宋	劉義慶	403～444	《幽明錄》	《古小說鉤沉》本〔註44〕	265	41

〔註33〕 孔約，林富士以爲東晉人，生卒年標爲「317？～420？」，魏世民在《魏晉南北朝小說編年》中，雖言「孔約事蹟不詳」，但依據現存佚文，研判《孔氏志怪》的成書年代「當在東晉咸康二年（336）至晉末（420）」。陶潛的《搜神後記》，則據李劍國《新輯搜神後記》佚文，認爲該書「當成於陶淵明去世之前的宋元嘉年間（424～427）」。見魏世民：《魏晉南北朝小說史》（下冊）（合肥：安徽大學出版社，2011年6月第1版，2011年6月第1次印刷），頁514、525。今參魏說，將《孔氏志怪》置《搜神後記》之前。

〔註34〕 魯迅輯錄：《古小說鉤沉》（濟南：齊魯書社，1997年11月第1版，1997年11月第1次印刷），頁132～135。

〔註35〕 （東晉）陶潛撰；汪紹楹校注：《搜神後記》（臺北：木鐸出版社，1982年2月初版）。該書以《學津討原》本爲底本。

〔註36〕 王國良：《搜神後記研究‧補遺》（臺北：文史哲出版社，1978年6月初版），頁125～129。

〔註37〕 魯迅：《中國小說史略‧第五篇‧六朝之鬼神志怪書（上）》，見魯迅：《魯迅小說史論文集——《中國小說史略》及其他》（臺北：里仁書局，1992年9月初版，2000年10月增訂1版），頁48。

〔註38〕 （東晉）王嘉撰；（南朝梁）蕭綺錄；齊治平校注：《拾遺記》（臺北：木鐸出版社，1982年2月初版）。該書以明世德堂翻宋本作爲底本。

〔註39〕 林富士將戴祚之生卒年標爲「fl.420」。「fl.」意指「生卒年不明，活動期不明，只知爲……」。CALIS連機合作編目中心‧標準與文件‧西文文獻規範控制原則（北京：高等教育文獻保障系統）。
　　　網址：http://lhml.calis.edu.cn/calis/lhml/lhml.asp?fid=FA0321&class=2。

〔註40〕 魯迅輯錄：《古小說鉤沉》，同註34，頁94～98。

〔註41〕 魯迅輯錄：《古小說鉤沉》，同註34，頁121～127。

〔註42〕 魯迅：《中國小說史略‧第五篇‧六朝之鬼神志怪書（上）》，見魯迅：《魯迅小說史論文集——《中國小說史略》及其他》，同註37，頁40。

〔註43〕 （南朝宋）劉敬叔撰：《異苑》，《叢書集成新編》第82冊（臺北：新文豐出版股份有限公司，1985年元月初版，《學津討原》本），頁517～541。

〔註44〕 魯迅輯錄：《古小說鉤沉》，同註34，頁143～208。

14	宋	劉義慶〔註45〕	403～444	《宣驗記》	《古小說鈎沉》本〔註46〕	35	8
15	宋	郭季產	fl.420～479	《集異記》	《古小說鈎沉》本〔註47〕	11	1
16	宋	東陽无疑	待考	《齊諧記》	《古小說鈎沉》本〔註48〕	15	5
17	齊	祖冲之〔註49〕	429～500	《述異記》	《古小說鈎沉》本〔註50〕	90	11
18	齊	王琰	約454～?〔註51〕	《冥祥記》	《古小說鈎沉》本〔註52〕	131	3

〔註45〕　《古小說鈎沉》本中，《宣驗記》之作者書「闕名」，而唐釋法琳《破邪論》卷下言「宋臨川康王義度（按：慶字之訛）撰《宣驗記》一部，又撰《幽明錄》一部」，是故此書作者，筆者逕以劉義慶書之。（唐）釋法琳：《破邪論》，收錄於《大正新修大藏經》第 52 冊（修訂版）（臺北：新文豐出版股份有限公司，1983 年 1 月修訂版 1 版，1994 年 11 月修訂版 1 版 2 刷），頁 485。

〔註46〕　魯迅輯錄：《古小說鈎沉》（濟南：齊魯書社，1997 年 11 月第 1 版，1997 年 11 月第 1 次印刷），頁 267～275。

〔註47〕　魯迅輯錄：《古小說鈎沉》，同註 46，頁 243～244。

〔註48〕　魯迅輯錄：《古小說鈎沉》，同註 46，頁 138～142。

〔註49〕　筆者按：金榮華《六朝志怪小說情節單元分類索引》（乙編）之《述異記》，言明使用《古小說鈎沉》本，題梁任昉撰。而魯迅《古小說鈎沉》之《述異記》未標作者，與《龍威秘書》本（題梁任昉著、武林章如錦閱）、《漢魏叢書》本（題梁樂安任昉著，明新安程榮校）及《格致秘書》本（題梁樂安任昉著，明錢唐胡文煥校）之《述異記》相較，內容不同，二書含有動物情節的篇數，分爲 11 及 20 篇，兩相對照下，主題相同、與動物故事相關者，僅「園客」、朱休之家犬能「作人語」兩則，且文字敘述迥異。《隋書・經籍志》、《舊唐書・經籍志》、《新唐書・藝文志》皆著錄《述異記》十卷乃祖冲之所撰，宋朝已佚；《宋史・藝文志》著錄之《述異記》爲二卷，任昉撰。觀《龍威秘書》本、《漢魏叢書》本爲二卷本，記博物志怪者多，爲任昉之作；《古小說鈎沉》本所收 90 條，由《北堂書鈔》、《藝文類聚》、《初學記》、《太平御覽》、《太平廣記》及《事類賦》中輯佚，因此，《六朝志怪小說情節單元分類索引》「所引各書簡稱與全名對照表」中《述異記》之作者，筆者認爲祖冲之較恰當，任昉或爲誤植。參王枝忠：《漢魏六朝小說史》（杭州：浙江古籍出版社，1997 年 6 月第 1 版，1997 年 6 月第 1 次印刷），頁 238；吳志達：《中國文言小說史》（濟南：齊魯書社，1994 年 9 月第 1 版，1994 年 9 月第 1 次印刷），頁 180；魏世民：《魏晉南北朝小說史》（合肥：安徽大學出版社，2011 年 6 月第 1 版，2011 年 6 月第 1 次印刷），頁 541；王國良：《魏晉南北朝志怪小說研究》（臺北：文史哲出版社，1984 年 7 月初版），頁 327；（南朝梁）任昉：《述異記》（上海：涵芬樓，1925 年，嚴靈峰無求備齋諸子文庫，《漢魏叢書》）；（南朝梁）任昉：《述異記》（明刊本，《格致秘書》）。

〔註50〕　魯迅輯錄：《古小說鈎沉》，同註 46，頁 99～120。

〔註51〕　魏世民：《魏晉南北朝小說史・魏晉南北朝小說編年》（下冊），同註 49，頁 543。

〔註52〕　魯迅輯錄：《古小說鈎沉》，同註 46，頁 276～343。

19	梁	任昉	460～508	《述異記》	《龍威秘書》本（《叢書集成新編》第82冊）〔註53〕	292	20
20	梁	吳均	469～520	《續齊諧記》	《古今逸史》本〔註54〕	17	2
21	梁	殷芸	471～529	《小說》	《古小說鉤沉》本〔註55〕、再補以《漢魏六朝筆記小說大觀》本〔註56〕	136	6
22	梁	梁元帝蕭繹	508～554	《金樓子・志怪》	《知不足齋叢書》本（《叢書集成新編》第21冊）〔註57〕	58	11
23	梁、陳之人	佚名	fl.502～589	《續異記》	《古小說鉤沉》本〔註58〕	11	4
24	南北朝人	佚名	fl.420？～589？	《雜鬼神志怪》	《古小說鉤沉》本〔註59〕	20	3
25		佚名		《錄異傳》	《古小說鉤沉》本〔註60〕	27	2

以上敘及動物情節之篇數，總計406則。

第四節 研究方法

　　六朝志怪筆記中，可見及民間的傳聞異事，有故事主體之情節相同，然在不同時空背景下，則見基本結構相同而流傳各異的情形產生，欲對異說加以觀察，將故事分類為可行之法，金榮華教授曾指出民間故事之分類可由兩方面著手：

> 一種是把個別情節從故事中分析出來，做情節單元的分類；另一種是就整個故事的性質和結構歸納出各種類型，做故事類型的分類。〔註61〕

〔註53〕 （南朝梁）任昉：《述異記》，《叢書集成新編》第82冊（臺北：新文豐出版股份有限公司，1985年元月初版，《龍威秘書》本），頁33～42。

〔註54〕 （南朝梁）吳均：《續齊諧記》，收於（明）吳琯輯：《古今逸史》（板橋：藝文印書館，1967年，《百部叢書集成》第9函）。

〔註55〕 魯迅輯錄：《古小說鉤沉》（濟南：齊魯書社，1997年11月第1版，1997年11月第1次印刷），頁52～76。

〔註56〕 （南朝梁）殷芸撰；王根林校點：《殷芸小說》，收於王根林、黃益元、曹光甫校點：《漢魏六朝筆記小說大觀》（上海：上海古籍出版社，1999年12月第1版，1999年12月第1次印刷，綜合1910魯迅輯、1942余嘉錫《殷芸小說輯證》、1984周楞伽《殷芸小說》及有關類書正史）。

〔註57〕 （南朝梁）梁元帝：《金樓子》，《叢書集成新編》第21冊（臺北：新文豐出版股份有限公司，1985年元月初版，《知不足齋叢書》本），頁22～60。

〔註58〕 魯迅輯錄：《古小說鉤沉》，同註55，頁247～249。

〔註59〕 魯迅輯錄：《古小說鉤沉》，同註55，頁258～264。

〔註60〕 魯迅輯錄：《古小說鉤沉》，同註55，頁250～257。

〔註61〕 金榮華：《中國民間故事與故事分類》（增訂本）（臺北縣新店市：中國口傳文學學會，2007年9月再版1刷），頁2～4。

「情節單元」構成故事主體，促成故事留存且流傳，「故事類型」則呈現故事的基本架構。本論文之研究方法，將由情節單元及故事類型之向度研析。

　　故事之分類，最早始於《太平廣記》，此部官修故事總集，以「類書」形式分一百二十一大類編排〔註62〕，匯輯超過 6970 則故事〔註63〕，然其編排次序未見明確準則，性質相近的類別也並未相聯〔註64〕。1876 年，曾任香港《中國郵報》主編的丹尼斯・尼可拉斯・布（Dennys Nicholas Belfield）出版《中國民間文學》（The Folk-lore of China），對中國民間故事作了初步分類〔註65〕。其後，相繼有鍾敬文（1903～2002）、艾伯華（Wolfram Eberhard, 1909～1989）、丁乃通（Nai-Tung Ting, 1915～1989）為中國民間故事歸納類型〔註66〕。

　　1910 年芬蘭學者阿爾奈（Antti Aarne, 1867～1925）發表《民間故事類型索引》（Verzeichnis der Märchentypen）〔註67〕，將芬蘭、北歐的民間故事比較分類，美國學者湯普遜（Stith Thompson, 1885～1976）則加以增補，將範圍擴及於世界各國，於 1961 年出版《民間故事類型》（The Types of the Folktale）〔註68〕，其分類模式，為國際間各民間文學工作者所公認採用，以 AT 分類法稱

〔註62〕　金榮華：《中國民間故事與故事分類・第三章　中國民間故事的各種分類法》（增訂本）（臺北縣新店市：中國口傳文學學會，2007 年 9 月再版 1 刷），頁 37。

〔註63〕　戚志芬：《中國的類書政書與叢書》（臺北：臺灣商務印書館，1994 年 9 月初版第 1 次印刷），頁 54。

〔註64〕　金榮華：《中國民間故事與故事分類・第三章　中國民間故事的各種分類法》（增訂本），同註 62，頁 37～39。

〔註65〕　丹尼斯在〈地區性家庭的故事傳說〉（"Legends of Locality, Household Tales"）中，將中國民間傳說故事分為 8 大類。Dennys Nicholas Belfield, The Folk-lore of China, and its affinities with that of the Aryan and Semitic races (London:Trubner, 1876), p.142～145.

〔註66〕　鍾敬文：〈中國民間故事類型〉，《民俗學專號》（即《民俗學集鐫》）第一輯（1931 年 6 月），頁 353～374；Wolfram Eberhard, Typen Chinesischer Volksmärchen（FF Communications Edited for the Folklore Fellows No.120）(Helsinki: Suomalainen Tiedeakatemia, Academia Scientiarum Fennica, 1937）；Nai-Tung Ting, A type index of Chinese folktales : in the oral tradition and major works of non-religious classical literature（Helsinki: Suomalainen Tiedeakatemia, Academia Scientiarum Fennica, 1978）。

〔註67〕　Antti Aarne , Verzeichnis der Märchentypen（Folklore Fellows Communications〔FFC〕, No3, Helsinki, 1910）。

〔註68〕　參金榮華：《中國民間故事與故事分類》（增訂本），同註 62，頁 10～11；〔美〕丁乃通：〈民間故事類型第二次修訂版的介紹及評價〉，《清華學報》新 7 卷第 2 期（1969 年 8 月），頁 234。

之。其後，艾伯華《中國民間故事類型》、丁乃通《中國民間故事類型索引》，一「有限地參考了 AT 分類法」〔註69〕，一則全面採 AT 分類法，二書分別成為「第一本中國民間故事類型分類的專書」〔註70〕，及「第一本用 AT 分類法來分類中國民間故事的書籍」〔註71〕。

　　AT 分類法主張將各國民間故事採一致的編號，有利於作跨國際各民族之比較研究。德國烏特（Hans-Jörg Uther, 1944～）《國際民間故事類型索引》〔註72〕（*The Types of International Folktales*）於 2004 年出版，也以 AT 分類法編排。此後，金榮華教授之《民間故事類型索引》〔註73〕，以《中國民間故事集成》、《中國民間故事全集》、《中華民族故事大系》，以及古今書籍、外國故事已譯成漢文出版之書籍等為收錄範圍，整理中國民間故事，歸納出 876 個類型〔註74〕，修正了丁乃通《中國民間故事類型索引》中省去 AT 分類原書已有之故事大要，及完全沿用 AT 原有名稱，卻對中國使用者造成不便的缺失，成為「繼丁乃通先生的《索引》之後，第二部以 AT 分類法分類中國民間故事的工具書」，同時也是「第一部為中國民間文學工作者所編以 AT 分類法分類中國民間故事的書籍」〔註75〕，書中每一型號皆有故事提要，亦一一列出古今中外同一型號之書籍出處，為跨國或跨族群之研究者提供方便的檢索。

　　至於情節單元之受到重視，始於美國學者湯普遜。1932～1936 年間，湯普

〔註69〕〔德〕艾伯華（Wolfram Eberhard）著；王燕生、周祖生譯：《中國民間故事類型》（北京：商務印書館，1999 年 2 月第 1 版，1999 年 2 月北京第 1 次印刷），導讀，頁 1。

〔註70〕金榮華：《中國民間故事與故事分類》（增訂本）（臺北縣新店市：中國口傳文學學會，2007 年 9 月再版 1 刷），頁 45。

〔註71〕陳麗娜：《中國民間故事類型研究》（花蓮：國立東華大學民間文學研究所博士論文，2009 年 6 月），頁 80～81。

〔註72〕Hans-Jörg Uther , *The Types of International Folktales: a classification and bibliography, based on the system of Antti Aarne and Stith Thompson*（Helsinki : Suomalainen Tiedeakatemia, Academia Scientiarum Fennica, c2004）。

〔註73〕金榮華：《民間故事類型索引》（臺北：中國口傳文學學會，2007 年 2 月初版），共三冊；其後又有「增訂本」（新北市新店區：中國口傳文學學會，2014 年 4 月再版），共四冊。

〔註74〕2013 年，《民間故事類型索引》再作修訂，補上《中國民間故事集成》2007 年之前尚未出版、或剛出版，未及收入之九個省市卷本，「中國部份用書增加 154 種」，外國資料亦補入 127 種，合計前後版本「總共用書 374 種 470 冊」，類型總數達 1067 則，而新設者有 191 則。見金榮華：《民間故事類型索引‧增訂綴言》（增訂本），同前註，頁 VI。

〔註75〕金榮華：《中國民間故事與故事分類》（增訂本），同註70，頁 90。

遜撰《民間文學情節單元索引》一書，1955 年增訂出版〔註76〕，是「最早將民間文學情節單元較全面地細加分類的著作」，「也是民間文學唯一的一套情節單元分類系統」〔註77〕。該書收錄素材包含亞洲、歐洲、南北美洲、大洋洲及非洲等地作品，然有關中國的材料，數量並不多，中國文獻裡特殊的精怪、地府陰曹等故事，未能於《民間文學情節單元索引》中找到適當的情節歸屬，而此等鬼怪類故事，正以六朝爲興盛之期。1984 年，金榮華教授撰《六朝志怪小說情節單元分類索引》（甲編），以類書方式編排，至 2008 年，則依「國際的湯普遜分類編號」，就其原有的二十三大類情節單元，取合用於六朝志怪之十四類情節單元，並新增情節編號，完成「乙編」，更有利於將資料作「跨國核對」〔註78〕。《六朝志怪小說情節單元分類索引》修補《民間文學情節單元索引》之不足，爲致力於中國六朝文學之研究者，提供科學的途徑。

　　由「情節單元」向度觀察，可就眾多異文相同之內容事件加以類比；由「故事類型」角度切入，有助於「故事的傳承、演化、混合」上之「闡明」〔註79〕。六朝志怪筆記，多來自於文人隨筆雜錄流傳於民間之異聞，其篇幅大多短小，藝術特點尚不顯明，因此，故事梗概及其流變乃爲關注重心所在。是以，採故事學概念，從情節及故事類型角度，分析六朝志怪筆記動物故事之特色，正可將紛雜之異文加以歸類，便於觀察及比較。

　　本論文之研究方法，將先全面搜索六朝志怪筆記中有關動物的敘事，並以金榮華教授之《六朝志怪小說情節單元分類索引》甲編及乙編爲本，進行整理分類，先就情節探出六朝志怪筆記中有關動物敘事引人之關鍵元素，次對故事類型作觀察，析其基本架構，而故事之產生又與文化、社會有所牽連，故再進而探及呈現之民俗信仰與社會現象，冀能析出六朝志怪筆記中動物故事的傳承、演化、混合之跡，亦對其顯現的地域性特色有所探究，作較爲多面向之探討。

〔註76〕 Stith Thompson, *Motif-Index of Folk-Literature: a Classification of Narrative Elements in Folktales, Ballads, Myths, Fables, Mediaeval Romances, Exempla, Fabliaux, Jest-Books, and Local Legends*（Copenhagen: Rosenkilde and Bagger, 1955～58）, 6 Volumes.

〔註77〕 金榮華：《中國民間故事與故事分類》（增訂本）（臺北縣新店市：中國口傳文學學會，2007 年 9 月再版 1 刷），頁 6、13。

〔註78〕 金榮華：《六朝志怪小說情節單元分類索引》（乙編）（臺北縣新店市：中國口傳文學學會，2008 年 3 月初版 1 刷）。

〔註79〕 鍾敬文：《中國民間文學探究・自序》，見氏著：《鍾敬文民間文學論集》（下冊）（上海：上海文藝出版社，1985 年 6 月第 1 版），頁 406。

第二章　六朝志怪筆記動物故事相關書目與情節單元之分析

　　本章就六朝志怪筆記之動物故事作情節單元之分析，第一節先探相關書目之作者與傳本，第二、三、四節則分別以魏、晉、南北朝為範圍，就情節單元分析之。

第一節　各書之作者與傳本

　　本節就研究範圍之二十五本書籍，探其作者及傳本資料，分就「魏」、「晉」、「南朝」依序述之，至於北朝，未見含有動物情節敘事之書目，略而不談，卻另有具動物情節敘事之書而作者不詳者，則立「其他」項以述之。

一、魏

　　魏之志怪筆記中，含動物情節者，見《列異傳》一書。

《列異傳》

1. 作者

　　南朝宋裴松之（A.D.372～451）所注《三國志》，乃目前所知最早著錄《列異傳》者〔註1〕。北魏酈道元（A.D.約470～527）《水經注》、後魏（A.D.534

〔註1〕　《三國志》魏志卷13〈華歆傳〉注文中，引《列異傳》第22則華歆少年遇鬼一事；魏志卷14〈蔣濟傳〉注文中，引《列異傳》第23則蔣濟亡兒一事。（西晉）陳壽撰；（南朝宋）裴松之注：《三國志》（臺北：臺灣商務印書館，1937年1月初版1刷，2010年11月臺2版1刷，《百衲本二十四史》），頁193、219。

～550）賈思勰（生卒年不詳）《齊民要術》，皆曾引《列異傳》〔註2〕，但與《三國志》皆未題撰者。自唐朝至今，《列異傳》作者說法紛紜，有言曹丕者，有云張華者，亦見曹丕撰張華續、曹丕撰無名氏續、劉劭撰無名氏續等說。

（1）曹丕

《北堂書鈔》卷一五八引「魏文帝《列異傳》」文〔註3〕，《隋書·經籍志》史部雜傳類言「魏文帝又作《列異》，以序鬼物奇怪之事」，「《列異傳》三卷，魏文帝撰」〔註4〕，唐朝李賢注《後漢書》，其卷一下見引「魏文帝《列異傳》」文〔註5〕，《初學記》卷二十六、卷二十八〔註6〕，《太平御覽》卷八八二〔註7〕，《通志》藝文略冥異類〔註8〕，皆題《列異傳》爲魏文帝所撰。

魏文帝曹丕（A.D.187～226），字子桓，沛國譙（今安徽亳縣）人，爲曹操次子，生於漢靈帝中平四年（A.D.187），卒於魏黃初七年（A.D.226）。丕「擅騎射，好擊劍」，隨父親出征，展現軍事、政治才能，建安十六年（A.D.211）

〔註2〕 《水經注》卷17〈渭水〉中，引《列異傳》第4則怒特祠梓樹變爲牛之事；《齊民要術》卷10引《列異傳》第21則度索君一事。見（東漢）桑欽撰；（北魏）酈道元注：《水經注》（臺北：臺灣商務印書館，1979年11月臺1版，《四部叢刊正編》第16冊），頁247～248；（後魏）賈思勰：《齊民要術·卷十·李》（《四部叢刊正編》第18冊，同前註），頁124。

〔註3〕 《北堂書鈔》言「魏文帝《列異傳》曰」，文後引中山王周南遇鼠作人語一事。見（唐）虞世南輯：《北堂書鈔·卷第一百五十八·地部二·穴篇十三》，《續修四庫全書》第1213冊（上海：上海古籍出版社，2002年3月第1版，2002年3月第1次印刷），頁128。

〔註4〕 （唐）魏徵等撰：《隋書·卷三十三·志第二十八·經籍二（史）·雜傳》（臺北：臺灣商務印書館，1937年1月初版1刷，2010年7月臺2版1刷，《百衲本二十四史》），頁455、454。

〔註5〕 引「魏文帝《列異傳》」梓樹化爲牛，秦因置旄頭騎之事。（南朝宋）范曄撰；（唐）章懷太子李賢注：《後漢書·帝紀第一卷下·光武皇帝下》（臺北：臺灣商務印書館，1937年1月初版1刷，2010年11月臺2版1刷，《百衲本二十四史》），頁48。

〔註6〕 《初學記》卷26「服食部」「衫第九」中，引《列異傳》中劉卓夢人贈予火浣布一事；卷28「果木部」「李第一」中，引《列異傳》度索君一則，皆言作者爲魏文帝。見（唐）徐堅等撰：《初學記》，《景印文淵閣四庫全書》第890冊（臺北：臺灣商務印書館，1986年3月初版），頁418、445。

〔註7〕 《太平御覽·卷八百八十二·神鬼部二·神下》引《列異傳》「度索君」及費長房使神降雨二事，前者並提及作者爲魏文帝。見（北宋）李昉等奉敕撰：《太平御覽》，《景印文淵閣四庫全書》第900冊，同前註，頁737。

〔註8〕 （南宋）鄭樵：《通志·卷六十五·藝文略第三·史類第五·傳記·冥異》，《景印文淵閣四庫全書》第374冊，同註6，頁360。

為五官中郎將、副丞相，建安二十二年（A.D.217）為魏王世子。曹操卒後不久，丕廢漢自立為魏帝。文治武功之外，丕又且「好文學」，八歲即「能屬文」，「博貫古今經傳諸子百家之書」，常「以著述為務」〔註9〕，詩、賦、散文皆有相當高的成就，其七言詩〈燕歌行〉，為《詩藪》譽為「開千古妙境」〔註10〕；其《典論・論文》開啟文學批評之風；「又使諸儒撰集經傳」，編成中國最早的類書《皇覽》。其著作，《隋書・經籍志》著錄有文集十卷、《典論》五卷、《列異傳》三卷〔註11〕，惜多已亡佚。〔註12〕曹丕事蹟，具《三國志》〈魏志〉卷二。

（2）張華

自唐朝起，《列異傳》作者出現異說。《舊唐書・經籍志》雜傳類言「《列異傳》三卷，張華撰」〔註13〕；《新唐書・藝文志》小說家類「張華《博物志》十卷」，次條言「又《列異傳》一卷」〔註14〕；《冊府元龜》卷五百五十五云「張華撰《列異傳》三卷」〔註15〕；吳曾祺之《舊小說》，亦題「晉張

〔註9〕　（西晉）陳壽撰；（南朝宋）裴松之注：《三國志・魏書卷第二・文帝紀》（臺北：臺灣商務印書館，1937年1月初版1刷，2010年11月臺2版1刷，《百衲本二十四史》），頁29、41。

〔註10〕　（明）胡應麟：《詩藪・內編卷三》，《續修四庫全書》第1696冊（上海：上海古籍出版社，2002年3月第1版，2002年3月第1次印刷），頁81。

〔註11〕　（唐）魏徵等撰：《隋書》（臺北：臺灣商務印書館，1937年1月初版1刷，2010年7月臺2版1刷，《百衲本二十四史》），卷三十五，志第三十，經籍四（集），頁477；卷三十四，志第二十九，經籍三（子），儒，頁459；卷三十三，志第二十八，經籍二（史），雜傳，頁454。

〔註12〕　參王枝忠：《漢魏六朝小說史》（杭州：浙江古籍出版社，1997年6月第1版，1997年6月第1次印刷），頁71～72；吳志達：《中國文言小說史》（濟南：齊魯書社，1994年9月第1版，1994年9月第1次印刷），頁141；李劍國：《唐前志怪小說史》（修訂本）（天津：天津教育出版社，2005年1月第1版，2006年1月第2次印刷），頁238～239。

〔註13〕　（後晉）劉昫編：《舊唐書》（臺北：臺灣商務印書館，1937年1月初版1刷，2010年11月臺2版1刷，《百衲本二十四史》），卷四十六，志第二十六，經籍上，史，雜傳類，頁550。

〔註14〕　（北宋）歐陽修、宋祁：《新唐書》（臺北：臺灣商務印書館，1937年1月初版1刷，2010年9月臺2版1刷，《百衲本二十四史》），卷五十九，藝文志第四十九，小說家類，頁411。

〔註15〕　（北宋）王欽若、楊億等奉敕撰：《冊府元龜・卷五百五十五・國史部・採撰》，《景印文淵閣四庫全書》第911冊（臺北：臺灣商務印書館，1986年3月初版），頁628。

華撰」〔註16〕。

對於《列異傳》作者歧異現象，魯迅認為「文中有甘露年間事，在文帝後」，與作者為曹丕有所「牴牾」，或因此「改易」作者為張華，然「或後人有增益，或撰人是假託，皆不可知」〔註17〕。《列異傳》書中第9、10、22、23、29、30、33、46則及第47則九則，乃屬明帝曹叡景初（A.D.237～239）年間、齊王曹芳正始（A.D.240～249）年間〔註18〕、高貴鄉公曹髦甘露（A.D.256～250）年間之事，時曹丕已亡，若《列異傳》作者為曹丕，則敘事中曹丕卒後事蹟之記載，為難解之處，而張華（A.D.232～300）則恰巧在曹丕卒後、《列異傳》所述之年代。

王國良認為《列異傳》作者「新、舊《唐志》題張華撰，未知所據，難予採信」〔註19〕，然或因張華詳覽群書，故「成了箭垛式的人物」，或更有可能是「書內有張華序或跋」，致使書目編者以為真正撰者是張華，但「文獻殘闕，無法印證」〔註20〕。

張華之介紹，詳見《博物志》作者。

（3）曹丕撰張華續

姚振宗《隋書經籍志考證》提出「張華續文帝書，而後人合之」的說法〔註21〕；逯耀東則認為「《皇覽》在兩晉時已單獨成篇」，「《列異》或即其中一篇」，而兩晉鈔書之風盛，推測《列異傳》可能在曹丕時代編纂，也有可能經張華

〔註16〕 吳曾祺編：《舊小說・甲集一・漢魏六朝》（臺北：臺灣商務印書館，1965年11月臺1版），頁97～100。

〔註17〕 魯迅：《魯迅小說史論文集——《中國小說史略》及其他・中國小說史略》（臺北：里仁書局，1992年9月初版，2000年10月增訂1版），頁35。傅惜華亦承魯迅之說，指出「漢中有鬼神樂侯一條，又……任城公孫達條，所記乃高貴鄉公甘露時事，而為魏文帝數十年後之事；唐書兩志之題此傳為張華所作，殆悟其牴牾者，因改易之耳。」見傅惜華：〈六朝志怪小說之存佚〉，《漢學》第1輯（1944年9月），頁169～210。

〔註18〕 《列異傳》第47則言事出於正始（A.D.240～249）中，而曹丕卒於西元226年，第47則所記之事，已在曹丕死後。參（魏）曹丕等撰；鄭學弢校注：《列異傳等五種》（北京：文化藝術出版社，1988年12月北京第1版，1988年12月北京第1次印刷），頁31。

〔註19〕 王國良：《魏晉南北朝志怪小說研究》（臺北：文史哲出版社，1984年7月初版），頁315。

〔註20〕 王國良：〈列異傳研究〉，《東吳文史學報》第6號（1988年1月），頁31。

〔註21〕 （清）姚振宗：《隋書經籍志考證・卷二十》，《續修四庫全書》第915冊（上海：上海古籍出版社，2002年3月第1版，2002年3月第1次印刷），頁307。

之手〔註 22〕。欲印證逯耀東之說法是否可信，須求證《皇覽》一書，然由歷代著錄資料看來，《皇覽》已亡佚〔註 23〕，今可見者，乃清人孫馮翼及黃奭之輯本〔註 24〕，皆僅一卷，殘留內容僅〈逸禮〉及〈冢墓志〉兩篇，因此，欲對逯耀東之說加以求證，實有難處。

（4）曹丕撰無名氏續

魯迅曾推估《列異傳》中文帝後之事，或為後人增益，或為撰人假託，認為《列異傳》於魏文帝後，或有無名氏續寫。除傳惜華承其說，嚴懋垣〔註 25〕、徐震堮〔註 26〕、孟瑤〔註 27〕、胡懷琛〔註 28〕、葉慶炳〔註 29〕、及全

〔註22〕　逯耀東：〈魏晉志異小說與史學的關係〉，《食貨月刊》復刊第 12 卷第 4、5 期（1982 年 8 月），頁 135。

〔註23〕　《隋書》：「《皇覽》一百二十卷，繆卜等撰。梁六百八十卷。梁又有《皇覽》一百二十三卷，何承天合；《皇覽》五十卷，徐爰合，《皇覽目》四卷；又有《皇覽抄》二十卷，梁特進蕭琛抄。亡。」再參及《新唐書》、《宋史》等著錄資料，可知留存的《皇覽》僅是後人整理的，並非原來之《皇覽》，至宋朝時，連整理之作亦不見蹤影，陳振孫斷言：「案《唐志》，類書在前者，有《皇覽》……等六家，今皆不存」。見（唐）魏徵等撰：《隋書·卷三十四·志第二十九·經籍三（子）·雜》（臺北：臺灣商務印書館，1937 年 1 月初版 1 刷，2010 年 7 月臺 2 版 1 刷，《百衲本二十四史》），頁 463；（北宋）歐陽修、宋祁：《新唐書》（臺北：臺灣商務印書館，1937 年 1 月初版 1 刷，2010 年 9 月臺 2 版 1 刷，《百衲本二十四史》），卷五十九，藝文志第四十九，類書，頁 414；（元）脫脫等：《宋史》（臺北：臺灣商務印書館，1937 年 1 月初版 1 刷，2010 年 12 月臺 2 版 1 刷，《百衲本二十四史》），卷二百七，志第一百六十，藝文六，類事類，頁 2438；（南宋）陳振孫：《直齋書錄解題·卷十四·類書類》，《景印文淵閣四庫全書》第 674 冊（臺北：臺灣商務印書館，1986 年 3 月初版），頁 774。

〔註24〕　孫馮翼之輯本，收於《問經堂叢書》及《叢書集成初編》；黃奭之輯本，收於《黃氏逸書考》。見（清）孫馮翼輯：《皇覽》，收錄於鍾肇鵬編：《古籍叢殘彙編》（第一冊）（北京：北京圖書館出版社，2001 年 11 月第 1 版，2001 年 11 月第 1 次印刷，據《問經堂叢書》本排印），頁 1～15；（清）黃奭：《黃氏逸書考》（清道光中刊民國十四年王鑑修補印本（漢學堂叢書））。

〔註25〕　嚴懋垣：〈魏晉南北朝志怪小說書錄附考證〉，《文學年報》第 6 期（1940 年 11 月），頁 69～70。

〔註26〕　徐震堮選注：《漢魏六朝小說選注》（臺北：洪氏出版社，1975 年 4 月初版），頁 25。

〔註27〕　孟瑤：《中國小說史》（臺北：文星書店，1966 年 3 月 25 日初版），頁 28。

〔註28〕　胡懷琛：《中國小說論》（臺北：清流出版社，1971 年 11 月初版），頁 35。

〔註29〕　葉慶炳：《漢魏六朝小說選》（臺北：弘道文化事業有限公司，1977 年 10 月 10 日再版），頁 11。

寅初〔註30〕等人，亦持此說。

（5）劉劭撰無名氏續

周次吉提及「史傳明言詔撰『皇覽』者，僅劉劭一人耳」，主張「劉氏主撰『皇覽』之初，或蒐有『列異傳』一書；而後世文家，乃從其中錄出，主名魏文者」〔註31〕。《三國志·劉劭傳》曾言劉劭「受詔集五經羣書，以類相從，作《皇覽》」，然於《三國志·楊俊傳》中裴注引《魏略》，言「王象」「受詔撰《皇覽》」〔註32〕；《隋書·經籍志》子部雜家類云「《皇覽》一百二十卷，繆卜等撰」〔註33〕；《史記·五帝本紀》索隱曰《皇覽》「是魏人王象、繆襲等所撰」〔註34〕，可知撰《皇覽》者應不止一人，故撰《列異傳》者，未必為劉劭之作。

綜上所述，《列異傳》作者，大抵以魏文帝為撰者，或有張華抑或無名氏續撰，此一說法較能成立。〔註35〕

2. 傳本

《隋書·經籍志》、《舊唐書·經籍志》、《冊府元龜》、《通志》中，《列異傳》著錄資料為三卷，《新唐書·藝文志》之載錄則為一卷。

《舊唐書》於後晉出帝開運二年（A.D.945）成書〔註36〕，其「經籍志」著錄之書，係依唐毋煚（？～A.D.722）《古今書錄》為據，《古今書錄》實又

〔註30〕 全寅初：《魏晉南北朝志怪小說研究》（臺北：國立臺灣師範大學國文研究所博士論文，1978 年 9 月），頁 182。

〔註31〕 周次吉：《六朝志怪小說研究》（臺北：文津出版社，1990 年 9 月出版），頁 36。

〔註32〕 （西晉）陳壽撰；（南朝宋）裴松之注：《三國志》（臺北：臺灣商務印書館，1937 年 1 月初版 1 刷，2010 年 11 月臺 2 版 1 刷，《百衲本二十四史》），魏書卷第二十一，劉劭傳，頁 301；魏書卷第二十三，楊俊傳，頁 324。

〔註33〕 （唐）魏徵等撰：《隋書·卷三十四·志第二十九·經籍三（子）·雜》（臺北：臺灣商務印書館，1937 年 1 月初版 1 刷，2010 年 7 月臺 2 版 1 刷，《百衲本二十四史》），頁 463。

〔註34〕 （西漢）司馬遷撰；（南朝宋）裴駰集解：《史記·卷一·五帝本紀》司馬貞索隱（臺北：藝文印書館，2005 年 2 月初版 4 刷），頁 27。

〔註35〕 參王國良：〈列異傳研究〉，《東吳文史學報》第 6 號（1988 年 1 月），頁 29～32。李劍國亦主張作者「姑定作曹丕、張華撰，以文帝後事屬之華作」。見李劍國：《唐前志怪小說輯釋》（修訂本）（上海：上海古籍出版社，2011 年 10 月第 1 版，2011 年 10 月第 1 次印刷），頁 153。

〔註36〕 林綏傑：《《舊唐書·文苑傳》研究》（臺北：國立政治大學中國文學系碩士班九十九學年度第二學期碩士學位論文，2011 年 7 月），頁 2。

依開元初完成的《群書四部錄》縮編而來〔註37〕；《新唐書》成書於宋仁宗嘉祐五年（A.D.1060），「藝文志」包含《舊唐志》已載之書，及《舊唐志》未載之唐代著作〔註38〕，新加入之內容採《崇文總目》資料〔註39〕，並及於唐人傳記、碑誌、文集、筆記等。《崇文總目》所載乃宋時之書，以之為《新唐志》的參考依據，未必能真實反映唐時書籍流傳之況。〔註40〕此外，自《太平廣記》、《太平御覽》纂成，引《列異傳》內容，《崇文總目》則未將《列異傳》列入〔註41〕，王國良推估《列異傳》不在《崇文總目》之列，或與宋真宗祥符八年（A.D.1015）崇文院慘遭祝融有關〔註42〕。

　　南宋謝維新《古今合璧事類備要》〔註43〕、元王罃《羣書類編故事》〔註44〕等書引《列異傳》，皆由《北堂書鈔》、《藝文類聚》、《初學記》、《太平廣記》及《太平御覽》等轉錄，可知南宋之後，《列異傳》已然散佚。明、清時，未見《列異傳》，亦無輯錄者。而今可見及之版本列表如下：

〔註37〕（後晉）劉昫等撰：《舊唐書》（臺北：臺灣商務印書館，1937 年 1 月初版 1 刷，2010 年 11 月臺 2 版 1 刷，《百衲本二十四史》），卷四十六，志第二十六，經籍上，頁 539。

〔註38〕（後晉）劉昫編：《舊唐書》（臺北：臺灣商務印書館，1937 年 1 月初版 1 刷，2010 年 11 月臺 2 版 1 刷，《百衲本二十四史》），卷四十六，志第二十六，經籍上，頁 540。

〔註39〕王重民主此說；劉兆祐教授則指出喬衍琯曾將《新唐志》與《崇文總目》兩相核比，所載有出入，認為《新唐志》「疑或取材自《貞元御府羣書新錄》、《唐秘閣目》、《唐四庫搜仿圖書目》、《集賢書目》等唐代所編書目」。見王重民：《中國目錄學史論叢》（北京：中華書局，1984 年 12 月第 1 版，1984 年 12 月北京第 1 次印刷），頁 108；劉兆祐：《中國目錄學》（臺北：五南圖書出版有限公司，1998 年 7 月初版 1 刷），頁 170。

〔註40〕李南暉：〈《新唐書‧藝文志》著錄唐國史辨疑〉，《文史》2002 年第 1 輯（總第 58 輯）（2002 年 3 月），頁 141～147。

〔註41〕在六朝志怪筆記方面，《崇文總目‧卷三‧小說類上》著錄殷芸《小說》；《崇文總目‧卷三‧小說類下》著錄《述異記》、《續齊諧記》及《還冤志》。見（北宋）王堯臣等編次；錢東垣等輯釋：《崇文總目》（臺北：臺灣商務印書館，1965 年 12 月臺 1 版，《叢書集成簡編》第 3 冊），頁 148、157。

〔註42〕王國良：〈列異傳研究〉，《東吳文史學報》第 6 號（1988 年 1 月），頁 33

〔註43〕《古今合璧事類備要‧卷八十》載《列異傳》中山王周南之事。見（南宋）謝維新編；（明）三衢夏相校刻：《古今合璧事類備要》（臺北：新興書局，1971 年 3 月 1 版），頁 1715。

〔註44〕《羣書類編故事‧卷二十四》載《列異傳》「陳倉雉瑞」、「鼠怪召凶」之事。（元）王罃編：《羣書類編故事》（臺北：臺灣商務印書館，1981 年 10 月初版，《宛委別藏》第 90 冊），頁 428～429、451。

序號	版本	朝代	輯者	則數	說明
1	《舊小說》	民國 3 年	吳曾祺	7	甲集中輯有佚文 7 則〔註 45〕，其中〈泰山黃原〉本載於劉義慶《幽明錄》，乃爲誤輯〔註 46〕
2	《古小說鈎沉》	民國四十年（A.D.1951）排印本	魯迅	50	由《水經注》、《齊民要術》、《三國志》裴松之注等書中，輯得佚文 50 則。此書尚有疏誤〔註 47〕，但堪稱爲目前相當完備的輯本

此外，尚有今人鄭學弢爲《列異傳》校注，輯得異文五十一則〔註 48〕。故今可得見之《列異傳》，乃爲輯佚之作。

二、晉

（一）西晉張華《博物志》

1. 作者

張華（A.D.232～300），字茂先，范陽方城（今河北涿縣）人，生於魏明帝太和六年（A.D.232），卒於晉惠帝永康元年（A.D.300）。張華「少孤貧，自牧羊」，卻「少自修謹，造次必以禮度」，其爲人「勇於赴義，篤於周急，器識弘曠」，曾著〈鷦鷯賦〉寄寓理想，阮籍贊其具「王佐之才」，其後聲名大噪，爲郡守薦爲「太常博士」，進而「轉河南尹丞」，未到任又爲「佐著作郎」，尋而「遷長史，兼中書郎」。所陳「朝議表奏」，「多見施用」。至晉朝，「拜黃門侍郎，封關內侯」，未幾年，又「拜中書令，後加散騎常侍」，平吳有功，「進封爲廣武縣侯」，甚而出爲「持節」、「都督幽州諸軍事」。惠帝時，任「太子少傅」，以謀誅楚王司馬瑋有功，「拜右光祿大夫、開府儀同三司、侍中、中書監」，後因「論前後忠勳，進封壯武郡公」，數年後，任「司空」，「領著作」。朝廷爭鬥中，張華終爲趙王司馬倫所殺，遭「夷三族」。

〔註 45〕 七則分別爲〈泰山黃原〉、〈何文〉、〈彭城男子〉、〈樂侯〉、〈談生〉、〈宋定伯〉及〈公孫達〉。見吳曾祺編：《舊小說‧甲集一‧漢魏六朝》（臺北：臺灣商務印書館，1965 年 11 月臺 1 版），頁 97～100。

〔註 46〕 李劍國：《唐前志怪小說史》（修訂本）（天津：天津教育出版社，2005 年 1 月第 1 版，2006 年 1 月第 2 次印刷），頁 237。

〔註 47〕 李劍國指出「黃帝葬橋山」、「江岩」及「鄱陽彭姓」條宜刪，「韓憑夫婦」及「張叔高」條應補。詳見李劍國：《唐前志怪小說史》（修訂本）（天津：天津教育出版社，2005 年 1 月第 1 版，2006 年 1 月第 2 次印刷），頁 238。

〔註 48〕 鄭學弢以《古小說鈎沉》爲底本，「另據《藝文類聚》補〈韓憑夫妻〉一則」。（魏）曹丕等撰；鄭學弢校注：《列異傳等五種》（北京：文化藝術出版社，1988 年 12 月北京第 1 版，1988 年 12 月北京第 1 次印刷），頁 1。

張華爲人「性好人物，誘進不倦，至于窮賤侯門之士有一介之善者，便
咨嗟稱詠，爲之延譽」。其文采之展現，「學業優博，辭藻溫麗」；其性「雅愛
書籍」，多方涉獵，擁「天下奇秘，世所希有」之書，「圖緯方伎之書莫不詳
覽」，加上其天賦「強記默識」，是以「四海之內，若指諸掌」。〔註49〕其著作
方面，注有《神異經》，著有《博物志》十卷、《張公雜記》五卷、《雜記》十
一卷〔註50〕、《張華集》十卷〔註51〕。張華事蹟，具《晉書》卷三十六。

2. 傳本

《晉書》中，《博物志》作十篇〔註52〕，自《隋書》起，新舊唐書、《崇文總
目》、《郡齋讀書志》、《通志》、《直齋書錄解題》、《玉海》、《文獻通考》、《宋史》、
及《四庫全書總目》等，《博物志》皆作十卷，撰者爲張華〔註53〕，並無異辭。

〔註49〕　（唐）房玄齡：《晉書》（臺北：臺灣商務印書館，1937年1月初版1刷，2010
年6月臺2版1刷，《百衲本二十四史》），卷三十六，列傳第六，頁277～279。

〔註50〕　（唐）魏徵等撰：《隋書・卷三十三・志第二十八・經籍二（史）》（臺北：臺
灣商務印書館，1937年1月初版1刷，2010年7月臺2版1刷，《百衲本二
十四史》），卷三十三，志第二十八，經籍二（史），頁455；卷三十四，志第
二十九，經籍三（子），頁462。

〔註51〕　《隋書》中著錄有《張華集》，後亡佚，明張溥輯有《張司空集》。（唐）魏徵
等撰：《隋書・卷三十五・志第三十・經籍四（集）》，同前註，頁478；（西晉）
張華撰；（明）張溥輯：《張司空集》（明崇禎間〔1628～1644〕太倉張氏原刊
本，《漢魏六朝百三家集》）。

〔註52〕　（唐）房玄齡：《晉書》，同註49，卷三十六，列傳第六，張華傳，頁280。

〔註53〕　見（後晉）劉昫等撰：《舊唐書》（臺北：臺灣商務印書館，1937年1月初版
1刷，2010年11月臺2版1刷，《百衲本二十四史》），卷四十七，志第二十
七，經籍志下，頁556；（北宋）歐陽修、宋祁：《新唐書》（臺北：臺灣商務
印書館，1937年1月初版1刷，2010年9月臺2版1刷，《百衲本二十四史》），
卷五十九，藝文志第四十九，小說家類，頁411；（北宋）王堯臣等編次；錢
東垣等輯釋：《崇文總目・卷三・小說類上》（臺北：臺灣商務印書館，1965
年12月臺1版，《叢書集成簡編》第3冊），頁154；（南宋）晁公武：《郡齋
讀書志・卷第十三・小說類》，收錄於李學勤主編：《中華漢語工具書書庫》
第83冊（合肥：安徽教育出版社，2002年1月第1版，2002年1月第1次
印刷），頁362；（南宋）鄭樵：《通志》，《景印文淵閣四庫全書》第374冊（臺
北：臺灣商務印書館，1986年3月初版），頁403；（南宋）陳振孫：《直齋書
錄解題》，《景印文淵閣四庫全書》第674冊，頁713；（南宋）王應麟：《玉海・
卷五十七・藝文・晉《博物志》》，《景印文淵閣四庫全書》第944冊，頁523；
（元）馬端臨：《文獻通考》，《景印文淵閣四庫全書》第614冊，頁551；（元）
脫脫：《宋史》（臺北：臺灣商務印書館，1937年1月初版1刷，2010年12
月臺2版1刷，《百衲本二十四史》），卷二百五，頁2414；（清）永瑢、紀昀
等撰：《欽定四庫全書總目》，《景印文淵閣四庫全書》第3冊，頁1011。

　　現今所傳《博物志》有二種，一為明代以來之通行本，類分三十八個標目，明人吳琯《古今逸史》、何允中《廣漢魏叢書》、胡文煥《格致叢書》、商濬《稗海》、清人汪士漢《秘書二十一種》、紀昀《四庫全書》、王謨《增訂漢魏叢書》、湖北崇文書局所刊《百子全書》及姚振宗《快閣叢書》等屬之；一為黃丕烈刻之汲古閣舊藏影鈔北宋《連江葉氏》本，即《士禮居叢書》本，不標門類〔註54〕，錢熙祚《指海》、《四部備要》及鄭堯臣《龍谿精舍叢書》等屬之。所傳二類，內容無異，僅分合不同〔註55〕，顯見其祖本相同。《士禮居叢書》本源於宋刻，李劍國因此「疑通行本乃後人重新編排分類而成」〔註56〕。

　　今《博物志》之傳本十卷，然《藝文類聚》、《太平御覽》、《紺珠集》、《類說》、《說郛》等書中，有引文不見於今本《博物志》者，可知今本並非張華原著〔註57〕，後人則見輯佚者，如清人馬國翰《博物記》一卷，載於《玉函山房輯佚書》中，然誤植作者為漢唐蒙〔註58〕；王謨輯《博物記》一卷，載於《漢唐地理書鈔》中〔註59〕；周心如有《博物志》十卷及補遺二卷，載於《紛欣閣叢書》〔註60〕；錢熙祚《博物志佚文》一卷，載於《指海》〔註61〕；

〔註54〕 「檢予爾所刻汲古閣祕本書目中有北宋版《博物志》一本，估價四兩，云其次序與南宋版不同，係蜀本大字，真奇物也，影鈔當出於此。」（西晉）張華撰；（宋）周日用等注：《博物志》黃丕烈「跋葉氏本」（《四部備要》第 421 冊〔臺北：臺灣中華書局，1966 年 3 月臺 1 版〕），後跋，葉 1。

〔註55〕 唯有一差異，在於卷四「司馬遷」條（通行本則出現在卷五）下有周日用注，通行本脫載。見李劍國：《唐前志怪小說輯釋》（修訂本）（上海：上海古籍出版社，2011 年 10 月第 1 版，2011 年 10 月第 1 次印刷），頁 179。

〔註56〕 李劍國：《唐前志怪小說輯釋》（修訂本），同前註，頁 179。

〔註57〕 魏世民：《魏晉南北朝小說史‧魏晉南北朝小說編年》（下冊）（合肥：安徽大學出版社，2011 年 6 月第 1 版，2011 年 6 月第 1 次印刷），頁 476；李劍國：《唐前志怪小說史》（修訂本）（天津：天津教育出版社，2005 年 1 月第 1 版，2006 年 1 月第 2 次印刷），頁 259。

〔註58〕 （清）馬國翰輯：《玉函山房輯佚書》，《續修四庫全書》第 1204 冊（上海：上海古籍出版社，2002 年 3 月第 1 版，2002 年 3 月第 1 次印刷），頁 372～374。

〔註59〕 （清）王謨輯：《漢唐地理書鈔‧張華博物地名記》（北京：中華書局，1961 年 9 月第 1 版，1961 年 9 月北京第 1 次印刷），頁 115～119。

〔註60〕 （清）周心如輯：《紛欣閣叢書》，收錄於賈貴榮、張忱石輯：《稀見清代民國叢書五十種》第 1 冊（北京：國家圖書館出版社，2014 年 3 月第 1 版，2014 年 3 月第 1 次印刷），頁 417～464。

〔註61〕 （清）錢熙祚輯；（清）錢培讓、（清）錢培杰同續輯：《指海》（臺北：藝文印書館，1968 年，《百部叢書集成》第 54 函第 42 冊）。

王仁俊《博物志佚文》，載於《經籍佚文》〔註62〕。今人則有臺灣唐久寵以黃丕烈《士禮居叢書》景刻汲古閣舊鈔宋連江葉氏本為底本，參校明清以來各異本，及《紺珠集》、宋曾慥《類說》、民國涵芬樓排印陶宗儀《說郛》本等節本〔註63〕，撰《博物志校釋》。大陸則有范寧《博物志校證》〔註64〕，以《秘書二十一種》本為底本，參校各異本及類書，輯得佚文二百多條，蒐羅甚豐。

今可見及之版本，以刊刻較為嚴謹精良者為代表，列表如下：

序號	版本	朝代	刊刻者	卷數	說明
1	《古今逸史》本	明萬曆年間（A.D.1573～1620）	吳琯	10	
2	《秘書二十一種》本	清康熙戊申七年（A.D.1668）	汪士漢	10	張華撰，周日用等註
3	《增訂漢魏叢書》本	清乾隆五十六年（A.D.1791）	王謨	10	張華撰，宋人周日用、盧氏注
4	《士禮居叢書》本	清嘉慶九年（A.D.1804）	黃丕烈	10	影寫連江葉氏本重雕。今《四部備要》本，即據《士禮居》本校刊
5	《指海》本	清道光二十六年（A.D.1846）錢氏據《借月山房彙鈔》刊版	錢熙祚	10	輯《博物志佚文》一卷，附於《博物志》十卷之後。今《叢書集成新編》第43冊所收之《博物志》，即採《指海》本
6	《百子全書》本	清光緒元年（A.D.1875）	湖北崇文書局	10	重刻《增訂漢魏叢書》本

今《筆記小說大觀》三編第二冊所收之《博物志》，乃輯明萬曆刻本及清嘉慶刻本影印，標有類目。

（二）西晉陸機《要覽》

1. 作者

陸機（A.D.261～303），字士衡，吳郡吳縣（今江蘇蘇州）〔註65〕人，生於孫吳景帝永安四年（A.D.261），卒於晉惠帝太安二年（A.D.303），西

〔註62〕（清）王仁俊輯：《經籍佚文》，《續修四庫全書》第1211冊（上海：上海古籍出版社，2002年3月第1版，2002年3月第1次印刷），頁771～778。

〔註63〕詳參唐久寵：《博物志校釋・校釋凡例》（臺北：臺灣學生書局，1980年6月初版），頁23～25。

〔註64〕（西晉）張華撰；范寧校證：《博物志校證》（臺北：明文書局，1981年9月初版）。

〔註65〕劉運好：〈陸機籍貫與行迹考論〉，《南京師大學報》（社會科學版），2010年第4期（2010年7月），頁125～127。

晉文學家。祖父陸遜，為吳國丞相、荊州牧。父親陸抗，為吳之鎮軍將軍、大司馬、荊州牧。陸機年少時即有異才，文章冠於當世，傾心儒術，謹守禮制；其弟陸雲，六歲能文，少時即與兄陸機齊名，號為「二陸」。晉武帝泰始十年（A.D.274）秋七月，陸機父亡，依吳之世兵、世將制，陸機與兄弟五人率領其父旗下之兵，為牙門將。晉武帝太康元年（A.D.280）三月，吳國亡，時陸機二十歲，與弟陸雲退隱故里，閉戶勤學十年，〈文賦〉成於此時，並有諸多詩篇誄文等創作。晉武帝太康十年（A.D.289），陸機與弟陸雲到洛陽訪張華，得其舉薦於諸公卿之間，任西晉祭酒、太子洗馬、著作郎、郎中令、尚書中兵郎、相國參軍、中書郎等，惠帝太安元年（A.D.302）官至平原內史，其間著作頗豐，詩作、賦作皆可見及，亦有《晉紀》著成。太安二年（A.D.303），司馬穎討伐長沙王司馬乂，任用陸機為後將軍、河北大都督，陸機率軍二十餘萬人，大敗長沙王於鹿苑，宦人孟玖弟孟超隨陸機征戰而亡，孟玖疑弟孟超為陸機所殺，遂夥同將軍王闡等人，向司馬穎進讒言，言陸機有異志，陸機遂為司馬穎所殺，年四十三，而陸機之二子陸蔚、陸夏，也同時被害。〔註66〕

陸機「天才秀逸，辭藻宏麗」，張華贊其多才，葛洪亦對陸機推崇備至，讚其「猶玄圃之積玉」，「其弘麗妍贍，英銳漂逸，亦一代之絕」〔註67〕。陸機之文，有三百餘篇行於世。陸機事蹟，具《晉書》卷五十四。

2. 傳本

《隋書‧經籍志》中，未見著錄《要覽》，至《舊唐書》雜家類始見〔註68〕，

〔註66〕 參（唐）房玄齡：《晉書》（臺北：臺灣商務印書館，1937 年 1 月初版 1 刷，2010 年 6 月臺 2 版 1 刷，《百衲本二十四史》），卷五十四，列傳第二十四，陸機傳，頁 390～394；姜亮夫：《陸平原年譜》（上海：古典文學出版社，1957 年 7 月第 1 版，1957 年 7 月第 1 次印刷），頁 13～98；俞士玲：《陸機陸雲年譜》（北京：人民文學出版社，2009 年 2 月北京第 1 版，2009 年 2 月第 1 次印刷），頁 1～325；朱東潤：〈陸機年表〉，《國立武漢大學文哲季刊》第 1 卷第 1 號（1930 年 4 月），收於《國立武漢大學文哲季刊》（臺北：臺灣學生書局，1970 年 8 月景印初版），頁 173～187；（西晉）陸機著；劉運好校注整理：《陸士衡文集校注‧陸士衡年譜》（南京：鳳凰出版社，2007 年 12 月第 1 版，2007 年 12 月第 1 次印刷），頁 1371～1434。

〔註67〕 （唐）房玄齡：《晉書》，同前註，卷五十四，頁 393。

〔註68〕 （後晉）劉昫等撰：《舊唐書》（臺北：臺灣商務印書館，1937 年 1 月初版 1 刷，2010 年 11 月臺 2 版 1 刷，《百衲本二十四史》），卷四十七，志第二十七，經籍下，雜家，頁 555。

《新唐書》〔註69〕、宋人李淑《邯鄲書目》〔註70〕、明董斯張《廣博物志》〔註71〕亦見著錄。自唐至明，《要覽》之著錄資料皆為三卷，今所見《要覽》皆為一卷，可見原始資料已不全。今可見及之主要版本如下：

序號	版　本	朝　代	輯刊者	說　明
1	《玉函山房輯佚書》本	清康熙戊申七年（A.D.1668）	馬國翰	載於「子編雜家類」中，然篇目已無法區分。今《筆記小說大觀》本，即採《玉函山房輯佚書》之娜嬛館刊本〔註72〕

（三）東晉郭璞《玄中記》

1. 作者

南宋羅苹，為其父羅泌所撰之《路史發揮》作注時，於卷二〈論槃瓠之妄〉中，以《玄中記·狗封氏》文同郭璞注之《山海經·狗封氏事》，證明《郭氏玄中記》之作者即為郭璞〔註73〕；除〈狗封氏〉外，《玄中記》尚有內容同於《山海經》之注文者〔註74〕，可見羅苹之說言而有據〔註75〕。

郭璞（A.D.276～324），字景純，河東聞喜（今山西聞喜）人，生於西晉武帝咸寧二年（A.D.276）。父親郭瑗，曾任尚書都令史，官至建平太守。郭璞

〔註69〕　（北宋）歐陽修、宋祁：《新唐書》（臺北：臺灣商務印書館，1937年1月初版1刷，2010年9月臺2版1刷，《百衲本二十四史》），卷五十九，藝文志第四十九，雜家，頁410。

〔註70〕　《邯鄲書目》又名《邯鄲圖書志》、《圖書十志》，為宋李淑（李獻臣）之家藏書目，今未能得見，資料轉引自《筆記小說大觀》第19編第1冊所收《陸氏要覽》中馬國翰之序言。（西晉）陸機：《陸氏要覽》，收於《筆記小說大觀》第19編第1冊（臺北：新興書局，1997年8月版），頁179。

〔註71〕　（明）董斯張：《廣博物志·卷二十九·藝苑四》，《景印文淵閣四庫全書》第981冊（臺北：臺灣商務印書館，1986年3月初版），頁74。

〔註72〕　（西晉）陸機：《陸氏要覽》娜嬛館刊本，見《續修四庫全書》第1204冊（上海：上海古籍出版社，2002年3月第1版，2002年3月第1次印刷），頁425～426。

〔註73〕　（南宋）羅泌著；羅苹註；（明）喬可傳校：《路史發揮》（《四部備要》第296冊〔臺北：臺灣中華書局，1966年3月臺1版〕），第二卷，論槃瓠之妄，葉19。

〔註74〕　如《山海經》〈海外西經〉「奇肱國」、「丈夫國」、〈大荒西經〉「昆侖之丘」等，在《玄中記》亦見類似文字。見（東晉）郭璞注：《山海經》（臺北：臺灣商務印書館，1979年11月臺1版，《四部叢刊正編》第24冊），頁51、52、69；（東晉）郭璞：《玄中記》，收於魯迅輯錄：《古小說鉤沉》（濟南：齊魯書社，1997年11月第1版，1997年11月第1次印刷），頁234、233、235。

〔註75〕　參王枝忠：《漢魏六朝小說史》（杭州：浙江古籍出版社，1997年6月第1版，1997年6月第1次印刷），頁109；吳志達：《中國文言小說史》（濟南：齊魯書社，1994年9月第1版，1994年9月第1次印刷），頁103。

喜好經術，博學有才，但不擅言詞，詞賦作品爲當時翹楚。好古文奇字，其
陰陽曆算，五行、天文、卜筮等方面之造詣，更在京房、管輅之上。西晉末
年，郭璞因戰亂避地江南，後爲宣城太守殷祐引爲參軍，也曾被王導器重，
用爲參軍。晉元帝時，爲皇帝所重用，遷爲著作郎，又任王導的記室參軍。
郭璞擅於卜筮，晉明帝太寧二年（A.D.324），王敦將叛亂前令郭璞占卜，其結
果觸怒王敦，遂爲自己引來殺身之禍，時年四十九。〔註76〕

　　在著作方面，郭璞曾注《方言》、《穆天子傳》、《山海經》及《楚辭》等古
籍，花大量心力注解《爾雅》，並爲此書注音、作圖。詩文之著作，則有詩賦誄
頌數萬言，傳於後世。其中，〈遊仙詩〉負有盛名，「詞賦爲中興之冠」〔註77〕，
《隋書・經籍志》著錄《晉弘農太守郭璞集》十七卷〔註78〕，然已散失，今有
明人張溥輯《郭弘農集》二卷〔註79〕傳世。郭璞事蹟，具《晉書》卷七十二。

　　2. 傳本

　　《玄中記》，《隋書・經籍志》、兩部《唐志》皆未見著錄，最早見於《太
平廣記》所引〔註80〕，後有《太平御覽・經史圖書綱目》，題《郭氏玄中記》
〔註81〕，《崇文總目》地理類及《通志・藝文略》地理類著錄《玄中記》一卷
〔註82〕，今可見及之版本均爲輯佚本，要者如下：

〔註76〕　游信利：〈郭璞年譜初稿〉，《中華學苑》第 10 期（1972 年 9 月），頁 79～110。

〔註77〕　（唐）房玄齡：《晉書》（臺北：臺灣商務印書館，1937 年 1 月初版 1 刷，2010
　　　　　年 6 月臺 2 版 1 刷，《百衲本二十四史》），卷七十二，列傳第四十二，郭璞傳，
　　　　　頁 514、511。

〔註78〕　（唐）魏徵等撰：《隋書・卷三十五・志第三十・經籍四（集）・別集》（臺北：
　　　　　臺灣商務印書館，1937 年 1 月初版 1 刷，2010 年 7 月臺 2 版 1 刷，《百衲本
　　　　　二十四史》），頁 479。

〔註79〕　（東晉）郭璞撰；（明）張溥輯：《郭弘農集》（明崇禎間〔1628～1644〕太倉
　　　　　張氏原刊本）。

〔註80〕　如卷四百四十七引狐五十歲能化爲婦人事、卷四百五十六引崑崙西北有巨蛇
　　　　　之事、卷四百六十四引東海有大魚之事等。（北宋）李昉編：《太平廣記》，《叢
　　　　　書集成三編》第 70 冊（臺北：新文豐出版公司，1997 年 3 月臺 1 版），頁 513、
　　　　　531、553。

〔註81〕　（北宋）李昉等奉敕撰：《太平御覽・太平御覽經史圖書綱目》，《景印文淵閣
　　　　　四庫全書》第 893 冊（臺北：臺灣商務印書館，1986 年 3 月初版），頁 13。

〔註82〕　見（北宋）王堯臣等編次；錢東垣等輯釋：《崇文總目・卷二・地理類》（臺
　　　　　北：臺灣商務印書館，1965 年 12 月臺 1 版，《叢書集成簡編》第 3 冊），頁
　　　　　96；（南宋）鄭樵：《通志・卷六十六・藝文略第四・地理・名山洞府》，《景
　　　　　印文淵閣四庫全書》第 374 冊，同前註，頁 366。

序號	版　　本	朝　　代	輯刊者	說　　明
1	《玉函山房輯佚書》本	清康熙戊申七年（A.D.1668）	馬國翰	自《文選注》、《路史》注、《荊楚歲時記》注等書輯得 58 則〔註 83〕
2	《汲古閣珍藏秘本書目》〔註 84〕本	清康熙四十四年（A.D.1705）	毛扆	著錄有精抄之《玄中記》一本，應屬明人之輯本
3	《十種古逸書》本	清道光十四年（A.D.1834）	茆泮林	輯《玄中記》一卷及《補遺》一卷，計 75 則。《續修四庫全書》第 1264 冊、《叢書集成新編》第 81 冊亦採茆泮林輯本
4	《漢學堂叢書》本	清道光中	黃奭	又名《黃氏逸書考》，內有《郭氏玄中記》一卷。《四部分類叢書集成三編》所收《郭氏玄中記》，以「清道光中甘泉黃氏刊民國十四年王鑑修補印本」為本
5	觀古堂本	清光緒二十年（A.D.1894）	葉德輝	鑒於茆泮林所輯的十種逸書，及馬國翰玉函山房所輯諸子書「挂漏甚多」〔註 85〕而重輯之，其《郭氏玄中記》有二刊本：一、清光緒 20 年湘潭葉氏刊本，屬《觀古堂所著書》；二、清光緒 28 年（A.D.1902）長沙葉氏觀古堂郋園全書刊本，為嚴靈峰無求備齋諸子文庫所收。今《叢書集成續編》第 211 冊所收之《郭氏玄中記》〔註 86〕，亦採葉德輝輯本
6	《古小說鉤沉》本	民國四十年（A.D.1951）排印本	魯迅	由《藝文類聚》、《初學記》、《太平御覽》等書中輯得 71 條〔註 87〕

（四）東晉干寶《搜神記》

1. 作者

　　干寶（A.D.286？～336），字令升，晉汝南郡新蔡（今河南新蔡）人，約生於晉武帝太康七年（A.D.286）〔註 88〕。漢末，干寶先人避亂，徙而定居海鹽（今浙江海鹽東北）。祖父干統〔註 89〕，曾任吳國的奮武將軍、都亭侯。父

〔註 83〕　嚴懋垣：〈魏晉南北朝志怪小說書錄附考證〉，《文學年報》第 6 期（1940 年 11 月），頁 59～60。

〔註 84〕　（清）毛扆編：《汲古閣珍藏秘本書目》（臺北：臺灣商務印書館，1965 年 12 月臺 1 版，《叢書集成簡編》本，據士禮居叢書本排印），頁 14。

〔註 85〕　（清）葉德輝：〈輯郭氏玄中記序〉，《叢書集成續編》第 211 冊（臺北：新文豐出版公司，1989 年 7 月臺 1 版），頁 555。

〔註 86〕　（東晉）郭氏撰；（清）葉德輝輯：《郭氏玄中記》，《叢書集成續編》第 211 冊，同前註，頁 555。

〔註 87〕　詳見盧芳、湯穎儀：〈獨立的準備——魯迅輯校的《古小說鉤沉》初考〉，《焦作師範高等專科學校學報》第 22 卷第 1 期（2006 年 3 月），頁 14。

〔註 88〕　（唐）許嵩撰；張忱石點校：《建康實錄・點校說明》（北京：中華書局，1986 年 10 月第 1 版，2009 年 2 月北京第 2 次印刷），點校說明，頁 12。

〔註 89〕　干統因避皇太子蕭統之諱，改名干正。見（南朝宋）臨川王義慶撰；（梁）劉孝標注：《世說新語・卷下之下・排調第二十五》注引〈中興書〉（臺北：臺

親干瑩，曾任海鹽令〔註90〕、丹陽丞、立節都尉〔註91〕。兄干慶，曾任晉豫寧令。干寶少時勤學，博覽群書，因具才器被召爲佐著作郎；愍帝建興三年（A.D.315），參與平湘州之役有功，賜爵關內侯。元帝建武元年（A.D.317）十一月，東晉於草創之期，王導建言國史之要，朝廷「置史官，立太學」，干寶「領國史」〔註92〕，著《晉紀》二十卷，「直而能婉」〔註93〕。後因家貧之故，求補爲山陰（今浙江紹興）令，後遷始安（今廣西桂林）太守。成帝咸康元年（A.D.335）四月，任司徒右長史。其後，遷官散騎常侍兼領著作郎，咸康二年三月卒〔註94〕。

　　干寶著《春秋左氏函傳義》、《春秋序論》、《周易宗塗》、《周易爻義》、《周易注》、《周官禮注》、《干子》、《干寶集》、《百志詩》等，著作多元，然而於今尚存者，僅爲輯本，其《晉紀》及《搜神記》二書最具影響力。〔註95〕

　　干寶本喜陰陽術數，建武中，干寶兄曾因病氣絕，死而復生，加之干寶幼年時，父親所寵侍婢，在干瑩亡時爲干寶母親推於墓中，十餘年後，干寶母親去世，開墓，卻見侍婢「伏棺如生」〔註96〕，數日後侍婢甦醒，並能預知家中吉凶之事。干寶有所感，遂於建武元年，亦爲領國史之年，撰《搜神記》，以「明神道之不誣」〔註97〕。〔註98〕干寶事蹟，具《晉書》卷八十二。

　　　　灣商務印書館，1979年11月臺1版，《四部叢刊正編》第24冊），頁129。

〔註90〕　（清）嵇曾筠等監修；沈翼機等編纂：《浙江通志·卷二百三十六·陵墓二·嘉興府·海鹽縣》，《景印文淵閣四庫全書》第525冊（臺北：臺灣商務印書館，1986年3月初版），頁385。

〔註91〕　（元）徐碩：《至元嘉禾志·卷十三·塚墓·海鹽縣·考證》引舊圖經，《景印文淵閣四庫全書》第491冊，同前註，頁107。

〔註92〕　（唐）許嵩撰；張忱石點校：《建康實錄·卷第五·晉上·中宗元皇帝》（北京：中華書局，1986年10月第1版，2009年2月北京第2次印刷），頁127。

〔註93〕　（唐）房玄齡：《晉書》（臺北：臺灣商務印書館，1937年1月初版1刷，2010年6月臺2版1刷，《百衲本二十四史》），卷八十二，列傳第五十二，干寶傳，頁580。

〔註94〕　（唐）許嵩撰；張忱石點校：《建康實錄·卷第七·晉中·顯宗成皇帝》，同註92，頁188。

〔註95〕　（唐）魏徵等撰：《隋書》（臺北：臺灣商務印書館，1937年1月初版1刷，2010年7月臺2版1刷，《百衲本二十四史》），卷三十二，頁430、433、437；卷三十三，頁446、454；卷三十四，頁459；卷三十五，頁479、486。

〔註96〕　（唐）房玄齡：《晉書》，同註93，卷八十二，干寶傳，頁580。

〔註97〕　（東晉）干寶撰：《搜神記·序》，《叢書集成新編》第81冊（臺北：新文豐出版股份有限公司，1985年元月初版，明萬曆胡震亨等校刊本），頁658。

2. 傳本

《搜神記》於《隋書‧經籍志》雜傳類始見著錄〔註99〕，《舊唐書‧經籍志》雜傳類鬼神家〔註100〕、《晉書‧干寶傳》〔註101〕、《日本國見在書目錄》〔註102〕雜傳家〔註103〕、《新唐書‧藝文志》小說類〔註104〕及《通志‧藝文略》傳記類冥異屬〔註105〕皆云三十卷。《崇文總目》小說類〔註106〕、《中興館閣書目》小說家類〔註107〕、《宋史‧藝文志》〔註108〕著錄十卷。南宋時著錄豐富之二書——晁公武《郡齋讀書志》及陳振孫的《直齋書錄

〔註98〕　參（唐）房玄齡：《晉書》（臺北：臺灣商務印書館，1937 年 1 月初版 1 刷，2010 年 6 月臺 2 版 1 刷，《百衲本二十四史》），卷八十二，干寶傳，頁 580；李劍國：〈干寶考〉，《文學遺產》2001 年第 2 期（2001 年 3 月），頁 14～25；李劍國：《唐前志怪小說史》（修訂本）（天津：天津教育出版社，2005 年 1 月第 1 版，2006 年 1 月第 2 次印刷），頁 274～282；（唐）許嵩：《建康實錄‧卷第五‧晉上‧中宗元皇帝》（北京：中華書局，1986 年 10 月第 1 版，2009 年 2 月北京第 2 次印刷），頁 127。

〔註99〕　（唐）魏徵等撰：《隋書‧卷三十三‧志第二十八‧經籍二（史）》（臺北：臺灣商務印書館，1937 年 1 月初版 1 刷，2010 年 7 月臺 2 版 1 刷，《百衲本二十四史》），頁 454。

〔註100〕　（後晉）劉昫等撰：《舊唐書》（臺北：臺灣商務印書館，1937 年 1 月初版 1 刷，2010 年 11 月臺 2 版 1 刷，《百衲本二十四史》），卷四十六，志第二十六，經籍上，史，雜傳類，頁 550。

〔註101〕　（唐）房玄齡：《晉書》，同註 98，卷八十二，列傳第五十四，干寶傳，頁 580。

〔註102〕　《日本國見在書目錄》約於「宇多天皇寬平三年至九年之間（891～897），相當於唐昭宗大順二年至乾寧四年時」撰成。見王國良：《搜神後記研究‧上篇（緒論）》附註 5（臺北：文史哲出版社，1978 年 6 月初版），頁 31。

〔註103〕　〔日〕藤原佐世：《日本國見在書目錄‧卷二十‧雜傳家》，《叢書集成新編》第 1 冊（臺北：新文豐出版股份有限公司，1985 年元月初版），頁 376。

〔註104〕　（北宋）歐陽修、宋祁：《新唐書》（臺北：臺灣商務印書館，1937 年 1 月初版 1 刷，2010 年 9 月臺 2 版 1 刷，《百衲本二十四史》），卷五十九，藝文志第四十九，丙部子錄，小說家類，頁 411。

〔註105〕　（南宋）鄭樵：《通志‧卷六十五‧藝文略第三‧史類第五‧傳記‧冥異》，《景印文淵閣四庫全書》第 374 冊（臺北：臺灣商務印書館，1986 年 3 月初版），頁 361。

〔註106〕　（北宋）王堯臣等編次；錢東垣等輯釋：《崇文總目‧卷三‧小說類下》（臺北：臺灣商務印書館，1965 年 12 月臺 1 版，《叢書集成簡編》第 3 冊），頁 160。

〔註107〕　（南宋）陳騤等撰；趙士煒輯：《中興館閣書目》，收錄於嚴靈峯編輯：《書目類編》（二）（臺北：成文出版社有限公司，1978 年 7 月版，據民國四十六年排印本影印），頁 627。

〔註108〕　（元）脫脫：《宋史》（臺北：臺灣商務印書館，1937 年 1 月初版 1 刷，2010 年 12 月臺 2 版 1 刷，《百衲本二十四史》），卷二百六，頁 2417。

解題》，則未見《搜神記》資料，可知南宋時期，該書已罕爲流傳。南宋之初，朱勝非《紺珠集》卷七錄有《搜神記》十一條〔註109〕，曾慥《類說》卷七錄有《搜神記》十二條〔註110〕，然〈阿香推車〉、〈審雨堂〉實出於《續搜神記》及《妖異記》〔註111〕，可知其所據之《搜神記》已非原書；元末陶宗儀《說郛》卷四錄有《搜神記》三條〔註112〕，則全與《類說》所錄同，可知《搜神記》在南宋時已佚。〔註113〕

今可見之《搜神記》爲二十卷本，最早爲明人所輯〔註114〕，主要版本如下：

序號	版本	朝代	刊刻者	說明
1	《秘冊彙函》本	明萬曆三十一年（A.D.1603）	胡震亨、姚士粦	今人出版之《叢書集成》，即採《秘冊彙函》本
2	《百子全書》本	清光緒元年（A.D.1875）	湖北崇文書局	今人胡懷琛即以《百子全書》本爲底本，對《搜神記》加以點校

〔註109〕 〈種玉得婦〉、〈赤虹化玉〉、〈青蚨〉、〈鳩化帶鉤〉、〈阿香車〉、〈龍精〉、〈神光照舍〉、〈審雨堂〉、〈笑電〉、〈鵲巢〉及〈長嘯呼風〉，計十一條。（宋）朱勝非：《紺珠集・卷七》，《景印文淵閣四庫全書》第872冊（臺北：臺灣商務印書館，1986年3月初版），頁416～417。

〔註110〕 〈設義漿〉、〈赤虹〉、〈子母錢〉、〈金帶鉤〉、〈生子有神光〉、〈阿香推車〉、〈蟻穴〉、〈太山司命君〉、〈霹靂〉、〈長嘯呼風〉、〈登樓自焚〉及〈青狗御者爲怪〉，計十二條。（南宋）曾慥：《類說・卷七》，《景印文淵閣四庫全書》第873冊，同註109，頁133～135。

〔註111〕 〈阿香推車〉出於《搜神後記》卷五；〈審雨堂〉出於《太平廣記・卷四百七十四》引《窮神秘苑》，文中又言乃引自《妖異記》。見（東晉）陶潛撰；汪紹楹校注：《搜神後記》（臺北：木鐸出版社，1982年2月初版），頁34；（北宋）李昉編：《太平廣記・卷四百七十四》，《叢書集成三編》第70冊（臺北：新文豐出版公司，1997年3月臺1版），頁574。

〔註112〕 熊救人出坎、秦精遇怪、及合肥水中大缸事三條。（元）陶宗儀：《說郛・卷四》（臺北：臺灣商務印書館，1972年12月初版，據明鈔本涵芬樓藏版影印），頁293～294。

〔註113〕 參李劍國：《唐前志怪小說輯釋》（修訂本）（上海：上海古籍出版社，2011年10月第1版，2011年10月第1次印刷），頁262；李劍國：《唐前志怪小說史》（修訂本）（天津：天津教育出版社，2005年1月第1版，2006年1月第2次印刷），頁284～285。

〔註114〕 魯迅：《魯迅小說史論文集——《中國小說史略》及其他・中國小說的歷史的變遷・第二講・六朝時之志怪與志人》（臺北：里仁書局，1992年9月初版，2000年10月增訂1版），頁512。

（五）東晉祖台之《志怪》

1. 作者

祖台之（約 A.D.317～419），字元辰，范陽遒縣（今河北淶水）人，為祖沖之曾祖〔註 115〕。東晉孝武帝太元（A.D.376～396）年間，曾任尚書左丞，時為「不脩廉隅」、「驕貴使酒」的中書令王國寶在筵席上所凌辱，因「不敢言」，被以「懦弱」「非監司體」之名義遭免官〔註 116〕。安帝元興（A.D.402～404）年間，祖台之任御史中丞〔註 117〕，桓玄輔政之時，祖台之曾對中書侍郎范泰、前司徒左長史王準之、輔國將軍司馬珣之等人，提出「居喪無禮」之彈劾，使范泰等人罷官免職〔註 118〕。其後官至侍中、光祿大夫〔註 119〕。《晉書‧祖台之傳》載祖台之撰有《志怪》一書行於世〔註 120〕，《隋書‧經籍志》「別集類」著錄有「晉光祿大夫《祖台之集》十六卷」〔註 121〕，惜今已亡。祖台之事蹟，具《晉書》卷七十五。

2. 傳本

《晉書‧祖台之傳》言祖台之著有《志怪》，卻未言其卷數；《隋書‧經籍志》「雜傳類」著錄祖台之《志怪》二卷〔註 122〕，《舊唐書‧經籍志》「雜

〔註 115〕（唐）李延壽：《南史》（臺北：臺灣商務印書館，1937 年 1 月初版 1 刷，2010年 9 月臺 2 版 1 刷，《百衲本二十四史》），卷七十二，列傳第六十二，祖沖之傳，頁 744。

〔註 116〕（唐）房玄齡：《晉書》〈王湛傳〉附〈王國寶傳〉（臺北：臺灣商務印書館，1937 年 1 月初版 1 刷，2010 年 6 月臺 2 版 1 刷，《百衲本二十四史》），卷七十五，列傳第四十五，頁 531。

〔註 117〕李巧玲：《范陽祖氏家族的文化傳統及其古小說創作》（重慶：西南大學中國古代文學碩士學位論文，2008 年 4 月），頁 2。

〔註 118〕（南朝梁）沈約：《宋書》（臺北：臺灣商務印書館，1937 年 1 月初版 1 刷，2010 年 9 月臺 2 版 1 刷，《百衲本二十四史》），卷六十，列傳第二十，范泰傳，頁 930。

〔註 119〕（唐）房玄齡：《晉書‧王湛傳‧祖台之傳》，同註 116，卷七十五，列傳第四十五，頁 532。

〔註 120〕同上註。

〔註 121〕（唐）魏徵等撰：《隋書‧卷三十五‧志第三十‧經籍四（集）》（臺北：臺灣商務印書館，1937 年 1 月初版 1 刷，2010 年 7 月臺 2 版 1 刷，《百衲本二十四史》），頁 481。

〔註 122〕（唐）魏徵等撰：《隋書‧卷三十三‧志第二十八‧經籍二（史）》，同前註，頁 454。

傳類」〔註123〕、《新唐書・藝文志》「小說家類」〔註124〕皆言四卷,《通志・藝文略》「傳記類冥異屬」與《隋書・經籍志》同,著錄二卷〔註125〕。二卷、四卷之不同說法,李劍國認為乃新、舊《唐書》「析其卷帙」〔註126〕而成。

　　宋朝之後,則未再見及《志怪》之著錄資料,可知此書已於宋亡佚。今可見及之版本,僅一卷,為輯佚所得。

序號	版本	朝代	輯者	則數	說明
1	《古小說鉤沉》本	民國四十年（A.D.1951）排印本	魯迅	15	由《北堂書鈔》、《初學記》、《太平廣記》、《太平御覽》中輯得

　　李巧玲在《范陽祖氏家族的文化傳統及其古小說創作》論文中,另輯有佚文四條,收於該書附錄中〔註127〕。

　　今人尚有鄭學弢將《列異傳》、祖台之《志怪》、《靈鬼志》、《甄異傳》及祖沖之《述異記》等五書詳加校注,祖台之《志怪》計十五則〔註128〕。

（六）東晉孔約《志怪》

1. 作者

　　《隋書・經籍志》、《舊唐書・經籍志》及《新唐書・藝文志》皆著錄《志怪》一書為孔氏所撰,然未詳其名。清人文廷式《補晉書藝文志》指出「《翻譯名義集》卷六亦引此書『楚文王時有人獻大鵬雛』事,是此書南宋猶存」,並據《太平廣記・卷二七六》「晉明帝」條引《志怪》文:「晉明帝時獻馬者,夢河神請之。及至,與帝夢同。即投河以奉神。始太傅褚裒,亦好此馬。帝

〔註123〕（後晉）劉昫等撰:《舊唐書》（臺北:臺灣商務印書館,1937年1月初版1刷,2010年11月臺2版1刷,《百衲本二十四史》）,卷四十六,志第二十六,經籍上,史,雜傳類,頁550。

〔註124〕（北宋）歐陽修、宋祁:《新唐書》（臺北:臺灣商務印書館,1937年1月初版1刷,2010年9月臺2版1刷,《百衲本二十四史》）,卷五十九,藝文志第四十九,丙部子錄,小說家類,頁411。

〔註125〕（南宋）鄭樵:《通志・卷六十五・藝文略第三・史類第五・傳記・冥異》,《景印文淵閣四庫全書》第374冊（臺北:臺灣商務印書館,1986年3月初版）,頁361。

〔註126〕李劍國:《唐前志怪小說輯釋》（修訂本）（上海:上海古籍出版社,2011年10月第1版,2011年10月第1次印刷）,頁354。

〔註127〕李巧玲:《范陽祖氏家族的文化傳統及其古小說創作》（重慶:西南大學中國古代文學碩士學位論文,2008年4月）,頁39～40。

〔註128〕（魏）曹丕等撰:鄭學弢校注:《列異傳等五種》（北京:文化藝術出版社,1988年12月北京第1版,1988年12月北京第1次印刷）,頁41～52。

云：『已與河神。』及褚公卒，軍人見公乘此馬矣。出孔約《志怪》」〔註129〕，認為「約當是其名」。〔註130〕

孔約（A.D.317？～420？）生平，史書未見記載，僅能由其著作中曾言干寶著《搜神記》〔註131〕，推出孔約應在干寶之後；此外，文中「謝宗」條亦提供另一線索，《太平御覽》云「會稽史謝宗赴假」〔註132〕，《太平廣記》作「會稽王國史謝宗赴假」〔註133〕，「會稽王」乃東晉簡文帝司馬昱，成帝咸和元年（A.D.326）封為會稽王，咸安元年（A.D.371）冬十一月即帝位〔註134〕，故可知孔約為成帝後之人〔註135〕。劉孝標注《世說新語》曾引《孔氏志怪》〔註136〕，可知《志怪》一書於南朝梁之前已成書。今人魏世民就《志怪》現存佚文，推估該書當成於東晉成帝咸康二年（A.D.336）至晉末（A.D.420）〔註137〕，而林富士則認為孔約疑似東晉人，將其生卒年標為「A.D.317？～420？」〔註138〕。

〔註129〕 （北宋）李昉編：《太平廣記·卷二七六·夢一·晉明帝》，《叢書集成三編》第70冊（臺北：新文豐出版公司，1997年3月臺1版），頁142。

〔註130〕 （清）文廷式：《補晉書藝文志·子部·小說家類》，收於王承略、劉心明主編：《二十五史藝文經籍志考補萃編》（第十卷）（北京：清華大學出版社，2012年4月第1版，2012年4月第1次印刷），頁367。

〔註131〕 「干寶父有嬖人，寶母至妒，葬寶父時，因推著藏中。經十年而母喪，開墓，其婢伏棺上。就視猶暖，漸有氣息；輿還家，終日而蘇。說『寶父常致飲食，與之接寢，恩情如生。』家中吉凶輒語之，校之悉驗。平復數年後方卒。寶因作《搜神記》，中云『有所感起』是也。」（東晉）孔約：《孔氏志怪》，收於魯迅輯錄：《古小說鉤沉》（濟南：齊魯書社，1997年11月第1版，1997年11月第1次印刷），頁134。

〔註132〕 （北宋）李昉等奉敕撰：《太平御覽·卷九三一·鱗介部三·龜》，《景印文淵閣四庫全書》第901冊（臺北：臺灣商務印書館，1986年3月初版），頁325。

〔註133〕 （北宋）李昉編：《太平廣記·卷四六八·水族五·水族為人·謝宗》，《叢書集成三編》第70冊，同註129，頁564。

〔註134〕 （唐）房玄齡：《晉書》（臺北：臺灣商務印書館，1937年1月初版1刷，2010年6月臺2版1刷，《百衲本二十四史》），卷九，帝紀第九，簡帝，頁58。

〔註135〕 參李劍國：《唐前志怪小說輯釋》（修訂本）（上海：上海古籍出版社，2011年10月第1版，2011年10月第1次印刷），頁416。

〔註136〕 （南朝宋）臨川王義慶撰；（梁）劉孝標注：《世說新語·卷中之上·方正第五》（臺北：臺灣商務印書館，1979年11月臺1版，《四部叢刊正編》第24冊），頁51。

〔註137〕 魏世民：《魏晉南北朝小說史》（下冊）（合肥：安徽大學出版社，2011年6月第1版，2011年6月第1次印刷），頁514、525。

〔註138〕 林富士：〈人間之魅——漢唐之間「精魅」故事析論〉，《中央研究院歷史語言研究所集刊》第78本第1分（2007年3月），頁143。

2. 傳本

孔約《志怪》，《隋書・經籍志》「史部雜傳類」著錄四卷〔註139〕，《舊唐書・經籍志》「雜傳類」〔註140〕、《新唐書・藝文志》「小說家類」〔註141〕、《通志・藝文略》「傳記類冥異屬」〔註142〕皆著錄四卷，其後則無著錄資料，可知該書已不傳。今所得見者，為魯迅所輯錄之《古小說鉤沉》本：

序號	版本	朝代	輯者	則數	說明
1	《古小說鉤沉》本	民國四十年（A.D.1951）排印本	魯迅	10	由《北堂書鈔》、《太平廣記》、《太平御覽》等書輯得

（七）東晉陶潛《搜神後記》

1. 作者

《隋書・經籍志》〔註143〕、《日本國見在書目錄》〔註144〕、《通志・藝文略》〔註145〕皆言《搜神後記》為陶潛所撰，新、舊《唐志》則未見著錄，明沈士龍以《搜神後記》載有陶潛卒後事，且陶潛素以干支敘事，《搜神後記》則稱年號，指出其屬「偽託」之作〔註146〕，清周中孚認為該書作者「當由隋

〔註139〕（唐）魏徵等撰：《隋書・卷三十三・志第二十八・經籍二（史）》（臺北：臺灣商務印書館，1937年1月初版1刷，2010年7月臺2版1刷，《百衲本二十四史》），頁454。

〔註140〕（後晉）劉昫等撰：《舊唐書》（臺北：臺灣商務印書館，1937年1月初版1刷，2010年11月臺2版1刷，《百衲本二十四史》），卷四十六，志第二十六，經籍上，史，雜傳類，頁550。

〔註141〕（北宋）歐陽修、宋祁：《新唐書》（臺北：臺灣商務印書館，1937年1月初版1刷，2010年9月臺2版1刷，《百衲本二十四史》），卷五十九，藝文志第四十九，丙部子錄，小說家類，頁411。

〔註142〕（南宋）鄭樵：《通志・卷六十五・藝文略第三・史類第五・傳記・冥異》，《景印文淵閣四庫全書》第374冊（臺北：臺灣商務印書館，1986年3月初版），頁361。

〔註143〕（唐）魏徵等撰：《隋書・卷三十三・志第二十八・經籍二（史）》，同註139，頁454。

〔註144〕〔日〕藤原佐世：《日本國見在書目錄・卷二十・雜傳家》，《叢書集成新編》第1冊（臺北：新文豐出版股份有限公司，1985年元月初版），頁376。

〔註145〕（南宋）鄭樵：《通志・卷六十五・藝文略第三・史類第五・傳記・冥異》，《景印文淵閣四庫全書》第374冊（臺北：臺灣商務印書館，1986年3月初版），頁361。

〔註146〕（東晉）陶潛撰；（明）沈士龍、胡震亨同校：《搜神後記》，《叢書集成新編》第81冊（臺北：新文豐出版股份有限公司，1985年元月初版），頁698。

以前人所依託」〔註147〕，魯迅也主張陶潛乃作者「僞託」之名〔註148〕。質疑
此書作者爲陶潛者不少，但至今仍無確證提出〔註149〕。而梁釋慧皎《高僧傳》
末，有王曼頴〈致慧皎書〉，言及「攙出君台之記，糅在元亮之說」〔註150〕，
其所謂「元亮之說」，即指陶潛之《搜神後記》。此後，《五行記》「車甲」條，
即見引陶潛《搜神後記》之文〔註151〕；《初學記》卷二十八、二十九，亦引《搜
神後記》文，並明言作者爲陶潛〔註152〕。余嘉錫在《四庫提要辯證》中指出：
「梁釋慧皎《高僧傳》序云：『陶淵明《搜神錄》，續出諸僧，皆是附見。』
則此書之題作陶潛，自梁已然，遠在隋《志》之前。慧皎《高僧傳》，《四庫》
未收，故《提要》不知引證也」〔註153〕。因此，陶潛撰《搜神後記》，應爲可
信。〔註154〕

　　陶淵明（A.D.365～427），字元亮，入宋後更名爲潛〔註155〕，潯陽柴桑（今

〔註147〕（清）周中孚：《鄭堂讀書記・卷六十六・子部十二之四・小說家類四・異聞・
　　　　搜神後記》（北京：北京圖書館出版社，2007 年 8 月第 1 版，2007 年 8 月第
　　　　1 次印刷），頁 1305。
〔註148〕魯迅：《中國小說史略・第五篇・六朝之志神志怪書（上）》，見魯迅：《魯迅
　　　　小說史論文集──《中國小說史略》及其他》（臺北：里仁書局，1992 年 9
　　　　月初版，2000 年 10 月增訂 1 版），頁 39。
〔註149〕「這部書舊題陶淵明作，有人懷疑這個說法靠不住，但無確證。」范寧：〈論
　　　　魏晉志怪小說的傳播和知識份子思想分化的關係〉，《北京大學學報》（人文科
　　　　學版）1957 年第 2 期（總 8 期）（1957 年 6 月），頁 81。
〔註150〕（南朝梁）釋慧皎：《高僧傳・卷十四》，收錄於《大正新修大藏經》第 50
　　　　冊（修訂版）（臺北：新文豐出版股份有限公司，1983 年 1 月修訂版 1 版，
　　　　1996 年 9 月修訂版 1 版 3 刷），頁 422。
〔註151〕《五行記》引車姓士人遇鹿變爲女之事。見（北宋）李昉編：《太平廣記・卷
　　　　四四三・畜獸十・車甲》，《叢書集成三編》第 70 冊（臺北：新文豐出版公司，
　　　　1997 年 3 月臺 1 版），頁 505。
〔註152〕（唐）徐堅等撰：《初學記》，《景印文淵閣四庫全書》第 890 冊（臺北：臺灣
　　　　商務印書館，1986 年 3 月初版），卷二十八，「果木部」「橘第九」「懷三擲兩」
　　　　條、卷二十九，「獸部」「鹿第十一」「黃衣紫纈」條、卷二十九，「獸部」「狗
　　　　第十」「烏龍白鵲」條，頁 450、473、472。
〔註153〕余嘉錫：《四庫提要辯證・卷十八・子部九・小說家類三》（北京：科學出版
　　　　社，1958 年 10 月第 1 版，1958 年 10 月第 1 次印刷），頁 1138。
〔註154〕參吳志達：《中國文言小說史》（濟南：齊魯書社，1994 年 9 月第 1 版，1994
　　　　年 9 月第 1 次印刷），頁 159；李劍國：《唐前志怪小說史》（修訂本）（天津：
　　　　天津教育出版社，2005 年 1 月第 1 版，2006 年 1 月第 2 次印刷），頁 376～
　　　　377。
〔註155〕詳見鄧安生：《陶淵明年譜》（天津：天津古籍出版社，1991 年 8 月第 1 版，
　　　　1991 年 8 月第 1 次印刷），頁 16。

江西九江）人，生於晉哀帝興寧三年（A.D.365），爲大司馬陶侃曾孫，「少有高趣，博學善屬文」〔註156〕，年僅「二六」，即遇「慈妣早世」〔註157〕，其家境「少而貧病，居無僕妾」〔註158〕，曾任州祭酒、鎮軍、建威將軍、彭澤令，因不願「爲五斗米折腰」，「解印去職」，賦〈歸去來辭〉以明志。陶淵明不願「屈身異代」，居於潯陽柴桑〔註159〕，宋文帝元嘉四年（A.D.427）卒，年六十三，世號靖節先生。〔註160〕

　　陶淵明田園詩負有盛名，鍾嶸評其爲「古今隱逸詩人之宗」〔註161〕，蕭統推崇陶淵明之作「文章不羣，辭彩精拔，跌宕昭彰，獨超眾類。抑揚爽朗，莫之與京」〔註162〕。除詩作外，尚有辭賦、文等，有《陶淵明集》傳世，此外，另有作品《搜神後記》。陶淵明事蹟，具見《蓮社高賢傳》、蕭統〈陶淵明傳〉。

　　2. 傳本

　　《隋書·經籍志》、《日本國見在書目錄》、《通志·藝文略》皆著錄《搜神後記》十卷，其後，直至《四庫全書總目》始見記載〔註163〕。由宋後至明，

〔註156〕（南朝梁）蕭統：〈陶淵明傳〉，收於（清）嚴可均校輯：《全上古三代秦漢三國六朝文·全梁文卷二十·陶淵明傳》，《續修四庫全書》第1607冊（上海：上海古籍出版社，2002年3月第1版，2002年3月第1次印刷），頁237。

〔註157〕（東晉）陶淵明：《陶淵明集·卷八·祭程氏妹文》，《景印文淵閣四庫全書》第1063冊（臺北：臺灣商務印書館，1986年3月初版），頁526。

〔註158〕（南朝宋）顏延年：〈陶徵士誄〉，收於（南朝梁）蕭統編；（唐）李善注：《文選·卷第五十七·誄下·顏延年陶徵士誄一首》（臺北：藝文印書館，2007年8月初版15刷），頁806。

〔註159〕（東晉）不著撰人：《蓮社高賢傳·不入社諸賢傳·陶潛》（臺北板橋：藝文印書館，1968年版，《百部叢書集成》第19函，《漢魏叢書》），葉26。

〔註160〕（南朝梁）蕭統：〈陶淵明傳〉，收於（清）嚴可均校輯：《全上古三代秦漢三國六朝文·全梁文卷二十·陶淵明傳》，《續修四庫全書》第1607冊，同註156，頁237；（唐）房玄齡：《晉書》（臺北：臺灣商務印書館，1937年1月初版1刷，2010年6月臺2版1刷，《百衲本二十四史》），卷九十四，列傳第六十四，頁670～671。

〔註161〕（南朝梁）鍾嶸：《詩品·卷二·宋徵士陶潛》，《景印文淵閣四庫全書》第1478冊，同註157，頁196。

〔註162〕（南朝梁）蕭統：《陶淵明集·序》，《景印文淵閣四庫全書》第1063冊，同註157，頁469。

〔註163〕（清）永瑢、紀昀等撰：《欽定四庫全書總目·卷一百四十二·子部五十二·小說家類三》，《景印文淵閣四庫全書》第3冊（臺北：臺灣商務印書館，1986年3月初版），頁999。

皆未見著錄資料。另一方面，宋《太平廣記》、《太平御覽》引有《搜神後記》之文，然至宋朱勝非《紺珠集》、曾慥所編《類說》，則未見《搜神後記》之文，可推知宋時《搜神後記》已亡佚。今可見者爲輯本，主要版本如下：

序號	版本	朝代	輯刊者	卷數	說明
1	《唐宋叢書》本	明末（A.D.1567）	鍾人傑、張遂辰	1	「載籍」卷中收錄《搜神後記》一卷〔註164〕，係採重較說郛本重編〔註165〕，計24則
2	《秘冊彙函》本	明萬曆三十一年（A.D.1603）	胡震亨、沈士龍	10	《搜神後記》始以十卷本、116則出現。《四庫全書》、今人出版之《叢書集成》，即採《秘冊彙函》本
3	《增訂漢魏叢書》本	清乾隆五十六年（A.D.1791）	王謨	2	根據《唐宋叢書》本，再增25則〔註166〕
4	《學津討原》本	清嘉慶十年（A.D.1805）	張海鵬	10	收於《學津討原》第16集。1978年，王國良撰《搜神後記研究》一書，以《學津討原》本爲底本，對《搜神後記》加以校釋，增加卷11「補遺」，補入逸文18則。1982年，汪紹楹亦由考辨、校注、補輯佚入手，以《學津討原》本爲底本，出版《搜神後記》校注本，補遺文6則。而《漢魏六朝筆記小說大觀》亦採《學津討原》本，對《搜神後記》加以校點
5	《百子全書》本	清光緒元年（A.D.1875）	湖北崇文書局	10	收於「小說家異聞類」

（八）東晉王嘉《拾遺記》

1. 作者

《隋書・經籍志》「雜史類」云：「《拾遺錄》二卷，僞秦姚萇方士王子年撰」，又曰：「《王子年拾遺記》十卷，蕭綺撰」〔註167〕。《拾遺錄》，即《王子年拾遺記》，然作者出現王子年、蕭綺二說，令人費解。《舊唐書・經籍志》〔註168〕

〔註164〕 《唐宋叢書》明末刊本（1567年）載一卷，王國良則指出：《唐宋叢書》「收有《搜神後記》二卷，計二十四篇，乃刪節十卷本而成」。王國良：《搜神後記研究》（臺北：文史哲出版社，1978年6月初版），頁5。

〔註165〕 周次吉：《六朝志怪小說研究》（臺北：文津出版社，1990年9月出版），頁68。

〔註166〕 王國良：《搜神後記研究》，同註164，頁5。

〔註167〕 （唐）魏徵等撰：《隋書・卷三十三・志第二十八・經籍二（史）・雜史》（臺北：臺灣商務印書館，1937年1月初版1刷，2010年7月臺2版1刷，《百衲本二十四史》），頁448。

〔註168〕 （後晉）劉昫等撰：《舊唐書》（臺北：臺灣商務印書館，1937年1月初版1刷，2010年11月臺2版1刷，《百衲本二十四史》），卷四十六，志第二十六，

及《新唐書・藝文志》〔註169〕言三卷本乃王嘉撰，十卷本為蕭綺錄，晁公武《郡齋讀書志》言「《王子年拾遺記》十卷，梁蕭綺敘錄。晉王嘉，字子年，嘗著書百二十篇。載伏羲以來異事，前世奇詭之說，書逸不完，綺拾綴殘闕，輯而敘之」〔註170〕，其說頗能釋疑；〔註171〕胡應麟則提出《拾遺記》為「綺撰而託之王嘉」〔註172〕；齊治平則以《拾遺記》正文與蕭綺「錄」之行文風格迥異，較顯質樸，認為作者為蕭綺之說不可從〔註173〕。

王嘉（？～約 A.D.390），字子年，隴西安陽（今甘肅秦安縣東北）〔註174〕人，約生於前趙中後期〔註175〕，生性滑稽，「不食五穀」，「鑿崖」「穴居」於「東陽谷」，受業之人有數百人，皆如王嘉「穴處」。〔註176〕後趙武帝石虎（A.D.334～349）末年，王嘉隻身至長安終南山隱居，門人聞之跟隨，王嘉又遷往倒獸山。苻堅屢次請他出任「大鴻臚」〔註177〕之職，皆拒而不出，卻引起「公侯已下咸

經籍上，史，雜史類，頁547。

〔註169〕 （北宋）歐陽修、宋祁：《新唐書》（臺北：臺灣商務印書館，1937年1月初版1刷，2010年9月臺2版1刷，《百衲本二十四史》），卷五十八，藝文志第四十八，乙部史錄，雜史類，頁398。

〔註170〕 （南宋）晁公武：《郡齋讀書志・卷第九・傳記類》，收錄於李學勤主編：《中華漢語工具書書庫》第83冊（合肥：安徽教育出版社，2002年1月第1版，2002年1月第1次印刷），頁329。

〔註171〕 吳志達：《中國文言小說史》（濟南：齊魯書社，1994年9月第1版，1994年9月第1次印刷），頁124～125。

〔註172〕 （明）胡應麟著；顧頡剛校點：《四部正譌》（北京：樸社，1929年9月初版），頁66。

〔註173〕 （東晉）王嘉撰；（南朝梁）蕭綺錄；齊治平校注：《拾遺記》（臺北：木鐸出版社，1982年2月初版），前言，頁1～3。

〔註174〕 王枝忠《漢魏六朝小說史》及李劍國《唐前志怪小說史》作「甘肅渭源縣」，此據李劍國《唐前志怪小說輯釋》之說。見李劍國：《唐前志怪小說輯釋》（修訂本）（上海：上海古籍出版社，2011年10月第1版，2011年10月第1次印刷），頁380；王枝忠：《漢魏六朝小說史》（杭州：浙江古籍出版社，1997年6月第1版，1997年6月第1次印刷），頁96；李劍國《唐前志怪小說史》（修訂本）（天津：天津教育出版社，2005年1月第1版，2006年1月第2次印刷），頁341。

〔註175〕 王枝忠：《漢魏六朝小說史》（杭州：浙江古籍出版社，1997年6月第1版，1997年6月第1次印刷），頁96。

〔註176〕 （唐）房玄齡：《晉書》（臺北：臺灣商務印書館，1937年1月初版1刷，2010年6月臺2版1刷，《百衲本二十四史》），卷九十五，列傳第六十五，藝術，王嘉傳，頁680。

〔註177〕 （南朝梁）釋慧皎：《高僧傳・卷第五・釋道安傳》，收錄於《大正新修大藏經》第50冊（修訂版）（臺北：新文豐出版股份有限公司，1983年1月修訂版1版，1996年9月修訂版1版3刷），頁353。

躬往參詣」〔註178〕。對於他人之詢問就教，王嘉多有先見之言，且事後多能應驗。姚萇聞而問王嘉，自己能否得「九五」之位，王嘉以「畧當得」之言觸怒姚萇，亦爲自己引來殺機，然姚萇令人開棺，不見王嘉屍，只見「竹杖」〔註179〕。符登聞王嘉死訊後，「設壇哭之，贈太師，諡曰文」。王嘉死之日，有人在「隴上見之」，〔註180〕可知其卒年約於姚萇在位期間（A.D.384～393）〔註181〕。其著作有《拾遺錄》十卷流傳，所記多「詭怪」之事；另有《牽三歌讖》，爲讖緯之作〔註182〕。王嘉事蹟，具《晉書》卷九十五。

2. 傳本

《拾遺記》，一作《拾遺錄》，又有《王子年拾遺記》之名。《隋書・經籍志》一作「二卷」，王子年撰，一作「十卷」，蕭綺撰；二卷應爲原書殘本，十卷者，則爲蕭綺之整理本，誤作蕭綺所撰〔註183〕。《日本國見在書目錄》「雜史家」僅著錄《王子年拾遺記》一書〔註184〕。《舊唐書・經籍志》及《新唐書・藝文志》則言王嘉所撰三卷，蕭綺所錄十卷。《冊府元龜》著錄王子年《拾遺錄》一書〔註185〕。《通志・藝文略》著錄二書，然《王子年拾遺記》未言及作者〔註186〕。《郡齋讀書志・傳記類》僅就《王子年拾遺記》言之，題王嘉撰，蕭綺錄。《中興館閣書目・別史類》〔註187〕、《直

〔註178〕（唐）房玄齡：《晉書》（臺北：臺灣商務印書館，1937 年 1 月初版 1 刷，2010年 6 月臺 2 版 1 刷，《百衲本二十四史》），卷九十五，列傳第六十五，藝術，王嘉傳，頁 680。

〔註179〕（北宋）張君房：《雲笈七籤・卷一百十・洞仙傳・王嘉》，《景印文淵閣四庫全書》第 1061 冊（臺北：臺灣商務印書館，1986 年 3 月初版），頁 277。

〔註180〕（唐）房玄齡：《晉書》，同註 178，卷九十五，列傳第六十五，藝術，王嘉傳，頁 681。

〔註181〕王枝忠：《漢魏六朝小說史》（杭州：浙江古籍出版社，1997 年 6 月第 1 版，1997 年 6 月第 1 次印刷），頁 96。

〔註182〕（唐）房玄齡撰：《晉書》，同註 178，卷九十五，王嘉傳，頁 681。

〔註183〕李劍國：《唐前志怪小說輯釋》（修訂本）（上海：上海古籍出版社，2011 年10 月第 1 版，2011 年 10 月第 1 次印刷），頁 379。

〔註184〕〔日〕藤原佐世：《日本國見在書目錄・卷十三・雜史家》，《叢書集成新編》第 1 冊（臺北：新文豐出版股份有限公司，1985 年元月初版），頁 375。

〔註185〕（北宋）王欽若、楊億等奉敕撰：《冊府元龜・卷五百五十五・國史部・採撰》，《景印文淵閣四庫全書》第 911 冊（臺北：臺灣商務印書館，1986 年 3 月初版），頁 632。

〔註186〕（南宋）鄭樵：《通志・卷六十五・藝文略第三・史類第五・傳記・冥異》，《景印文淵閣四庫全書》第 374 冊，同前註，頁 361。

〔註187〕（南宋）陳騤等撰；趙士煒輯：《中興館閣書目・別史類》，收錄於嚴靈峯編

齋書錄解題‧小說家類》〔註188〕、《文獻通考‧小說家類》〔註189〕、《宋史‧藝文志》小說類〔註190〕皆見著錄。

《拾遺記》今可見及之版本,以明世德堂翻宋之刻本最早,《漢魏叢書》、《古今逸史》承此一系統,而另有《稗海》本,各卷並無篇名,亦無蕭綺之序,與前一系統在文字上有較大差異。主要版本如下:

序號	版本	朝代	輯刊者	卷數	說明
1	世德堂翻宋本	明嘉靖十三年（A.D.1534）	顧春	10	最早刊本。今人齊治平將《拾遺記》加以校注,即以明世德堂翻宋本作為底本
2	《古今逸史》本	明萬曆年間（A.D.1573～1620）	吳琯	10	今人王根林校點之《漢魏六朝筆記小說大觀》本,及《叢書集成新編》本,即以《古今逸史》本為底本
3	《漢魏叢書》本	明萬曆二十年（A.D.1592）	程榮	10	「子籍」部分收有《王子年拾遺記》十卷。其後,何允中加以重輯成《廣漢魏叢書》。今《筆記小說大觀》本即採《漢魏叢書》本,輯明萬曆刻本及清嘉慶刻本影印
4	《增訂漢魏叢書》本	清乾隆五十六年（A.D.1791）	王謨	10	「載籍」中收錄《拾遺記》十卷
5	《百子全書》本	清光緒元年（A.D.1875）	湖北崇文書局	10	收於「小說家異聞類」

（九）東晉戴祚《甄異傳》

1. 作者

戴祚（fl.A.D.420）,字延之〔註191〕,江東人。東晉安帝義熙十二年（A.D.416）八月,中外大都督劉裕西征後秦姚泓,次年七月,劉裕「克長安,執姚泓」〔註192〕,十一月,以桂陽公劉義眞為安西將軍,「領護西戎

輯:《書目類編》（二）（臺北:成文出版社有限公司,1978 年 7 月版,據民國四十六年排印本影印）,頁 611。
〔註188〕（南宋）陳振孫:《直齋書錄解題‧卷十一‧小說家類》,《景印文淵閣四庫全書》第 674 冊（臺北:臺灣商務印書館,1986 年 3 月初版）,頁 720。
〔註189〕（元）馬端臨:《文獻通考‧卷二百五十五‧經籍考四十二‧小說家類》,《景印文淵閣四庫全書》第 614 冊,同前註,頁 551。
〔註190〕（元）脫脫:《宋史》（臺北:臺灣商務印書館,1937 年 1 月初版 1 刷,2010 年 12 月臺 2 版 1 刷,《百衲本二十四史》）,卷二百六,頁 2417。
〔註191〕「《西征記》二卷,戴延之撰。」「《西征記》一卷,戴祚撰。」（唐）魏徵等撰:《隋書‧卷三十三‧志第二十八‧經籍二（史）‧地理之記》（臺北:臺灣商務印書館,1937 年 1 月初版 1 刷,2010 年 7 月臺 2 版 1 刷,《百衲本二十四史》）,頁 455。
〔註192〕（唐）房玄齡:《晉書》（臺北:臺灣商務印書館,1937 年 1 月初版 1 刷,2010

校尉」〔註 193〕，戴祚任西戎校尉府主簿〔註 194〕，即爲劉義眞部下，而劉義
眞「尋都督司、雍、秦、幷、涼五州諸軍、建威將軍、司州刺史」〔註 195〕，《甄
異傳》即成書於戴祚任西戎主簿時，亦即義熙十三年（A.D.417）。而有關戴祚
之著作，其隨劉裕征姚泓時，著有《西征記》〔註 196〕。後任西戎太守，撰《甄
異傳》〔註 197〕。此外，又撰《洛陽記》一卷〔註 198〕。

2. 傳本

　　《甄異傳》，《隋書》〔註 199〕、《舊唐書》〔註 200〕、《冊府元龜》〔註 201〕、
《新唐書》〔註 202〕、《通志》〔註 203〕皆著錄三卷，然今之《甄異傳》爲一卷，

年 6 月臺 2 版 1 刷，《百衲本二十四史》），卷十，帝紀第十，安帝，頁 67。

〔註 193〕（南朝梁）沈約：《宋書》（臺北：臺灣商務印書館，1937 年 1 月初版 1 刷，2010
年 9 月臺 2 版 1 刷，《百衲本二十四史》），卷二，本紀第二，武帝中，頁 37；卷
六十一，列傳第二十一，武三王，廬陵孝獻王義眞傳，頁 940。

〔註 194〕《冊府元龜》言「戴祚爲西戎太守」，李劍國則指出「晉朝世軍府主簿總領府
事，位當太守」。見（北宋）王欽若、楊億等奉敕撰：《冊府元龜・卷五百五
十五・國史部・採撰》，《景印文淵閣四庫全書》第 911 冊（臺北：臺灣商務
印書館，1986 年 3 月初版），頁 632；李劍國：《唐前志怪小說輯釋》（修訂本）
（上海：上海古籍出版社，2011 年 10 月第 1 版，2011 年 10 月第 1 次印刷），
頁 435。

〔註 195〕（南朝梁）沈約：《宋書》，同註 193，卷六十一，列傳第二十一，頁 941。

〔註 196〕（唐）封演：《封氏聞見記・卷第七》（臺北板橋：藝文印書館，1967 年版，
《百部叢書集成》第 94 函，《畿輔叢書》），葉 1。

〔註 197〕（北宋）王欽若、楊億等奉敕撰：《冊府元龜・卷五百五十五・國史部・採撰》，
《景印文淵閣四庫全書》第 911 冊（臺北：臺灣商務印書館，1986 年 3 月初
版），頁 632。

〔註 198〕新舊唐書著錄戴延之撰《洛陽記》一卷。見（後晉）劉昫等撰：《舊唐書》（臺
北：臺灣商務印書館，1937 年 1 月初版 1 刷，2010 年 11 月臺 2 版 1 刷，《百
衲本二十四史》），卷四十六，志第二十六，經籍上，史，地理類，頁 553；（北
宋）歐陽修、宋祁：《新唐書》（臺北：臺灣商務印書館，1937 年 1 月初版 1
刷，2010 年 9 月臺 2 版 1 刷，《百衲本二十四史》），卷五十八，藝文志第四
十八，乙部史錄，地理類，頁 404。

〔註 199〕（唐）魏徵等撰：《隋書・卷三十三・志第二十八・經籍二（史）・雜傳》（臺
北：臺灣商務印書館，1937 年 1 月初版 1 刷，2010 年 7 月臺 2 版 1 刷，《百
衲本二十四史》），頁 454。

〔註 200〕「《甄異傳》三卷，戴異（按：疑爲「祚」之訛）撰。」（後晉）劉昫等撰：《舊
唐書》，同註 198，卷四十六，志第二十六，經籍上，史，雜傳類，頁 550。

〔註 201〕（北宋）王欽若、楊億等奉敕撰：《冊府元龜・卷五百五十五・國史部・採撰》，
《景印文淵閣四庫全書》第 911 冊，同註 197，頁 632。

〔註 202〕（北宋）歐陽修、宋祁：《新唐書》，同註 198，卷五十九，藝文志第四十九，
丙部子錄，小說家類，頁 411。

〔註 203〕（南宋）鄭樵：《通志・卷六十五・藝文略第三・史類第五・傳記・冥異》，《景

可知已散佚。於今可見之主要版本如下：

序號	版本	朝代	輯刊者	則數	說明
1	《龍威秘書》本	清乾隆五十九年（A.D.1794）	馬俊良	5	《百部叢書集成初編》第32函、《叢書集成新編》所收錄戴祚之《甄異記》一卷，即採《龍威秘書》本
2	《古小說鈎沉》本	民國四十年（A.D.1951）排印本	魯迅	17	由《齊民要術》、《北堂書鈔》、《藝文類聚》等書輯得〔註204〕。李劍國則指出，《藝文類聚》卷44〈陳都尉〉、談愷刻本《太平廣記》具卷276〈桓豁〉，乃魯迅漏輯，宜補〔註205〕

今人鄭學弢將《甄異傳》與其它古籍加以校注，收於《列異傳等五種》〔註206〕一書中，隸屬於《歷代筆記小說叢書》之列。該書《甄異傳》計收17則。

（十）東晉荀氏《靈鬼志》

1. 作者

荀氏之名字及生平未詳，其書《靈鬼志》中〈外國道人〉載東晉孝武帝太元十二年（A.D.387）事，〈南平國蠻兵〉載荀氏爲南平國郎中〔註207〕，時在晉安帝義熙年間（A.D.405～418），故只能推測荀氏之書疑成於東晉末期安帝之時，荀氏或爲東晉末、宋時之人，曾在朝爲官。〔註208〕

2. 傳本

印文淵閣四庫全書》第374冊（臺北：臺灣商務印書館，1986年3月初版），頁361。

〔註204〕朱成華：〈魯迅《古小說鈎沉・甄異傳》輯佚一則〉，《魯迅研究月刊》2011年第7期（2011年7月），頁94。

〔註205〕李劍國：《唐前志怪小說史》（修訂本）（天津：天津教育出版社，2005年1月第1版，2006年1月第2次印刷），頁359。

〔註206〕（魏）曹丕等撰；鄭學弢校注：《列異傳等五種》（北京：文化藝術出版社，1988年12月北京第1版，1988年12月北京第1次印刷），頁75～90。

〔註207〕李劍國則認爲「予爲國郎中」爲劉敬叔之語，〈南平國蠻兵〉爲《異苑》之文。見李劍國：《唐前志怪小說史》（修訂本），同註205，頁356。

〔註208〕王國良：《魏晉南北朝志怪小說研究》（臺北：文史哲出版社，1984年7月初版），頁332；李劍國：《唐前志怪小說輯釋》（修訂本）（上海：上海古籍出版社，2011年10月第1版，2011年10月第1次印刷），頁423；（魏）曹丕等撰；鄭學弢校注：《列異傳等五種》，同註206，頁53；王枝忠：《漢魏六朝小說史》（杭州：浙江古籍出版社，1997年6月第1版，1997年6月第1次印刷），頁121。

《靈鬼志》,《隋書》〔註209〕、《舊唐書》〔註210〕、《新唐書》〔註211〕、《通志》〔註212〕皆著錄三卷,《太平御覽經史圖書綱目》〔註213〕亦見該書之著錄。然至南宋,未見徵引,顯見該書北宋已佚。今可見之主要版本如下:

序號	版本	朝代	輯者	則數	說明
1	《古小說鉤沉》本	民國四十年（A.D.1951）排印本	魯迅	24	由《北堂書鈔》、《藝文類聚》、《太平廣記》等書輯得。李劍國指出,〈南平國蠻兵〉應為《異苑》之文,〈沙門縣游〉實出《搜神後記》,〈嵇康〉二則及〈蔡謨〉屬《靈異志》,〈李通〉則屬〈虛異志〉,以上六則,不宜輯入《靈鬼志》中〔註214〕

今人鄭學弢校注《靈鬼志》,將魯迅《古小說鉤沉》之《靈鬼志》「以類相從,重行序次」〔註215〕。

三、南朝

宋、齊、梁之時,皆可見含動物情節敘事之書,陳朝則未見。

（一）宋

1. 劉敬叔《異苑》

（1）作者

劉敬叔（約 A.D.390～470）,廣陵江都（今江蘇揚州市西南）人〔註216〕。

〔註209〕 （唐）魏徵等撰:《隋書・卷三十三・志第二十八・經籍二（史）・雜傳》（臺北:臺灣商務印書館,1937 年 1 月初版 1 刷,2010 年 7 月臺 2 版 1 刷,《百衲本二十四史》）,頁 454。

〔註210〕 （後晉）劉昫等撰:《舊唐書》（臺北:臺灣商務印書館,1937 年 1 月初版 1 刷,2010 年 11 月臺 2 版 1 刷,《百衲本二十四史》）,卷四十六,志第二十六,經籍上,史,雜傳類,頁 550。

〔註211〕 （北宋）歐陽修、宋祁:《新唐書》（臺北:臺灣商務印書館,1937 年 1 月初版 1 刷,2010 年 9 月臺 2 版 1 刷,《百衲本二十四史》）,卷五十九,藝文志第四十九,丙部子錄,小說家類,頁 411。

〔註212〕 （南宋）鄭樵:《通志・卷六十五・藝文略第三・史類第五・傳記・冥異》,《景印文淵閣四庫全書》第 374 冊（臺北:臺灣商務印書館,1986 年 3 月初版）,頁 361。

〔註213〕 （北宋）李昉等奉敕撰:《太平御覽・太平御覽經史圖書綱目》,《景印文淵閣四庫全書》第 893 冊,同前註,頁 24。

〔註214〕 李劍國:《唐前志怪小說史》（修訂本）（天津:天津教育出版社,2005 年 1 月第 1 版,2006 年 1 月第 2 次印刷）,頁 356。

〔註215〕 （魏）曹丕等撰;鄭學弢校注:《列異傳等五種》（北京:文化藝術出版社,1988 年 12 月北京第 1 版,1988 年 12 月北京第 1 次印刷）,頁 53。

〔註216〕 「《異苑》十卷,宋廣陵劉敬叔著。」「《異苑》十卷,江都劉敬叔。」（清）

《宋書》、《南史》未見其傳，至明人胡震亨「滙其事之散在史書者」，撰〈劉敬叔傳〉，言其「少穎敏，有異才」〔註217〕。晉安帝義熙五年（A.D.409），劉敬叔任南平郡公劉毅郎中令〔註218〕，掌重要權位〔註219〕。義熙七年（A.D.411），因過免官〔註220〕。義熙十三年（A.D.417），任長沙景王劉道鄰之驃騎參軍〔註221〕。永初元年（A.D.420）六月，劉裕即皇帝位，七月，李歆為征西將軍〔註222〕，劉敬叔或於此時「為征西長史」〔註223〕。入宋官至給事黃門侍郎〔註224〕。

尹會一、程夢星等纂修：《揚州府志·卷之三十五·撰述志》（臺北：成文出版社有限公司，1975 年臺 1 版，《中國方志叢書》華中地方第 146 號），頁 665；（清）尹繼善等修；（清）黃之雋等纂：《江南通志·卷一百九十二·藝文志·子部·雜說》（臺北：華文書局，1967 年 8 月初版，《中國省志彙編》之一，清乾隆二年重修本），頁 3239。

〔註217〕 《冥祥記》載及劉敬叔「能視素書經」，呂春明在《異苑校證》中，言當時敬叔（A.D.390？～468？）年約十四歲，「故胡氏稱其『少穎敏』。」（南朝齊）王琰：《冥祥記》第 20 則，收於魯迅：《古小說鈎沉》（濟南：齊魯書社，1997 年 11 月第 1 版，1997 年 11 月第 1 次印刷），頁 288～289；呂春明：《異苑校證》（臺北：中國文化大學中國文學研究所碩士論文，1985 年 6 月），緒論，作者小傳，注 1，頁 3。

〔註218〕 （南朝齊）王琰：《冥祥記》第 56 則，收於魯迅：《古小說鈎沉》（濟南：齊魯書社，1997 年 11 月第 1 版，1997 年 11 月第 1 次印刷），頁 307；（南朝宋）劉敬叔：《異苑·卷六》第 21 則，《叢書集成新編》第 82 冊（臺北：新文豐出版股份有限公司，1985 年元月初版），頁 532。

〔註219〕 晉朝職官，「郎中令、中尉、大農為三卿」。（唐）房玄齡：《晉書》（臺北：臺灣商務印書館，1937 年 1 月初版 1 刷，2010 年 6 月臺 2 版 1 刷，《百衲本二十四史》），卷二十四，志第十四，職官，頁 187。

〔註220〕 「晉安帝義熙七年，晉朝拜授劉毅世子。毅以王命之重，當設饗宴親，請吏佐臨視。至日，國僚不重白，默拜於廡中。王人將反命，毅方知，大以為恨，免郎中令劉敬叔官。」（南朝梁）沈約：《宋書》（臺北：臺灣商務印書館，1937 年 1 月初版 1 刷，2010 年 9 月臺 2 版 1 刷，《百衲本二十四史》），卷三十，志第二十，五行一，頁 531。

〔註221〕 （南朝宋）劉敬叔：《異苑·卷三》第 22 則，《叢書集成新編》第 82 冊，同註 218，頁 524；（南朝梁）沈約：《宋書》，同註 220，卷五十一，列傳第十一，宗室，長沙景王道鄰，頁 842。

〔註222〕 （南朝梁）沈約：《宋書》，同註 220，卷三，本紀第三，武帝下，頁 41、43。

〔註223〕 （明）胡震亨：〈劉敬叔傳〉，收於（南朝宋）劉敬叔：《異苑》（明萬曆間 1573 胡震亨刊崇禎間毛氏汲古閣印秘冊彙函本），異苑題辭，葉 2。

〔註224〕 《隋書·經籍志》中，稱劉敬叔「宋給事」，即「給事黃門侍郎」，《宋書》載：「給事黃門侍郎，四人，與侍中俱掌眾事。」（南朝梁）沈約：《宋書》，同註 220，卷四十，志第三十，百官下，頁 718。

有關劉敬叔之卒年，《異苑》中最晚之紀年爲宋文帝元嘉二十年（A.D.443）及宋明帝泰始（A.D.465～471）初。魯迅採胡震亨〈劉敬叔傳〉「泰始中卒於家」，言其生卒年約爲 A.D.390～470〔註225〕。李劍國則在《唐前志怪小說史》中，提及《異苑》「蕭惠明爲吳興太守」一則載及宋明帝泰始（A.D.465～471）初之事，然僅《太平廣記》言出自《異苑》，《太平御覽》、《太平寰宇記》卻皆作《宋書》，且推估泰始年間，劉敬叔已近九十歲，可能性較小，故主張劉敬叔卒於元嘉二十年之後，較爲合理〔註226〕。林富士在〈人間之魅——漢唐之間「精魅」故事析論〉一文中，則將劉敬叔之生卒年標爲「d.ca.470」。〔註227〕

（2）傳本

《異苑》一書已見引於《水經注》卷四十〈漸江水〉注〔註228〕、《荊楚歲時記》〔註229〕、《齊民要術》〔註230〕、《玉燭寶典》〔註231〕等書。《隋書》〔註232〕、

〔註225〕魯迅：《中國小說史略・第五篇・六朝之鬼神志怪書（上）》，見魯迅：《魯迅小說史論文集——《中國小說史略》及其他》（臺北：里仁書局，1992 年 9 月初版，2000 年 10 月增訂 1 版），頁 40。

〔註226〕詳見李劍國：《唐前志怪小說史》（修訂本）（天津：天津教育出版社，2005 年 1 月第 1 版，2006 年 1 月第 2 次印刷），頁 409～410。

〔註227〕林富士：〈人間之魅——漢唐之間「精魅」故事析論〉（臺北：《中央研究院歷史語言所集刊》第 78 本第 1 分（2007 年 3 月），頁 143。按：「ca.」意指「大約是」。CALIS 連機合作編目中心・標準與檔・西文文獻規範控制原則（北京：高等教育文獻保障系統）。

網址：http://lhml.calis.edu.cn/calis/lhml/lhml.asp?fid=FA0321&class=2。

〔註228〕如載顏烏以孝聞、黿言諸萬元遜博識之事。（東漢）桑欽撰；（北魏）酈道元注：《水經注・卷四十・漸江水》（臺北：臺灣商務印書館，1979 年 11 月臺 1 版，《四部叢刊正編》第 16 冊），頁 513～514。

〔註229〕如引《異苑》卷 5 第 16 則紫姑事、卷 4 第 65 則五月禁曝席之事。（南朝梁）宗懍撰；（明）項琳之編次；（明）陳阜謨校：《荊楚歲時記》，《叢書集成新編》第 91 冊（臺北：新文豐出版股份有限公司，1985 年元月初版），頁 181、183。

〔註230〕如引《異苑》卷 2 第 22 則南康歸美山石城之果實帶走輒病之事。（後魏）賈思勰：《齊民要術・卷十・橙》（《四部叢刊正編》第 18 冊，同註228），頁 125。

〔註231〕如引《異苑》卷 10 第 1 則介子推被稱足下事、卷 4 第 65 則五月禁曝席之事、卷 3 第 5 則五月五日剪鴝鵒舌之事。（隋）杜臺卿撰；（清）楊守敬校訂：《玉燭寶典》，《續修四庫全書》第 885 冊（上海：上海古籍出版社，2002 年 3 月第 1 版，2002 年 3 月第 1 次印刷），卷第二，二月仲春第二，頁 33、卷第五，五月仲夏第五，頁 61。

〔註232〕（唐）魏徵等撰：《隋書・卷三十三・志第二十八・經籍二（史）・雜傳》（臺北：臺灣商務印書館，1937 年 1 月初版 1 刷，2010 年 7 月臺 2 版 1 刷，《百

《通志》〔註233〕皆著錄十卷，《太平廣記》、《太平御覽》引用甚多，此後則未見
著錄，可知《異苑》在宋初似仍存在，而宋、元之際已罕見，書或已散逸〔註234〕。
今可見之版本，最早出現於明朝：

序號	版本	朝代	輯刊者	卷數	說明
1	《秘冊彙函》本	明萬曆二十七年（A.D.1599）	胡震亨、姚士粦、呂賜侯	10	發現《異苑》宋抄本，刊於《秘冊彙函》〔註235〕
2	《津逮秘書》本	明崇禎三年（A.D.1630）	毛晉	10	《唐宋叢書》、《四庫全書》、《學津討原》、《古今說部叢書》、《說庫》等書，亦以《津逮秘書》爲底本〔註236〕。胡震亨所刊《異苑》，今本三百八十二條中，有六十多條取自他書，有濫取及漏輯問題，今人范寧校點《異苑》，則以《津逮秘書》爲本，由《開元占經》、《一切經音義》、《路史》注等書中，補輯佚文15則〔註237〕；又有呂春明撰《異苑校證》，由《北堂書鈔》、《一切經音義》、《太平御覽》、《續談助》、《事物紀原》中，輯得佚文8則；胡文娣、張雷則就范寧、呂春明所輯佚文，去其重複，再由《北戶錄》、《事物紀原》、《職官分紀》、《緯略》、《永樂大典（殘卷）》等書審視，共輯得佚文26則〔註238〕
3	《古今說部叢書》本	民國四年（A.D.1915）	上海國學扶輪社	10	第二集收錄《異苑》
4	《說庫》本	民國四年（A.D.1915）	王文濡	10	今《筆記小說大觀》本，即據《說庫》本排印

衲本二十四史》），頁454。

〔註233〕 （南宋）鄭樵：《通志·卷六十五·藝文略第三·史類第五·傳記·冥異》，《景印文淵閣四庫全書》第374冊（臺北：臺灣商務印書館，1986年3月初版），頁361。

〔註234〕 李劍國：《唐前志怪小說史》（修訂本）（天津：天津教育出版社，2005年1月第1版，2006年1月第2次印刷），頁402；王枝忠：《漢魏六朝小說史》（杭州：浙江古籍出版社，1997年6月第1版，1997年6月第1次印刷），頁218。

〔註235〕 李劍國：《唐前志怪小說史》（修訂本），同前註，頁403。

〔註236〕 李劍國：《唐前志怪小說史》（修訂本），同註234，頁402。

〔註237〕 胡文娣、張雷則指出范寧輯佚十七則，去除訛誤後實爲十三則。胡文娣、張雷：〈《異苑》佚文補正〉，《書目季刊》第43卷第1期（2009年6月），頁33。

〔註238〕 胡文娣、張雷：〈《異苑》佚文補正〉，同前註，頁33。

今尚有黃益元校點之《漢魏六朝筆記小說大觀》本，其收錄之《異苑》，係以《學津討原》本爲底本，再參校《四庫全書》本、《說庫》本及《古今說部叢書》本而成。

2. 劉義慶《幽明錄》

（1）作者

劉義慶（A.D.403～444），彭城（今江蘇徐州）人，生於東晉安帝元興二年（A.D.403），爲宋皇族。長沙景王劉道憐，乃南朝宋武帝劉裕次弟，而劉義慶即爲劉道憐次子。武帝幼弟臨川烈武王道規「無子」，便「以長沙景王第二子義慶嗣」。十三歲時，劉義慶「襲封南郡公」；義熙十二年（A.D.416），拜輔國將軍、北青州刺史，尙未赴任，即「徙督豫州」，任豫州刺史，又「督淮北」，任豫州刺史、將軍；永初元年（A.D.420）襲封爲「臨川王」，「徵爲侍中」；元嘉元年（A.D.424），轉任散騎常侍、秘書監，又「徙度支尙書，遷丹陽尹，加輔國將軍」，乃京都之要員；元嘉六年（A.D.429），兼任尙書左僕射，正式參與朝政；元嘉九年（A.D.432），出爲平西將軍、荊州刺史，加都督，爲西部重鎮之最高軍政長官，連任達八年；元嘉十六年（A.D.438），改授散騎常侍，都督江州、豫州之西陽、晉熙、新蔡三郡諸軍事，任衛將軍、江州刺史。元嘉十七年（A.D.439），都督南兗、徐、兗、青、冀、幽六州諸軍事、南兗州刺史，不久又任「開府儀同三司」。其後，因病調回京，宋文帝元嘉二十一年（A.D.444）卒於建康，年四十二。

劉義慶「性簡素，寡嗜欲」，唯獨晚年「奉養沙門，頗致費損」。「愛好文義」，太尉袁淑「文冠當時」，劉義慶「請爲衛軍諮議參軍」，而陸展、何長瑜、鮑照等人具「辭章之美」，則「引爲佐史國臣」。劉義慶自身並著《徐州先賢傳》十卷、《江左名士傳》一卷、《典敘》、《世說》十卷、《集林》二百卷、《後漢書》五十八卷，有《幽明錄》、《宣驗記》十三卷、《小說》十卷等。〔註239〕

〔註239〕　（唐）李延壽：《南史》（臺北：臺灣商務印書館，1937 年 1 月初版 1 刷，2010年 9 月臺 2 版 1 刷，《百衲本二十四史》），卷十三，列傳第三，宋宗室及諸王上，頁 154；（南朝梁）沈約：《宋書》（臺北：臺灣商務印書館，1937 年 1月初版 1 刷，2010 年 9 月臺 2 版 1 刷，《百衲本二十四史》），卷五十一，列傳第十一，宗室，頁 852；王枝忠：《漢魏六朝小說史》（杭州：浙江古籍出版社，1997 年 6 月第 1 版，1997 年 6 月第 1 次印刷），頁 162～163；李劍國：《唐前志怪小說輯釋》（修訂本）（上海：上海古籍出版社，2011 年 10 月第 1版，2011 年 10 月第 1 次印刷），頁 477。

劉義慶事蹟，具《宋書》卷五十一、《南史》卷十三。

（2）傳本

《幽明錄》，《隋書・經籍志》著錄二十卷〔註240〕，《舊唐書・經籍志》〔註241〕、《新唐書・藝文志》著錄三十卷〔註242〕，《通志》著錄二十卷〔註243〕。宋曾慥《類說》卷十一，摘錄有《幽明錄》6則〔註244〕，而至南宋洪邁，其〈夷堅三志辛序〉云：「《幽明錄》，今無傳於世」〔註245〕，可知《幽明錄》南宋時已佚，今之所見，乃後人輯本，於今可見之主要版本如下：

序號	版本	朝代	輯刊者	則數	說明
1	《琳琅秘室叢書》本	清光緒十四年（A.D.1888）	胡珽、董金鑑	162	清人錢曾述古堂抄本，收錄有胡珽所輯《琳琅秘室叢書》，收《幽明錄》158則〔註246〕。清光緒戊子十四年（A.D.1888），董金鑑刊《琳琅秘室叢書》，《幽明錄》涵蓋其中〔註247〕。其後，《百部叢書集成》本〔註248〕、

〔註240〕（唐）魏徵等撰：《隋書・卷三十三・志第二十八・經籍二（史）・雜傳》（臺北：臺灣商務印書館，1937年1月初版1刷，2010年7月臺2版1刷，《百衲本二十四史》），頁454。

〔註241〕（後晉）劉昫等撰：《舊唐書》（臺北：臺灣商務印書館，1937年1月初版1刷，2010年11月臺2版1刷，《百衲本二十四史》），卷四十六，志第二十六，經籍上，史，雜傳類，頁550。

〔註242〕（北宋）歐陽修、宋祁：《新唐書》（臺北：臺灣商務印書館，1937年1月初版1刷，2010年9月臺2版1刷，《百衲本二十四史》），卷五十九，藝文志第四十九，丙部子錄，小說家類，頁411。

〔註243〕（南宋）鄭樵：《通志・卷六十五・藝文略第三・史類第五・傳記・冥異》，《景印文淵閣四庫全書》第374冊（臺北：臺灣商務印書館，1986年3月初版），頁361。

〔註244〕〈天賜簡策〉、〈頭風〉、〈鄭玄老奴〉、〈恥與魑魅爭光〉、〈人言鬼可憎〉及〈郭長生〉。（南宋）曾慥：《類說》，《景印文淵閣四庫全書》第873冊，同前註，頁186。

〔註245〕（南宋）洪邁：《夷堅志・三志辛序》，《續修四庫全書》第1266冊（上海：上海古籍出版社，2002年3月第1版，2002年3月第1次印刷），頁48。

〔註246〕李劍國：《唐前志怪小說史》（修訂本）（天津：天津教育出版社，2005年1月第1版，2006年1月第2次印刷），頁291。

〔註247〕（南朝宋）劉義慶：《幽明錄》（清光緒戊子十四年〔1888〕會稽董氏取斯堂活字本，《琳琅秘室叢書》）。

〔註248〕（南朝宋）劉義慶撰；（清）胡珽校譌；（清）董金鑑續校：《幽明錄》（臺北板橋：藝文印書館，1976年版，《百部叢書集成初編》第65函，《琳琅秘室叢書》）。

				《筆記小說大觀》本〔註 249〕及《叢書集成》本〔註 250〕所收《幽明錄》，即據《琳琅秘室叢書》本
2	《古小說鉤沉》本	民國四十年（A.D.1951）排印本	魯迅	265	由《北堂書鈔》、《白孔六帖》、《太平廣記》等書輯出。《漢魏六朝筆記小說大觀》以《古小說鉤沉》爲底本

今人鄭晚晴有輯注本，分六卷，總數較《古小說鉤沉》本多 8 則，另又有附錄 11 則〔註 251〕。

3. 劉義慶《宣驗記》

（1）作者

《古小說鉤沉》中，《宣驗記》作者以「闕名」標示，然南朝梁人陸杲《繫觀世音應驗記》中，屢見引《宣驗記》乃臨川王劉義慶撰〔註 252〕，可知《宣驗記》作者爲劉義慶。劉義慶生平，已見《幽明錄》作者介紹。

（2）傳本

《隋書・經籍志》雜傳類〔註 253〕、《通志・藝文略》傳記類冥異屬〔註 254〕，皆著錄《宣驗記》十三卷，撰者爲劉義慶。唐釋法琳《破邪論》〔註 255〕、唐釋道宣《集神州三寶感通錄》〔註 256〕亦提及《宣驗記》，然皆有書目，無卷數。

〔註 249〕　（南朝宋）劉義慶：《幽明錄》，《筆記小說大觀》31 編第 7 冊（臺北：新興書局，1980 年 8 月版），頁 3999～4100。

〔註 250〕　（南朝宋）劉義慶：《幽明錄》，《叢書集成新編》第 82 冊（臺北：新文豐出版股份有限公司，1985 年元月初版，《琳琅秘室叢書》），頁 2～15。

〔註 251〕　（南朝宋）劉義慶撰；鄭晚晴輯注：《幽明錄》（北京：文化藝術出版社，1988 年 12 月北京第 1 版，1988 年 12 月北京第 1 次印刷，附錄王東亭等若干種）。

〔註 252〕　（南朝梁）陸杲：《繫觀世音應驗記》，收錄於董志翹：《「觀世音應驗記三種」譯注》（南京：江蘇古籍出版社，2002 年 1 月第 1 版第 1 次印刷），頁 75、79。

〔註 253〕　（唐）魏徵等撰：《隋書・卷三十三・志第二十八・經籍二（史）・雜傳》（臺北：臺灣商務印書館，1937 年 1 月初版 1 刷，2010 年 7 月臺 2 版 1 刷，《百衲本二十四史》），頁 454。

〔註 254〕　（南宋）鄭樵：《通志・卷六十五・藝文略第三・史類第五・傳記・冥異》，《景印文淵閣四庫全書》第 374 冊（臺北：臺灣商務印書館，1986 年 3 月初版），頁 360。

〔註 255〕　（唐）釋法琳：《破邪論・卷下》，收錄於《大正新修大藏經》第 52 冊（修訂版）（臺北：新文豐出版股份有限公司，1983 年 1 月修訂版 1 版，1994 年 11 月修訂版 1 版 2 刷），頁 485。

〔註 256〕　（唐）釋道宣：《集神州三寶感通錄・卷下》，收錄於《大正新修大藏經》第 52 冊（修訂版），同前註，頁 431。

其後，則未見著錄，可知書於宋朝已佚，今可見者，乃後人輯本：

序號	版本	朝代	輯者	則數	說明
1	《古小說鈎沉》本	民國四十年（A.D.1951）排印本	魯迅	35	由《比丘尼傳》、《太平廣記》、《太平御覽》等書輯出

4. 郭季產《集異記》

（1）作者

郭季產（fl.420-479），南朝宋人，曾任新興太守，著有《續晉紀》五卷〔註257〕，亦曾爲王玄謨所親之故吏〔註258〕。其兄郭仲產，於宋孝武帝建中年間被殺〔註259〕。

（2）傳本

《集異記》未見史志書目之著錄。《太平御覽經史圖書綱目》中有書名〔註260〕；《北堂書鈔》〔註261〕、《藝文類聚》〔註262〕、《太平廣記》則見引文。今可見者爲輯本：

序號	版本	朝代	輯者	則數	說明
1	《古小說鈎沉》本	民國四十年（A.D.1951）排印本	魯迅	11	由《北堂書鈔》、《太平廣記》、《太平御覽》等書輯出

〔註257〕「《續晉紀》五卷，宋新興太守郭季產撰。」（唐）魏徵等撰：《隋書·卷三十三·志第二十八·經籍二（史）·古史》（臺北：臺灣商務印書館，1937年1月初版1刷，2010年7月臺2版1刷，《百衲本二十四史》），頁446。

〔註258〕（南朝梁）沈約：《宋書》（臺北：臺灣商務印書館，1937年1月初版1刷，2010年9月臺2版1刷，《百衲本二十四史》），卷五十七，列傳第十七，蔡興宗傳，頁911。

〔註259〕「郭仲產宅在江陵批把寺南。宋元嘉中，起齋屋，以竹爲窗櫺，竹遂漸生枝葉，長數丈，郁然如林，仲產以爲吉祥。及孝建中，被誅。」（南朝齊）祖沖之：《述異記》第42則，收於魯迅輯錄：《古小說鈎沉》（濟南：齊魯書社，1997年11月第1版，1997年11月第1次印刷），頁109。

〔註260〕（北宋）李昉等奉敕撰：《太平御覽·太平御覽經史圖書綱目》，《景印文淵閣四庫全書》第893冊（臺北：臺灣商務印書館，1986年3月初版），頁21。

〔註261〕《北堂書鈔》引《集異記》「鬼偷箭筒」、「有樹非林，有孔非泉」、「有鬼摸餅」事。（唐）虞世南輯：《北堂書鈔》（《續修四庫全書》第1212～1213冊〔上海：上海古籍出版社，2002年3月第1版，2002年3月第1次印刷〕），卷第一百二十六，武功部十四，箭筒四十九，頁577（第1212冊）；卷第一百三十五，服飾部四，香爐三十七，頁636（第1212冊）；卷第一百四十四，酒食部三，餅篇十三，頁50（第1213冊）。

〔註262〕引「有樹非林，有孔非泉」事。（唐）歐陽詢等奉敕撰：《藝文類聚·卷七十·服飾部下·香鑪》，《景印文淵閣四庫全書》第888冊，同註260，頁503。

5. 東陽无疑《齊諧記》

（1）作者

東陽无疑，晉末宋初人〔註263〕，生卒年不詳，或爲東陽（今浙江金華）人〔註264〕，宋時任員外散騎侍郎〔註265〕。

（2）傳本

《齊諧記》一書，最早見引於隋杜公瞻《荊楚歲時記》注〔註266〕，後《隋書・經籍志》、《舊唐書・經籍志》〔註267〕、《廣韻》〔註268〕、《新唐書・藝文志》〔註269〕、《通志・藝文略》〔註270〕皆著錄七卷，《太平御覽經史圖書綱目》〔註271〕有書目，《直齋書錄解題》則云「《唐志》又有東陽无疑《齊諧志》，今不傳」〔註272〕，可知《齊諧記》佚於宋，今可見者爲輯本：

〔註263〕 《冥祥記》中，載有東陽无疑得知元嘉九年（A.D.432）巫祝言劉齡家將有人喪亡之事，可知東陽无疑爲宋文帝（A.D.424～453）時人。見（南朝齊）王琰：《冥祥記》第85則，收於魯迅輯錄：《古小說鉤沉》（濟南：齊魯書社，1997年11月第1版，1997年11月第1次印刷），頁321～322。

〔註264〕 「《何氏姓苑》云：『東陽氏出於東陽郡。』」見（清）馬國翰輯：《玉函山房輯佚書・子部小說家類・七十六卷三十八・齊諧記序》，《續修四庫全書》第1204冊（上海：上海古籍出版社，2002年3月第1版，2002年3月第1次印刷），頁474。

〔註265〕 「《齊諧記》七卷，宋散騎侍郎東陽元疑撰。」（唐）魏徵等撰：《隋書・卷三十三・志第二十八・經籍二（史）・雜傳》（臺北：臺灣商務印書館，1937年1月初版1刷，2010年7月臺2版1刷，《百衲本二十四史》），頁454。

〔註266〕 見引《齊諧記》蠶神之事。（南朝梁）宗懍撰；（明）項琳之編次；（明）陳卓謨校：《荊楚歲時記》，《叢書集成新編》第91冊（臺北：新文豐出版股份有限公司，1985年元月初版），頁181。

〔註267〕 （後晉）劉昫等撰：《舊唐書》（臺北：臺灣商務印書館，1937年1月初版1刷，2010年11月臺2版1刷，《百衲本二十四史》），卷四十六，志第二十六，經籍上・史・雜傳類，頁550。

〔註268〕 （北宋）陳彭年、丘雍等奉敕撰：《重修廣韻・卷一・上平聲・東》，《景印文淵閣四庫全書》第236冊（臺北：臺灣商務印書館，1986年3月初版），頁225。

〔註269〕 （北宋）歐陽修、宋祁：《新唐書》（臺北：臺灣商務印書館，1937年1月初版1刷，2010年9月臺2版1刷，《百衲本二十四史》），卷五十九，藝文志第四十九，丙部子錄，小說家類，頁411。

〔註270〕 （南宋）鄭樵：《通志・卷六十五・藝文略第三・史類第五・傳記・冥異》，《景印文淵閣四庫全書》第374冊，同註268，頁361。

〔註271〕 （北宋）李昉等奉敕撰：《太平御覽・太平御覽經史圖書綱目》，《景印文淵閣四庫全書》第893冊，同註268，頁21。

〔註272〕 （南宋）陳振孫：《直齋書錄解題・卷十一》，《景印文淵閣四庫全書》第674冊，同註268，頁720。

序號	版本	朝代	輯刊者	則數	說明
1	《玉函山房輯佚書》本	清光緒九年（A.D.1883）	馬國翰	15	收錄《齊諧記》一卷
2	《續金華叢書》本	民國十三年（A.D.1924）	胡宗楙	15	收錄馬國翰所輯之《齊諧記》，其後之《叢書集成續編》，亦採此本
3	《古小說鉤沉》本	民國四十年（A.D.1951）排印本	魯迅	15	由《北堂書鈔》、《太平廣記》、《太平御覽》等書輯出

此外，《舊小說‧甲集》收有《齊諧記》3 則〔註273〕。

（二）齊

1. 祖沖之《述異記》

（1）作者

祖沖之（A.D.429～500），字文遠，范陽薊（今北京城西南）人〔註274〕，一說范陽遒（今河北淶水縣北）人，爲東晉祖台之曾孫。宋文帝元嘉二年（A.D.429）生，齊東昏侯永元二年（A.D.500）卒，年七十二。宋孝武帝（A.D.454～464）時，「使直華林學省」，繼而「解褐南徐州迎從事」，公府參軍，又曾任長水校尉。孝武帝崩，任婁縣令、謁者僕射。祖沖之「解鍾律」、精曆法、「善籌」，博戲無人能對，發明指南車、千里船、水碓磨。曾注《周易》、《老子》、《莊子》、《論語》、《孝經》、《九章》等書。〔註275〕祖沖之事蹟，具《南齊書》卷五十二、《南史》卷七十二。

（2）傳本

《述異記》，《隋書‧經籍志》〔註276〕、《舊唐書‧經籍志》〔註277〕、《新

〔註273〕 〈董昭之〉、〈東陽郡吳道宗〉及〈師道宣〉，共 3 則。吳曾祺編：《舊小說‧甲集二‧漢魏六朝》（臺北：臺灣商務印書館，1965 年 11 月臺 1 版），頁 86～87。

〔註274〕 （南朝梁）蕭子顯：《南齊書》（臺北：臺灣商務印書館，1937 年 1 月初版 1 刷，2010 年 11 月臺 2 版 1 刷，《百衲本二十四史》），卷五十二，列傳第三十三，文學，頁 475。

〔註275〕 （唐）李延壽：《南史》（臺北：臺灣商務印書館，1937 年 1 月初版 1 刷，2010 年 9 月臺 2 版 1 刷，《百衲本二十四史》），卷七十二，列傳第六十二，文學，頁 744。

〔註276〕 （唐）魏徵等撰：《隋書‧卷三十三‧志第二十八‧經籍二（史）‧雜傳》（臺北：臺灣商務印書館，1937 年 1 月初版 1 刷，2010 年 7 月臺 2 版 1 刷，《百衲本二十四史》），頁 454。

〔註277〕 （後晉）劉昫等撰：《舊唐書》（臺北：臺灣商務印書館，1937 年 1 月初版 1 刷，2010 年 11 月臺 2 版 1 刷，《百衲本二十四史》），卷四十六，志第二十六，經籍上，史，雜傳類，頁 550。

唐書‧藝文志》〔註278〕、《通志》〔註279〕皆著錄十卷；至《崇文總目》、《宋史‧藝文志》亦見《述異記》之著錄，然作者為任昉〔註280〕，故可知祖沖之所撰《述異記》於宋時已佚。今可見及之版本，為《古小說鉤沉》本：

序號	版本	朝代	輯者	則數	說明
1	《古小說鉤沉》本	民國四十年（A.D.1951）排印本	魯迅	90	由《北堂書鈔》、《太平廣記》、《太平御覽》等書輯出

2. 王琰《冥祥記》

（1）作者

王琰（約 A.D.454～？），「約生於南朝宋孝武帝孝建元年（A.D.454）」〔註281〕，太原（今山西太原市西南晉源鎮古城營）人〔註282〕。幼時在交阯，從「賢法師」受「五戒」，於「齠齔」之年回到京師建康（今江蘇南京），宋明帝泰始七年（A.D.471），「移居烏衣」，曾遊「江都」、「峽表」，齊高帝建元元年（A.D.479）「還京師」〔註283〕。王琰約在齊高帝建元（A.D.479～482）、武帝永明（A.D.483～493）年間任太子舍人〔註284〕，曾任郢州義安左郡太

〔註278〕（北宋）歐陽修、宋祁：《新唐書》（臺北：臺灣商務印書館，1937年1月初版1刷，2010年9月臺2版1刷，《百衲本二十四史》），卷五十九，藝文志第四十九，丙部子錄，小說家類，頁411。

〔註279〕（南宋）鄭樵：《通志‧卷六十五‧藝文略第三‧史類第五‧傳記‧冥異》，《景印文淵閣四庫全書》第374冊（臺北：臺灣商務印書館，1986年3月初版），頁360～361。

〔註280〕（北宋）王堯臣等編次；錢東垣等輯釋：《崇文總目‧卷三‧小說類下》，《叢書集成簡編》第3冊（臺北：臺灣商務印書館，1965年12月臺1版），頁157；（元）脫脫：《宋史》（臺北：臺灣商務印書館，1937年1月初版1刷，2010年12月臺2版1刷，《百衲本二十四史》），卷二百六，頁2417。

〔註281〕魏世民：《魏晉南北朝小說史‧魏晉南北朝小說編年》（下冊）（合肥：安徽大學出版社，2011年6月第1版，2011年6月第1次印刷），頁543。王琰在《冥祥記‧自序》中言「宋大明七年」（A.D.463）「於時幼小」，李劍國「按十歲算」，亦推估王琰「當生於宋孝建元年」。見李劍國：《唐前志怪小說輯釋》（修訂本）（上海：上海古籍出版社，2011年10月第1版，2011年10月第1次印刷），頁558。

〔註282〕（唐）釋法琳：《破邪論‧卷下》，收錄於《大正新修大藏經》第52冊（修訂版）（臺北：新文豐出版股份有限公司，1983年1月修訂版1版，1994年11月修訂版1版2刷），頁485。

〔註283〕（南朝齊）王琰：《冥祥記‧自序》，收於魯迅輯錄：《古小說鉤沉》（濟南：齊魯書社，1997年11月第1版，1997年11月第1次印刷），頁276～277。

〔註284〕王僧虔〈太子舍人帖〉：「太子舍人王琰牒：在職三載，家貧，仰希江、郢所

守〔註285〕，入梁則任吳興令〔註286〕。著有《宋春秋》二十卷、《冥祥記》十卷。王琰事蹟，具《冥祥記·自序》。

（2）傳本

《冥祥記》，《隋書》〔註287〕、《舊唐書》〔註288〕、《新唐書》〔註289〕、《通志》〔註290〕皆著錄爲十卷。《冥祥記》最早見於《繫觀世音應驗記》〔註291〕，梁之《高僧傳》〔註292〕、唐之《破邪論》、《冥報記》〔註293〕、《集神州三寶

統小郡。謹牒。」見（東晉）王羲之：《萬歲通天帖》（香港：翰墨軒出版有限公司；臺北：聯經出版事業股份有限公司總經銷，1997 年 7 月出版，《中國名家法書全集》5，遼寧省博物館藏），頁 18。

〔註285〕 （南朝梁）陸杲：《繫觀世音應驗記》，收錄於董志翹：《「觀世音應驗記三種」譯注》（南京：江蘇古籍出版社，2002 年 1 月第 1 版第 1 次印刷），頁 142；李劍國：《唐前志怪小說輯釋》（修訂本）（上海：上海古籍出版社，2011 年 10 月第 1 版，2011 年 10 月第 1 次印刷），頁 558。

〔註286〕 （唐）魏徵等撰：《隋書·卷三十三·志第二十八·經籍二（史）·古史》（臺北：臺灣商務印書館，1937 年 1 月初版 1 刷，2010 年 7 月臺 2 版 1 刷，《百衲本二十四史》），頁 446。

〔註287〕 （唐）魏徵等撰：《隋書·卷三十三·志第二十八·經籍二（史）·雜傳》，同前註，頁 454。

〔註288〕 （後晉）劉昫等撰：《舊唐書》（臺北：臺灣商務印書館，1937 年 1 月初版 1 刷，2010 年 11 月臺 2 版 1 刷，《百衲本二十四史》），卷四十六，志第二十六，經籍上，史，雜傳類，頁 550。

〔註289〕 按：《四部備要》本著錄《冥祥記》十卷，《百衲本二十四史》則著錄一卷，或有誤植。（北宋）歐陽修、宋祁：《新唐書》（《四部備要》第 178 冊〔臺北：臺灣中華書局，1966 年 3 月臺 1 版〕），卷五十九，葉 10；（北宋）歐陽修、宋祁：《新唐書·卷五十九·藝文志第四十九·丙部子錄·小說家類》（臺北：臺灣商務印書館，1937 年 1 月初版 1 刷，2010 年 9 月臺 2 版 1 刷，《百衲本二十四史》），頁 411。

〔註290〕 （南宋）鄭樵：《通志·卷六十五·藝文略第三·史類第五·傳記·冥異》，《景印文淵閣四庫全書》第 374 冊（臺北：臺灣商務印書館，1986 年 3 月初版），頁 360。

〔註291〕 「義安太守太原王琰，與杲有舊，作《冥祥記》，道其族兄珉識子喬及道榮，聞二人說，皆同此」。（南朝梁）陸杲：《繫觀世音應驗記》，收錄於董志翹：《「觀世音應驗記三種」譯注》（南京：江蘇古籍出版社，2002 年 1 月第 1 版第 1 次印刷），頁 142。

〔註292〕 （南朝梁）釋慧皎：《高僧傳·卷十四》，收錄於《大正新修大藏經》第 50 冊（修訂版）（臺北：新文豐出版股份有限公司，1983 年 1 月修訂版 1 版，1996 年 9 月修訂版 1 版 3 刷），頁 418。

〔註293〕 （唐）唐臨：《冥報記·卷上》，《續修四庫全書》第 1264 冊（上海：上海古籍出版社，2002 年 3 月第 1 版，2002 年 3 月第 1 次印刷），頁 393。

感通錄》〔註294〕、《法苑珠林》〔註295〕皆見提及，宋時則僅見《太平廣記》、《太平御覽》徵引，可知《冥祥記》佚於宋。今可見之主要版本如下：

序號	版本	朝代	輯刊者	則數	說明
1	《古今說部叢書》本	民國四年（A.D.1915）	上海國學扶輪社	7	收錄《冥祥記》一卷
2	《古小說鉤沉》本	民國四十年（A.D.1951）排印本	魯迅	131	由《法苑珠林》、《太平廣記》、《太平御覽》等書輯出

其後有王國良《冥祥記研究》〔註296〕，以魯迅所輯爲本，再補輯入 2 則，爲今可見更爲完備之輯本。

（三）梁

1. 任昉《述異記》

（1）作者

任昉（A.D.460～508），字彥昇，樂安博昌（今山東昌樂西北）人，生於宋孝武帝大明四年（A.D.460）。任昉爲漢朝御史大夫任敖之後，父親任遙，爲齊之中散大夫；母親裴氏，夢彩旗從天而降，其所蓋四懸鈴，一鈴落於懷中，因而有娠，產下任昉。任昉年幼好學，早有名氣〔註297〕，四歲時可「誦詩數十篇」，八歲時「能屬文」，所撰〈月儀〉「辭義甚美」，爲人所稱〔註298〕。性「至孝」，遇親有疾，「湯藥飲食必先經口」，十二歲即以孝名。宋後廢帝元徽三年（A.D.475）起，歷任丹陽主簿、奉朝請、舉兗州秀才、拜太常博士、遷征北行參軍、司徒刑獄參軍事、尚書殿中郎、司徒竟陵王記室參軍，因丁父之憂而去職。繼母喪服除後，拜爲太子步兵校尉，管東宮書記。齊明帝永

〔註294〕（唐）釋道宣：《集神州三寶感通錄・卷中》，收錄於《大正新修大藏經》第52 冊（修訂版）（臺北：新文豐出版股份有限公司，1983 年 1 月修訂版 1 版，1994 年 11 月修訂版 1 版 2 刷），頁 413。

〔註295〕（唐）釋道世：《法苑珠林・卷第一百十九・傳記篇第一百之一・襍集部》，《四部叢刊正編》第 26 冊（臺北：臺灣商務印書館，1979 年 11 月臺 1 版），頁 1414。

〔註296〕（南朝齊）王琰原著：王國良研究：《冥祥記研究》（臺北：文史哲出版社，1999 年 12 月初版）。

〔註297〕（唐）姚思廉：《梁書》（臺北：臺灣商務印書館，1937 年 1 月初版 1 刷，2010 年 8 月臺 2 版 1 刷，《百衲本二十四史》），卷十四，列傳第八，任昉，頁 145。

〔註298〕（唐）李延壽：《南史》（臺北：臺灣商務印書館，1937 年 1 月初版 1 刷，2010 年 9 月臺 2 版 1 刷，《百衲本二十四史》），卷五十九，列傳第四十九，任昉，頁 609。

泰元年（A.D.498），明帝崩殂，任昉遷中書侍郎。其後，拜司徒右長史、爲蕭衍驃騎記室參軍、拜黃門侍郎、吏部郎中、義興太守、御史中丞、秘書監、寧朔將軍、新安太守，於天監七年（A.D.508）卒於新安官舍，年四十九。任昉爲朝撰文誥多篇，並有《雜傳》二百四十七卷、《地記》二百五十二卷、文章三十三卷等。〔註299〕任昉事蹟，具《梁書》卷十四、《南史》卷五十九。

《述異記》之寫作時間，在天監二年（A.D.508）〔註300〕。

（2）傳本

任昉所撰《述異記》，始見於《崇文總目》〔註301〕，其後《中興館閣書目》〔註302〕、《郡齋讀書志》〔註303〕、《宋史‧藝文志》〔註304〕亦皆提及。今可見及之主要版本如下：

序號	版本	朝代	輯刊者	卷數	說明
1	《漢魏叢書》本	明萬曆二十年（A.D.1592）	程榮	2	「子籍」中收任昉《述異記》二卷。嚴靈峰無求備齋諸子文庫即採此版本
2	《增訂漢魏叢書》本	清乾隆五十六年（A.D.1791）	王謨	2	「載籍」中收任昉《述異記》二卷。其後，嚴靈峰無求備齋諸子文庫亦採此版本

〔註299〕 （唐）姚思廉：《梁書》（臺北：臺灣商務印書館，1937 年 1 月初版 1 刷，2010 年 8 月臺 2 版 1 刷，《百衲本二十四史》），卷十四，頁 145～149；（唐）李延壽：《南史》（臺北：臺灣商務印書館，1937 年 1 月初版 1 刷，2010 年 9 月臺 2 版 1 刷，《百衲本二十四史》），卷五十九，列傳第四十九，頁 613；羅國威：〈任昉年譜〉，《四川大學學報》（哲學社會科學版）1994 年第 1 期（總第 80 期）（1994 年 1 月），頁 69～77。

〔註300〕 「大梁天監二年，昉遷中書舍人。家藏書三萬卷，故多異聞。採於秘書，撰《新述異記》上下兩卷。皆得所未聞，將以資後來刀筆之士，好奇之流文詞怪麗之端，抑亦博物之意者也。」序之撰者未明，然知其爲梁人，而其言正可補《梁書》所闕。（南朝梁）任昉：《述異記》（清光緒至民國間南陵徐氏刊本，據宋太廟前尹家刊本），前序，葉 1。

〔註301〕 （北宋）王堯臣等編次；錢東垣等輯釋：《崇文總目‧卷三‧小說類下》（臺北：臺灣商務印書館，1965 年 12 月臺 1 版，《叢書集成簡編》第 3 冊），頁 157。

〔註302〕 （南宋）陳騤等撰；趙士煒輯：《中興館閣書目‧小說家類》，收錄於嚴靈峯編輯：《書目類編》（二）（臺北：成文出版社有限公司，1978 年 7 月版，據民國四十六年排印本影印），頁 627。

〔註303〕 （南宋）晁公武：《郡齋讀書志‧卷第十三‧小說類》，收錄於李學勤主編：《中華漢語工具書書庫》第 83 冊（合肥：安徽教育出版社，2002 年 1 月第 1 版，2002 年 1 月第 1 次印刷），頁 363。

〔註304〕 （元）脫脫：《宋史》（臺北：臺灣商務印書館，1937 年 1 月初版 1 刷，2010 年 12 月臺 2 版 1 刷，《百衲本二十四史》），卷二百六，頁 2417。

3	《龍威秘書》本	清乾隆五十九年（A.D.1794）石門馬氏大酉山房刊本	馬俊良	2	今《百部叢書集成》第 32 函、《叢書集成》本、《四庫全書》本所收任昉《述異記》，即採《龍威秘書》本
4	《百子全書》本	清光緒元年（A.D.1875）	湖北崇文書局	2	
5	《隨盦叢書》本	清光緒三十年（A.D.1904）	徐乃昌	2	據宋太廟前尹家刊本，將泉唐丁氏宋刻本重新繡梓，刊《隨盦徐氏叢書》，收任昉《述異記》二卷〔註 305〕

2. 吳均《續齊諧記》

（1）作者

吳均（A.D.469～520），字叔庠，吳興故鄣（今浙江安吉市西北）人，生於宋明帝泰始五年（A.D.469）。「家世寒賤」，然「好學有俊才」，其文曾為沈約稱賞，「文體清拔」，號為「吳均體」。曾任吳興郡主簿、揚州記室、奉朝請。奉敕修《通史》，「本紀」、「世家」寫成，然「列傳」「未就」，於梁武帝普通元年（A.D.520）卒，年五十二。

吳均注有范曄《後漢書》九十卷，著有《齊春秋》三十卷、《廟記》十卷、《十二州記》十六卷、《錢唐先賢傳》五卷、《續文釋》五卷，文集二十卷等。〔註 306〕吳均事蹟，具《梁書》卷四十九、《南史》卷七十二。

（2）傳本

《續齊諧記》，《隋書》〔註 307〕、《舊唐書》〔註 308〕、《新唐書》〔註 309〕、

〔註 305〕　繆荃孫《藝風堂文續集》卷六〈影宋本述異記跋〉：「錢塘丁氏八千卷樓藏舊鈔本《述異記》，序後有臨安府太廟前經籍鋪尹家刊行一行，知其源出於宋」。（清）繆荃孫：《藝風堂文續集》，《續修四庫全書》第 1574 冊（上海：上海古籍出版社，2002 年 3 月第 1 版，2002 年 3 月第 1 次印刷），頁 251。

〔註 306〕　（唐）姚思廉：《梁書》（臺北：臺灣商務印書館，1937 年 1 月初版 1 刷，2010 年 8 月臺 2 版 1 刷，《百衲本二十四史》），卷四十九，列傳第四十三，吳均，頁 403。

〔註 307〕　（唐）魏徵等撰：《隋書·卷三十三·志第二十八·經籍二（史）·雜傳》（臺北：臺灣商務印書館，1937 年 1 月初版 1 刷，2010 年 7 月臺 2 版 1 刷，《百衲本二十四史》），頁 454。

〔註 308〕　（後晉）劉昫等撰：《舊唐書》（臺北：臺灣商務印書館，1937 年 1 月初版 1 刷，2010 年 11 月臺 2 版 1 刷，《百衲本二十四史》），卷四十六，志第二十六，經籍上，史，雜傳，頁 550。

〔註 309〕　（北宋）歐陽修、宋祁：《新唐書》（臺北：臺灣商務印書館，1937 年 1 月初版 1 刷，2010 年 9 月臺 2 版 1 刷，《百衲本二十四史》），卷五十九，藝文志第四十九，丙部子錄，小說家類，頁 411。

《通志》〔註310〕、《直齋書錄解題》〔註311〕、《宋史‧藝文志》〔註312〕著錄一卷，《日本國見在書目錄》〔註313〕、《崇文總目》〔註314〕則著錄三卷，或有訛誤，然未可知。今可見之主要版本如下：

序號	版本	朝代	輯刊者	卷數	說明
1	《紺珠集》本	宋	朱勝非（A.D.1082～1144）	1	卷十輯 8 則，然該書將作者誤題為吳筠
2	《類說》本	宋	曾慥（？～A.D.1155）	1	卷六輯 13 則
3	《顧氏文房小說》本	明嘉靖年間（A.D.1522～1566）	顧元慶	1	今《漢魏六朝筆記小說大觀》、王國良《續齊諧記研究》，即以《顧氏文房小說》本為底本
4	《古今逸史》本	明萬曆年間（A.D.1573～1620）	吳琯	1	今《百部叢書集成》第九函、《叢書集成》本，亦採《古今逸史》本
5	《增訂漢魏叢書》本	清乾隆五十六年（A.D.1791）	王謨	1	「載籍」中收《續齊諧記》一卷

3. 殷芸《小說》

（1）作者

《小說》作者，《隋書》〔註315〕、《舊唐書》〔註316〕、《新唐書》〔註317〕、

〔註310〕 （南宋）鄭樵：《通志‧卷六十五‧藝文略第三‧史類第五‧傳記‧冥異》，《景印文淵閣四庫全書》第 374 冊（臺北：臺灣商務印書館，1986 年 3 月初版），頁 361。

〔註311〕 （南宋）陳振孫：《直齋書錄解題‧卷十一‧小說家類》，《景印文淵閣四庫全書》第 674 冊，同前註，頁 720。

〔註312〕 （元）脫脫：《宋史》（臺北：臺灣商務印書館，1937 年 1 月初版 1 刷，2010 年 12 月臺 2 版 1 刷，《百衲本二十四史》），卷二百六，頁 2417。

〔註313〕 〔日〕藤原佐世：《日本國見在書目錄‧卷二十‧雜傳家》，《叢書集成新編》第 1 冊（臺北：新文豐出版股份有限公司，1985 年元月初版），頁 376。

〔註314〕 （北宋）王堯臣等編次；錢東垣等輯釋：《崇文總目‧卷三‧小說類上》（臺北：臺灣商務印書館，1965 年 12 月臺 1 版，《叢書集成簡編》第 3 冊），頁 148。

〔註315〕 （唐）魏徵等：《隋書‧卷三十四‧志第二十九‧經籍三（子）‧小說》（臺北：臺灣商務印書館，1937 年 1 月初版 1 刷，2010 年 7 月臺 2 版 1 刷，《百衲本二十四史》），頁 463。

〔註316〕 （後晉）劉昫等撰：《舊唐書》（臺北：臺灣商務印書館，1937 年 1 月初版 1 刷，2010 年 11 月臺 2 版 1 刷，《百衲本二十四史》），卷四十七，志第二十七，丙部子錄，經籍下，小說家，頁 556。

〔註317〕 （北宋）歐陽修、宋祁：《新唐書》（臺北：臺灣商務印書館，1937 年 1 月初版 1 刷，2010 年 9 月臺 2 版 1 刷，《百衲本二十四史》），卷五十九，藝文志第四十九，丙部子錄，小說家類，頁 411。

《崇文總目》〔註318〕皆題爲殷芸，《邯鄲書目》云有題爲劉餗者，《直齋書錄解題》則以《小說》「首題秦、漢、魏、晉、宋諸帝，注云齊殷芸撰，非劉餗明矣」〔註319〕。

　　殷芸（A.D.471～529），字灌蔬，陳郡長平（今河南省西華縣東北）人，生於宋明帝泰始七年（A.D.471）。個性「偏儻」，「不拘細行」，勤於學問，「博洽羣書」。齊武帝永明年間（A.D.483～493），任宜都王行參軍；梁武帝天監（A.D.502～519）初年，任西中郎主簿、後軍臨川王記室；天監七年（A.D.508），遷通直散騎侍郎，兼中書通事舍人；天監十年（A.D.511），兼尚書左丞、中書舍人，遷國子博士、昭明太子侍讀、西中郎豫章王長史、丹陽尹丞、秘書監、司徒左長史。梁武帝普通六年（A.D.525），直東宮學士省。梁武帝大通三年（A.D.529）卒，年五十九。〔註320〕殷芸事蹟，具《梁書》卷四十一。

　　（2）傳本

　　梁武帝天監十三至十五年間（A.D.514～516），殷芸奉敕撰《小說》十卷〔註321〕，稱《殷芸小說》，宋時爲避宋太祖之父趙弘殷之諱，稱《商芸小說》。《隋書》、《舊唐書》、《新唐書》、《崇文總目》、《宋史・藝文志》〔註322〕皆著錄十卷，《郡齋讀書志》〔註323〕、《遂初堂書目》〔註324〕、《直齋書錄解題》皆見提及，至明則未見著錄，可知書至明代已亡佚。今可見及之版本，

〔註318〕　（北宋）王堯臣等編次：錢東垣等輯釋：《崇文總目・卷三・小說類上》（臺北：臺灣商務印書館，1965 年 12 月臺 1 版，《叢書集成簡編》第 3 冊），頁 148。

〔註319〕　（南宋）陳振孫：《直齋書錄解題・卷十一・小說家類》，《景印文淵閣四庫全書》第 674 冊（臺北：臺灣商務印書館，1986 年 3 月初版），頁 720。

〔註320〕　（唐）姚思廉：《梁書》（臺北：臺灣商務印書館，1937 年 1 月初版 1 刷，2010 年 8 月臺 2 版 1 刷，《百衲本二十四史》），卷四十一，列傳第三十五，殷芸，頁 345；張莉：〈殷芸交遊考〉，《古籍整理研究學刊》2011 年第 2 期（2011 年 3 月），頁 40；張進德：〈殷芸簡論〉，《河南社會科學》第 10 卷第 5 期（2002 年 9 月），頁 62。

〔註321〕　「梁武作《通史》時事，凡此不經之說爲《通史》所不取者，皆令殷芸別集爲《小說》。」（清）姚振宗：《隋書經籍志考證・卷三十二・子部九・小說家》，《續修四庫全書》第 915 冊（上海：上海古籍出版社，2002 年 3 月第 1 版，2002 年 3 月第 1 次印刷），頁 499。

〔註322〕　（元）脫脫：《宋史》（臺北：臺灣商務印書館，1937 年 1 月初版 1 刷，2010 年 12 月臺 2 版 1 刷，《百衲本二十四史》），卷二百六，頁 2417。

〔註323〕　（南宋）晁公武：《郡齋讀書志・卷第十三・小說類》，收錄於李學勤主編：《中華漢語工具書書庫》第 83 冊（合肥：安徽教育出版社，2002 年 1 月第 1 版，2002 年 1 月第 1 次印刷），頁 363。

〔註324〕　（南宋）尤袤：《遂初堂書目・小說類》，《景印文淵閣四庫全書》第 674 冊（臺北：臺灣商務印書館，1986 年 3 月初版），頁 467。

主要爲《古小說鉤沉》本：

序號	版本	朝代	輯者	則數	說明
1	《古小說鉤沉》本	民國四十年（A.D.1951）排印本	魯迅	135	由《三齊要略》、《太平廣記》、《紺珠集》等書輯出

余嘉錫《殷芸小說輯證》，採 26 種文獻，輯 154 則。又有周楞伽《殷芸小說》，就前人基礎，輯至 163 則。〔註 325〕今《漢魏六朝筆記小說大觀》所收之《殷芸小說》，即綜合魯迅、余嘉錫、周楞伽、及相關類書正史而成。

4. 蕭繹《金樓子・志怪》

（1）作者

蕭繹（A.D.508～554），字世誠，小字七符，自號金樓子〔註 326〕，南蘭陵（今江蘇常州市武進區西北萬綏鎮）人，爲梁武帝蕭衍第七子，生於梁武帝天監七年（A.D.508）。天監十三年（A.D.514），封爲湘東郡王，承聖元年（A.D.552）「即皇帝位於江陵」，承聖三年（A.D.554），城爲西魏所陷，元帝蕭繹「見執」，「遂崩」，年四十七。蕭繹「聰悟俊朗」，初生時患眼病，「盲一目」，長而「好學」，「博極羣書」，著有《孝德傳》三十卷、《忠臣傳》三十卷、《金樓子》十卷、《補闕子》十卷等。〔註 327〕蕭繹事蹟，具《梁書》卷五、《南史》卷八。

（2）傳本

《金樓子》，《隋書》著錄二十卷〔註 328〕，《舊唐書》〔註 329〕、《新唐

〔註 325〕 張進德：〈殷芸簡論〉，《河南社會科學》第 10 卷第 5 期（2002 年 9 月），頁 62～63。

〔註 326〕 （南宋）晁公武：《郡齋讀書志・卷第十二・雜家類》，收錄於李學勤主編：《中華漢語工具書書庫》第 83 冊（合肥：安徽教育出版社，2002 年 1 月第 1 版，2002 年 1 月第 1 次印刷），頁 357。

〔註 327〕 （唐）姚思廉：《梁書》（臺北：臺灣商務印書館，1937 年 1 月初版 1 刷，2010 年 8 月臺 2 版 1 刷，《百衲本二十四史》），卷五，本紀第五，元帝，頁 67、81、82；（唐）李延壽：《南史》（臺北：臺灣商務印書館，1937 年 1 月初版 1 刷，2010 年 9 月臺 2 版 1 刷，《百衲本二十四史》），卷八，梁本紀下第八，元帝，頁 109、110。

〔註 328〕 按：《隋書》《四庫全書》本、《四部備要》本著錄《金樓子》「二十卷」，《百衲本二十四史》《隋書》則言「十卷」，或有誤植。（唐）魏徵等撰：《隋書・卷三十四・志第二十九・經籍三（子）・雜》（臺北：臺灣商務印書館，1937 年 1 月初版 1 刷，2010 年 7 月臺 2 版 1 刷，《百衲本二十四史》），頁 462；（唐）魏徵：《隋書》（《四部備要》第 154 冊〔臺北：臺灣中華書局，1966 年 3 月臺 1 版〕），卷三十四，志第二十九，經籍三（子），雜，葉 5。

〔註 329〕 （後晉）劉昫等撰：《舊唐書》（臺北：臺灣商務印書館，1937 年 1 月初版 1

書》〔註330〕、《崇文總目》〔註331〕、《通志》〔註332〕、《郡齋讀書志》〔註333〕、《直齋書錄解題》〔註334〕、《宋史》〔註335〕皆著錄十卷，元明之時，已不見著錄，今可見之主要版本如下：

序號	版本	朝代	輯刊者	卷數	說明
1	《四庫全書》本	清乾隆年間（A.D.1736～1795）	永瑢、紀昀等編纂	6	四庫館臣由《永樂大典》中輯《金樓子》佚文，編為6卷14篇〔註336〕
2	《知不足齋叢書》本	清光緒八年（A.D.1882）	鮑廷博父子	6	乾隆46年（A.D.1781），汪輝祖轉交元至正年間葉森整理的《金樓子》予嶺南芸林仙館鮑廷博父子刊刻，鮑氏父子校勘四庫輯自《永樂大典》之《金樓子》版本後〔註337〕，刊於《知不足齋叢書》第9集中。今《百子全書》本、《百部叢書集成初編》第29函、《叢書集成新編》第21冊、《筆記小說大觀》4編第2冊，亦採此版本

刷，2010年11月臺2版1刷，《百衲本二十四史》），卷四十七，志第二十七，丙部子錄，經籍下，雜家，頁555。

〔註330〕（北宋）歐陽修、宋祁：《新唐書》（臺北：臺灣商務印書館，1937年1月初版1刷，2010年9月臺2版1刷，《百衲本二十四史》），卷五十九，藝文志第四十九，丙部子錄，雜家類，頁410。

〔註331〕（北宋）王堯臣等編次；錢東垣等輯釋：《崇文總目·卷三·雜家類》（臺北：臺灣商務印書館，1965年12月臺1版，《叢書集成簡編》第3冊），頁143。

〔註332〕（南宋）鄭樵：《通志·卷六十八·藝文略第六·雜家》，《景印文淵閣四庫全書》第374冊（臺北：臺灣商務印書館，1986年3月初版），頁403。

〔註333〕（南宋）晁公武：《郡齋讀書志·卷第十二·雜家類》，收錄於李學勤主編：《中華漢語工具書書庫》第83冊（合肥：安徽教育出版社，2002年1月第1版，2002年1月第1次印刷），頁357。

〔註334〕（南宋）陳振孫：《直齋書錄解題·卷十·雜家類》，《景印文淵閣四庫全書》第674冊，同註332，頁714。

〔註335〕（元）脫脫等：《宋史》（臺北：臺灣商務印書館，1937年1月初版1刷，2010年12月臺2版1刷，《百衲本二十四史》），卷二百五，志第一百五十八，藝文四，雜家類，頁2414。

〔註336〕李劍國：《唐前志怪小說輯釋》（修訂本）（上海：上海古籍出版社，2011年10月第1版，2011年10月第1次印刷），頁675。

〔註337〕李劍國：《唐前志怪小說輯釋》（修訂本），同前註，頁675；鍾仕倫：《《金樓子》研究》（北京：中華書局，2004年12月北京第1版，2004年12月北京第1次印刷），頁37～41。

四、其他

六朝志怪，尚有《續異記》、《雜鬼神志怪》及《錄異傳》，作者不詳，故另以其他項歸類之。

（一）闕名《續異記》

1. 作者

《續異記》，史志中未見書目著錄，故不知作者之名，書中內容敘漢至梁之事，最晚之事發生於梁武帝天監三年（A.D.504），書或成於梁或陳之後，故推估作者應是梁、陳之間的人。〔註338〕

2. 傳本

《續異記》早已亡佚，內容散見於《初學記》、《白孔六帖》、《太平廣記》、《太平御覽》、《事類賦注》等書，今可見及之版本，唯魯迅《古小說鈎沉》：

序號	版本	朝代	輯者	則數	說明
1	《古小說鈎沉》本	民國四十年（A.D.1951）排印本	魯迅	11	由《白孔六帖》、《太平廣記》、《太平御覽》等書輯出

（二）闕名《雜鬼神志怪》

1. 作者

史志中因無《雜鬼神志怪》之著錄，作者不詳，《北堂書鈔》可見引文，作者或爲南北朝人。

2. 傳本

史志未見著錄，《雜鬼神志怪》散見於《玉燭寶典》、《北堂書鈔》、《法苑珠林》、《太平廣記》、《太平御覽》等書，今可見及之版本，唯魯迅《古小說鈎沉》輯本：

序號	版本	朝代	輯者	則數	說明
1	《古小說鈎沉》本	民國四十年（A.D.1951）排印本	魯迅	20	由《北堂書鈔》、《太平廣記》、《太平御覽》等書輯出

〔註338〕 王枝忠：《漢魏六朝小說史》（杭州：浙江古籍出版社，1997年6月第1版，1997年6月第1次印刷），頁280；李劍國：《唐前志怪小說輯釋》（修訂本）（上海：上海古籍出版社，2011年10月第1版，2011年10月第1次印刷），頁679。

（三）闕名《錄異傳》

1. 作者

《錄異傳》，史志未見書目著錄，作者不詳，唯見引於《北堂書鈔》，故推估作者為南北朝人。〔註339〕

2. 傳本

史志未見著錄，《錄異傳》散見於《北堂書鈔》、《藝文類聚》、《初學記》、《太平廣記》、《太平御覽》等書，今可見及之版本，唯魯迅《古小說鈎沉》輯本：

序號	版本	朝代	輯者	則數	說明
1	《古小說鈎沉》本	民國四十年（A.D.1951）排印本	魯迅	27	由《北堂書鈔》、《太平廣記》、《太平御覽》等書輯出

綜觀六朝志怪筆記之作者，頗多文學之士，張華、郭璞、干寶、陶潛、祖沖之、任昉、吳均等人，皆為博學多聞、著述甚豐之儒人；亦有奉佛甚誠之王琰、劉義慶等，將信仰形諸文字；王嘉則篤信道教，多言神仙之事；而帝王郡公如曹丕、蕭繹、劉敬叔、劉義慶等人，亦展現政權以外之才。志怪作者身分呈顯多元現象，觀其時代背景，政局動盪、經術摻雜、佛道思想盛行、私人撰述之風勃興等，不無刺激之功。

再觀六朝志怪筆記之版本，六朝文字之流傳，多因傳鈔得以保留，至唐、五代，雕版印書之風起，《博物志》、《拾遺記》、《續齊諧記》等書得以刊印傳世，故較能保留接近原著之風貌。魏、晉之後，類書盛行，不乏六朝志怪之片段散見其中，而元、明之時，有學者輯錄類書內容，遂有如《搜神記》、《搜神後記》、《異苑》、《玄中記》、《幽明錄》、《冥祥記》等集結成冊，其內容異於原著之排列，也產生真偽難辨的問題。清朝考據之風起，馬國翰、茆泮林、黃奭、葉德輝等人，秉持去偽存真的態度從事輯佚工作，使所刊之書，如《玄中記》、《齊諧記》、《幽明錄》等更具可信度。〔註340〕民初，魯迅亦持嚴謹之態，使其《古小說鈎沉》頗具價值，其後亦見今人以魯迅之書為基，效法其精神而踵之於後。六朝志怪筆記，因版本考究之注重，才能使近乎原著之觀察發揮價值。

〔註339〕王國良：《魏晉南北朝志怪小說研究》（臺北：文史哲出版社，1984年7月初版），頁336。

〔註340〕參王國良：《魏晉南北朝志怪小說研究》，同前註，頁37～48、65～70。

第二節　魏志怪筆記動物故事之情節單元分析

　　《列異傳》乃六朝志怪筆記中問世最早之作，總篇數有 50 則，含動物情節的敘事則有 11 則，敘述如後。

　　《列異傳》中涉及動物情節的敘事，有通曉人語者，如第 7 則中的鷂聞人語，能依人之意如實反應，顯現動物懂人語之能力：

> 魏公子無忌曾在室中讀書之際，有一鳩飛入案下，鷂逐而殺之。忌
> 忿其搏擊，因令國內捕鷂，遂得二百餘頭。忌按劍至籠曰：「昨搦鳩
> 者當低頭服罪，不是者可奮翼。」有一鷂俯伏不動。〔註341〕

《藝文類聚》、《太平御覽》中，即見引《列士傳》敘魏無忌見鷂殺鳩，後捕得鷂二百餘頭，與魏公子產生互動之事：

> 左右捕得鷂二百餘頭，以奉公子，公子欲盡殺之，恐有辜。乃自按
> 劍至其籠上曰：誰獲罪無忌者耶，一鷂獨低頭，不敢仰視，乃取殺
> 之，盡放其餘，名聲流布，天下歸焉。〔註342〕

《列士傳》，今已無單本流傳，考《漢書・藝文志》未見著錄，《隋書・經籍志》史部雜傳類，及《新唐書・藝文志》史部傳記類，則見載「《列士傳》二卷」，作者劉向〔註343〕。

　　此則引文，在《藝文類聚》中見於「服飾部」〔註344〕及「鳥部」，也見於唐《白孔六帖》卷十四〔註345〕、宋《古今事文類聚》後集卷四十三〔註346〕、

〔註341〕（魏）曹丕：《列異傳》，收於魯迅輯錄：《古小說鉤沉》（濟南：齊魯書社，1997 年 11 月第 1 版，1997 年 11 月第 1 次印刷），頁 82。

〔註342〕《太平御覽》引文與《藝文類聚》之引文，大同小異。（唐）歐陽詢等奉敕撰：《藝文類聚・卷九十一・鳥部中・鷂》，《景印文淵閣四庫全書》第 888 冊（臺北：臺灣商務印書館，1986 年 3 月初版），頁 845；（北宋）李昉等奉敕撰：《太平御覽・卷九百二十六・羽族部十三・鷂》，《景印文淵閣四庫全書》第 901 冊，頁 286。

〔註343〕（唐）魏徵等撰：《隋書・卷三十三・志第二十八・經籍二（史）・雜傳》（臺北：臺灣商務印書館，1937 年 1 月初版 1 刷，2010 年 7 月臺 2 版 1 刷，《百衲本二十四史》），頁 453；（北宋）歐陽修、宋祁：《新唐書》（臺北：臺灣商務印書館，1937 年 1 月初版 1 刷，2010 年 9 月臺 2 版 1 刷，《百衲本二十四史》），卷五十八，藝文志第四十八，頁 400。

〔註344〕（唐）歐陽詢等奉敕撰：《藝文類聚・卷六十九・服飾部・案》，《景印文淵閣四庫全書》第 888 冊，同註 342，頁 489。

〔註345〕（唐）白居易、（宋）孔傳：《白孔六帖・卷十四・案十三・鳩入案下》，《景印文淵閣四庫全書》第 891 冊，同註 342，頁 232。

〔註346〕（南宋）祝穆：《古今事文類聚・後集・卷四十三・羽蟲部・罪殺鳩之鷂》，《景

宋《記纂淵海》卷九十七〔註347〕；而六朝志怪筆記《賢同記》亦見，唯《賢同記》今佚，見收於唐《琱玉集・卷十二・感應第四》中〔註348〕。可知《列士傳》雖今已亡佚不可見，但在唐宋類書中，仍見輯引，故《列士傳》之文，應屬具可信度，故《列異傳》鶬通曉人語之本事，應於西漢《列士傳》即可見。

《列士傳》所敘，強調魏公子對於未能保全鳩之性命，深深自責，其反對暴行，彰顯正義卻又不失仁義的作為，刻畫出魏無忌之「慈聲」、不殺及無辜之義行；《列異傳》之文字，則將敘述重心落在鶬能通曉人語，殺鳩而能「低頭服罪」，凸顯出六朝述奇誌異之風格特色。

《列異傳》中，亦見鼠能作人語者，如第 47 則中，中山王周南遇鼠「衣冠從穴中出」，並對其言「爾某月某日當死」，「周南不應」，鼠又屢屢出現：

> 後至期，更冠幘絳衣出，語曰：「周南，汝日中當死。」又不應，鼠
> 緩入穴。須臾，出語曰：「向日適欲中。」鼠入復出，出復入，轉更
> 數，語如前語。日適中，鼠曰：「周南，汝不應，我復何道？」言絕，
> 顛蹶而死，即失衣冠。〔註349〕

鼠著人之衣冠，預言周南之將死，其後，又且「更冠幘絳衣」，於「至期」之時，言其「日中將死」，且數次警以「向日適欲中」，皆顯出奇異之象。其後，《搜神記》卷 18 第 25 則、《幽明錄》第 52 則亦見載。《晉書・五行志》〔註350〕、《宋書・五行志》〔註351〕文亦同，唯於文末附有班固之說。

　　　印文淵閣四庫全書》第 926 冊（臺北：臺灣商務印書館，1986 年 3 月初版），頁 668。

〔註347〕　（南宋）潘自牧：《記纂淵海・卷九十七》，《景印文淵閣四庫全書》第 932 冊，同前註，頁 759。

〔註348〕　（唐）不著撰人：《琱玉集》，《叢書集成簡編》第 11 冊（臺北：臺灣商務印書館，1965 年 12 月臺 1 版），頁 47～48。參熊明：〈劉向《列士傳》佚文輯校〉，《文獻》2003 年第 2 期（2003 年 4 月），頁 18～24。

〔註349〕　（魏）曹丕：《列異傳》，收於魯迅輯錄：《古小說鉤沉》（濟南：齊魯書社，1997 年 11 月第 1 版，1997 年 11 月第 1 次印刷），頁 92。

〔註350〕　（唐）房玄齡：《晉書》（臺北：臺灣商務印書館，1937 年 1 月初版 1 刷，2010 年 6 月臺 2 版 1 刷，《百衲本二十四史》），卷二十九，志第十九，五行下，頁 228～229。

〔註351〕　（南朝梁）沈約：《宋書》（臺北：臺灣商務印書館，1937 年 1 月初版 1 刷，2010 年 9 月臺 2 版 1 刷，《百衲本二十四史》），卷三十四，志第二十四，五行五，頁 589～590。

　　鵝、鼠能藉言語和人達成溝通之管道，《列異傳》中，馬也具有靈性，第
14 則即見「馬引人報主人之喪」：鮑子都遇一「書生」「奄忽而卒」，幫其完成
身後事，就其身邊之「素書一卷，銀十餅」，「賣一餅以殯殮，其餘銀以枕之，
素書著腹上」，之後「奉使命」而去，卻於京師產生奇遇：

> 至京師，有駿馬隨之，人莫能得近，唯子都得近。子都歸，行失道；
> 遇一關內侯家，日暮住宿，見主人，呼奴通刺。奴出見馬，入白侯曰：
> 「外客盜騎昔所失駿馬。」……侯問曰：「君何以致此馬？昔年無故
> 失之。」子都曰：「昔年上計，遇一書生，卒死道中。」具述其事。
> 侯乃驚愕曰：「此吾兒也！」侯迎喪開櫝，視銀書如所言。〔註352〕

關內侯家「無故失之」的駿馬，「唯子都得近」，一路跟隨曾爲關內侯之子「殯
殮」的鮑宣，並在鮑宣「失道」之時，得於關內侯家住宿，將關內侯之子驟
逝之訊息，傳予其家人，顯出駿馬的靈性。

　　《藝文類聚》引《盧江七賢傳》，即見載陳翼爲魏公卿殯殮，魏公卿的馬
匹爲兄長所發現之事：

> 陳翼到藍鄉，見道邊有馬，傍有一病人。……既死，翼賣素買棺衣
> 衾，以金置棺下，騎馬出入，後其兄長公見馬，告吏捕翼，翼具言
> 之，棺下得金，長公叩頭謝，以金十餅投其門中，翼送長安還之，
> 翼後爲魯陽尉，號魯陽金尉。〔註353〕

陳翼，爲東漢太尉楊震之門生，順帝時爲郎〔註354〕。《盧江七賢傳》爲漢代作
品〔註355〕，可知此一情節於漢代已出現。其後，《太平御覽》引范晏〔註356〕

〔註352〕　（魏）曹丕：《列異傳》，收於魯迅輯錄：《古小說鉤沉》（濟南：齊魯書社，
　　　　　1997 年 11 月第 1 版，1997 年 11 月第 1 次印刷），頁 84。
〔註353〕　（唐）歐陽詢等奉敕撰：《藝文類聚・卷八十三・寶玉部上・金》，《景印文淵
　　　　　閣四庫全書》第 888 冊（臺北：臺灣商務印書館，1986 年 3 月初版），頁 688。
〔註354〕　（南朝宋）范曄撰；（唐）章懷太子李賢注：《後漢書・列傳第四十四卷・楊
　　　　　震列傳》（臺北：臺灣商務印書館，1937 年 1 月初版 1 刷，2010 年 11 月臺 2
　　　　　版 1 刷，《百衲本二十四史》），頁 799。
〔註355〕　（清）姚振宗：《隋書經籍志考證・卷二十・雜傳類》（上海：上海古籍出版
　　　　　社，2002 年 3 月第 1 版，2002 年 3 月第 1 次印刷，《續修四庫全書》第 915
　　　　　冊），頁 307。
〔註356〕　范晏，南朝宋順陽人，爲范泰次子、范曄之兄，劉宋時任侍中、光祿大夫。
　　　　　見（南朝梁）沈約：《宋書・范泰傳》（臺北：臺灣商務印書館，1937 年 1 月
　　　　　初版 1 刷，2010 年 9 月臺 2 版 1 刷，《百衲本二十四史》），卷六十，列傳第
　　　　　二十，頁 935。

《陰德傳》〔註357〕，亦載此事〔註358〕。〔註359〕《廬江七賢傳》中，陳翼所遇者，乃魏公卿及馬，陳翼雖與魏公卿萍水相逢，見魏公卿病，仍願「迎歸養之」，魏公卿「病困」，向陳翼交代身後事，陳翼僅以「素二十匹」易「棺」及「衣衾」，「金十餅」則皆未動用，魏公卿留下的馬，則陳翼以為出入之用，也因此為魏公卿兄長得見，使魏家得以知悉魏公卿下落。

　　魏公卿身後所留下的馬，在《廬江七賢傳》中，成為陳翼與魏公卿家人相見的媒介，《列異傳》中，「馬」亦扮演媒介角色，卻安排馬突然出現在鮑宣身旁，凸顯動物的異能。

　　《列異傳》之後，則見類似情節之敘述，《藝文類聚》引晉陳壽（A.D.233～297）《益部耆舊傳》，敘王忳為一諸生「收藏屍骸」，諸生贈「金十斤」託付身後事，王忳僅「賣金一斤」備棺以殮，餘「九斤」則「置生腰下」，分文不取，後亦見「馬引人報主人之喪」的情節：

> 後署大度亭長，到亭日，有白馬一疋入亭中，其日大風，有一繡被隨風而來，後乘馬突入金彥門。彥父見曰：真盜矣。忳說狀，又取被示之。悵然曰：「此我子也。」以被馬歸彥父，彥父不受，遣迎彥喪，金具存。〔註360〕

《益部耆舊傳》除加入書生以身後事相託之情節，之後，在王忳出任大度亭長首日，又有「馬」及「繡被」雙雙出現，「馬」一角的情節安排，循《列異傳》之模式，「繡被」則屬新添入的情節，較之《列異傳》，更顯曲折。其後，《後漢書・獨行傳》〔註361〕亦載此事。

　　《列異傳》中，鵒通人語、鼠能作人語，馬也顯出情義，志怪筆記中的

〔註357〕（唐）魏徵等撰：《隋書・卷三十三・志第二十八・經籍二（史）・雜傳》（臺北：臺灣商務印書館，1937年1月初版1刷，2010年7月臺2版1刷，《百衲本二十四史》），頁453。

〔註358〕（北宋）李昉等奉敕撰：《太平御覽・卷五五六・禮儀部三十五・葬送四》，《景印文淵閣四庫全書》第898冊（臺北：臺灣商務印書館，1986年3月初版），頁222。

〔註359〕參李劍國：《唐前志怪小說輯釋》（修訂本）（上海：上海古籍出版社，2011年10月第1版，2011年10月第1次印刷），頁162～163。

〔註360〕（唐）歐陽詢等奉敕撰：《藝文類聚・卷八十三・寶玉部上・金》，《景印文淵閣四庫全書》第888冊，同註358，頁688～689。

〔註361〕（南朝宋）范曄撰；（唐）章懷太子李賢注：《後漢書・列傳第七十一卷・獨行列傳・王忳傳》（臺北：臺灣商務印書館，1937年1月初版1刷，2010年11月臺2版1刷，《百衲本二十四史》），頁1221～1222。

動物，可見及透顯人性者，即如鵝，也表現出如人之愛恨情仇，有「報仇」之舉，如第 49 則即見：

> 廬山左右，常有野鵝數千爲群。長老傳言：嘗有一狸食，明日，見狸喚於沙州之上，如見繫縛。〔註362〕

「狸」至「野鵝數千爲群」之地覓食，或食野鵝，或侵擾野鵝之生活環境，次日，則如被「繫縛」於「沙洲之上」，動彈不得，只能「喚」而已。

動物除具有人性之性格展現外，也見神奇能力，《列異傳》第 25 則即凸顯了馬能飛行於雲間的奇事：

> 吳時長沙鄧卓爲神，遣馬邙〔註363〕之。見物在下，紛紛如雪。卓問持馬者，曰：「此海上白鶴飛也。」一人便取鶴子數枚與卓。〔註364〕

馬迎鄧卓爲神的路途中，能見到在海上翱翔的白鶴，呈顯出馬能飛行的異能。

動物能幻化形體，在《列異傳》中已可見及，如第 44 則敘「鳥變爲玉」：

> 邴浪於九田山見鳥，狀如雞，色赤，鳴如吹笙，射之中，即入穴。浪遂鑿石，得一赤玉，如鳥形狀也。〔註365〕

九田山之鳥「色赤」，爲邴浪所射後「入穴」，邴浪「鑿石」以尋，「得一赤玉，如鳥形狀」，可知鳥化爲玉，其鳥形可謂爲變化所遺之跡。

第 45 則敘彭城一男子抱怨其妻「夜輒出」，實則遇到的是「鯉變爲女」的精魅：

> 後所願還至，故作其婦，前卻未入，有一人從後推令前。既上床，婿捉之曰：「夜夜出何爲？」婦曰：「君與東舍女往來，而驚欲託鬼魅，以前約相掩耳！」婿放之，與共臥。夜半心悟，乃計曰：「魅迷人，非是我婦也。」乃向前攬捉，大呼求火，稍稍縮小，發而視之，得一鯉魚，長二尺。〔註366〕

「娶婦」「不悅」，「在外宿」之男子，因「有異志」，便爲「故作其婦」者乘隙而入，火照下，「迷人」之婦才「縮小」顯形爲「長二尺」之「鯉」。

動物能在形體之間有所幻化，甚至以精魅之形象出現，《列異傳》中可見

〔註362〕（魏）曹丕：《列異傳》，收於魯迅輯錄：《古小說鈎沉》（濟南：齊魯書社，1997 年 11 月第 1 版，1997 年 11 月第 1 次印刷），頁 92。

〔註363〕「邙」，魯迅注「疑當作迎」，魯說是。

〔註364〕（魏）曹丕：《列異傳》，收於魯迅輯錄：《古小說鈎沉》，同註 362，頁 87。

〔註365〕（魏）曹丕：《列異傳》，收於魯迅輯錄：《古小說鈎沉》，同註 362，頁 91。

〔註366〕（魏）曹丕：《列異傳》，收於魯迅輯錄：《古小說鈎沉》，同註 362，頁 91。

「蛇魅以人形出現」，如第 8 則：

> 楚王少女爲魅所病，請（魯）少千。少千未至數十里止宿，夜有乘
> 鷩蓋車，從數千騎來，自稱伯敬，候少千。遂請内酒數榼，肴餚數
> 案。臨別言：「楚王女病，是吾所爲。君若相爲一還，我謝君二十萬。」
> 〔註 367〕

少千並未依伯敬之言，治好少女的魅病後，除出現「少千欺汝翁」的聲音外，
並「有風聲西北去」，「王使人尋風，於城西北得一死蛇，長數丈，小蛇千百，
伏死其旁」，顯而易見，伯敬乃蛇魅所化，而「大司農失錢二十萬，太官失案
數具」，可見爲祟之蛇魅不僅使人病，又化爲人形，行以賄賂，而贈予之物，
甚又涉及偷盜之罪。

第 12 則亦見「蛇魅」：

> 壽光侯者，漢章帝時人，劾百鬼眾魅。有婦爲魅所疾，侯劾得大蛇；
> 又有大樹，人止之者死，侯劾樹，樹枯，下有蛇，長七八丈，懸而
> 死。〔註 368〕

蛇令人病，又使止於樹者死，頗有擾人之況。此則《搜神記》卷 2 第 1 則〔註
369〕、《神仙傳》〔註 370〕、《後漢書・方術傳》〔註 371〕亦見記載。《搜神記》
以「樹有精」，「鳥過之亦墜」凸顯怪異。《神仙傳》中使婦人病者爲「蛟」，
且枯死於「自竭」的泉水中；暴死之人所止之樹，位於古廟，且有異常之光，
其怪異情節，更甚於《搜神記》所敘。

除蛇魅外，尚有龜（鼊、鼂）魅，如第 15 則：

> 汝南有妖，常作太守服，詣府門椎鼓，郡患之。及費長房知是魅，
> 乃呵之。即解衣冠叩頭，乞自改，變爲老鼊，大如車輪。長房令復

〔註 367〕　（魏）曹丕：《列異傳》，收於魯迅輯錄：《古小説鈎沉》（濟南：齊魯書社，1997
　　　　　年 11 月第 1 版，1997 年 11 月第 1 次印刷），頁 82～83。

〔註 368〕　（魏）曹丕：《列異傳》，收於魯迅輯錄：《古小説鈎沉》，同前註，頁 84。

〔註 369〕　（東晉）干寶撰；胡懷琛點校：《搜神記》（臺北：鼎文書局，1978 年 8 月初
　　　　　版），頁 12。

〔註 370〕　《太平廣記・卷十一・神仙十一》中載出處爲《神仙傳》，然今本《神仙傳》
　　　　　未載，資料引自（北宋）李昉編：《太平廣記・卷十一・神仙十一》（臺北：
　　　　　新文豐出版公司，1997 年 3 月臺 1 版，《叢書集成三編》第 69 冊），頁 239。

〔註 371〕　文與《列異傳》、《搜神記》幾同。見（南朝宋）范曄撰；（唐）章懷太子李賢
　　　　　注：《後漢書・列傳第七十二卷下・方術列傳・解奴辜傳》（臺北：臺灣商務
　　　　　印書館，1937 年 1 月初版 1 刷，2010 年 11 月臺 2 版 1 刷，《百衲本二十四史》），
　　　　　頁 1254。

就太守服，作一劄，敕葛陂君，叩頭流涕持劄去。視之，以劄立陂
邊，以頸繞之而死。〔註372〕

「大如車輪」之「老鱉」常著「太守服」「詣府門椎鼓」，造成一郡之患，遇
費長房「呵之」，才現出原形。

狐狸亦有成魅者，如第43則，劉伯夷夜宿人言「不可宿」之懼武亭，當
其「以絮巾結兩足，以幘冠之，拔劍解帶」以待，狐狸魅不久即出現：

夜時有異物稍稍轉近，忽來覆伯夷，伯夷屈起，以袂掩之，以帶繫
魅，呼火照之，視得一老狸，色赤無毛，持火燒殺之。明日發視樓
屋間，見魅所殺人髮數百枚。〔註373〕

一「色赤無毛」的「老狸」，常出沒於懼武亭，「殺人髮數百枚」，致夜宿者懼
而遠之。獨劉伯夷「有大才略」，「持火燒殺之」，使此亭再度「清靜」。

觀《風俗通義・怪神》，即見到伯夷與老狸交手的敘事，其文敘到伯夷夜
宿於亭，「以絮巾結兩足幘冠之，密拔劍解帶」後，屋內即起變化：

夜時，有正黑者四五尺，稍高，走至柱屋，因覆伯夷。持被掩足，
跳脫幾失，再三，徐以劍帶擊魅腳，呼下火上照視，老狸正赤，
略無衣毛，持下燒殺。明旦發樓屋，得所髡人結百餘，因從此絕。

〔註374〕

東漢《風俗通義》中，此事主角名「到伯夷」，督郵與錄事掾之間的對話，顯
現出不同的處事方式及性格。《風俗通義》情節前段以鋪排方式，僅言及督郵
「欲作文書」要留下時，吏卒顯出「惶怖」之情，至後段，則見「正黑者四
五尺，稍高」之魅出現，到此才呼應先前吏卒何以惶怖的伏筆。《列異傳》則
於開頭即明言「此亭不可宿」，神秘氛圍稍稍遜色。晉《搜神記》卷18第15
則亦載，內容與《風俗通義》所敘幾同。

綜觀《列異傳》11則敘事中，「鷫通曉人語」、「馬引人報主人之喪」、「狐
狸魅」等3則敘事於漢代即有本事所出，而「馬引人報主人之喪」至晉朝仍
見流傳。《列異傳》之敘事，有擾人之蛇魅、狐狸魅；有會通人語之鷫、鼠；
有會變化之鳥、鯉；也有通人性的馬，在在顯出神異之況。

〔註372〕（魏）曹丕：《列異傳》，收於魯迅輯錄：《古小說鉤沉》（濟南：齊魯書社，
　　　　　1997年11月第1版，1997年11月第1次印刷），頁85。

〔註373〕（魏）曹丕：《列異傳》，收於魯迅輯錄：《古小說鉤沉》，同前註，頁91。

〔註374〕（東漢）應劭：《風俗通義・怪神第九・世間多有精物妖怪百端》（臺北：臺
　　　　　灣商務印書館，1979年11月臺1版，《四部叢刊正編》第23冊），頁67。

第三節　晉志怪筆記動物故事之情節單元分析

晉朝志怪，包括《博物志》、《要覽》、《玄中記》、《搜神記》、《祖台之志怪》、《孔氏志怪》、《搜神後記》、《拾遺記》、《甄異傳》及《靈鬼志》等十本。《搜神記》、《拾遺記》及《搜神後記》敘及動物情節之篇數多，故依其篇數多寡安排而獨立敘之，餘則併之，分述如下。

一、《搜神記》

晉朝志怪筆記涉及動物情節之敘事，以《搜神記》所載爲最大宗，計有122 則。

《搜神記》具情節之敘述，有述及君王判罪之異事者，如卷 2 第 11 則，敘及虎、鱷魚定人罪之情節：

> 扶南王范尋養虎於山，有犯罪者，投與虎，不噬，乃宥之。故山名大蟲，亦名大靈。又養鱷魚十頭，若犯罪者，投與鱷魚，不噬，乃赦之，無罪者皆不噬。故有鱷魚池。〔註375〕

三國《吳時外國傳》中即載扶南王范尋將鱷魚當成平息忿意、定奪罪刑的輔具，鱷魚不吃者，則無罪釋放：

> 鱷魚大者長二三丈，有四足，似守宮，常吞食人。扶南王范尋，勒捕取，置溝壍中。尋有所忿者，縛以食鱷。若罪當死，鱷便食之，如其不食，便解放，以爲無罪。〔註376〕

繼《搜神記》後，《異苑》卷 3 第 16 則、《梁書》〔註377〕、《南史》〔註378〕，皆言及范尋治獄判刑，藉餵食猛獸或鱷魚之途徑，交由動物定罪之作爲。

除君王藉動物扮演正義之裁定者外，亦有動物懂人語之情形。承《列異傳》「鵩通曉人語」、《玄中記》「黿作人語」之情節，《搜神記》中出現頗多懂

〔註375〕（東晉）干寶撰；胡懷琛點校：《搜神記》（臺北：鼎文書局，1978 年 8 月初版），頁 14。

〔註376〕（吳）康泰撰；許雲樵輯註：《康泰吳時外國傳輯註》（新加坡：東南亞研究所，1971 年 3 月初版），頁 23。

〔註377〕（唐）姚思廉：《梁書》（臺北：臺灣商務印書館，1937 年 1 月初版 1 刷，2010年 8 月臺 2 版 1 刷，《百衲本二十四史》），卷第五十四，列傳第四十八，諸夷海南諸國，東夷，西北諸戎，扶南傳，頁 455。

〔註378〕（唐）李延壽：《南史》（臺北：臺灣商務印書館，1937 年 1 月初版 1 刷，2010年 9 月臺 2 版 1 刷，《百衲本二十四史》），卷七十八，列傳第六十八，夷貊上，海南諸國，頁 814。

人語或會說話的動物，包含雀、牛、狗、馬、鹿、羊等。如卷14第11則，一女子親養一牡馬，因通曉女子之言，將其遠征之父帶回家：

> 牡馬一匹，女親養之。窮居幽處，思念其父，乃戲馬曰：「爾能爲我迎得父還，吾將嫁汝。」馬既承此言，乃絕韁而去。徑至父所。父見馬，驚喜，因取而乘之。〔註379〕

此牡馬執著女子之言，「每見女出入，輒喜怒奮擊。如此非一」，女父得知箇中緣由，「恐辱家門」，牡馬遂遭「射殺」「暴皮」之命運，而女子的一段話，卻又促成牡馬雖已死卻有所行動：

> 女以鄰女於皮所戲，以足蹙之曰：「汝是畜生，而欲取人爲婦耶！招此屠剝，如何自苦！」言未及竟，馬皮蹷然而起，卷女以行。……後經數日，得於大樹枝間，女及馬皮，盡化爲蠶，而績於樹上。
>
> 〔註380〕

「馬皮捲女而成蠶」之情節，促使敘事再推進一層變化，奇中又生奇。

動物存有情感，亦有報仇之行爲。《列異傳》有「鵝報仇」情節，《搜神記》則見「蛇報仇」情節，如卷20第14則中，陳甲「射殺」了一「長六七丈」的「大蛇」，三年後道出殺蛇事，卻招來蛇報殺害之仇：

> 其夜夢見一人，烏衣，黑幘，來至其家，問曰：「我昔昏醉，汝無狀殺我。我昔醉，不識汝面，故三年不相知；今日來就死。」其人即驚覺。明日，腹痛而卒。〔註381〕

蛇無故被殺，三年後得知兇手身分，便化爲人形，以「通夢於人」的方式告知陳甲，仇非報不可。

《搜神記》中，除敘及動物報仇情節，更開始出現報恩之事，如卷20第11則〔註382〕中的螻蛄，因曾受龐企遠祖的餵食之恩，救無故受冤的龐企遠祖出獄：

> 及獄將上，有螻蛄蟲行其左右，乃謂之曰：「使爾有神，能活我死，不當善乎。」因投飯與之。螻蛄食飯盡，去，頃復來，形體稍大。意每異之，乃復與食。如此去來，至數十日間，其大如豚。及竟報，

〔註379〕 （東晉）干寶撰；胡懷琛點校：《搜神記》（臺北：鼎文書局，1978年8月初版），頁104。

〔註380〕 （東晉）干寶撰；胡懷琛點校：《搜神記》，同前註，頁104。

〔註381〕 （東晉）干寶撰；胡懷琛點校：《搜神記》，同註379，頁155。

〔註382〕 《幽明錄》第158則亦見記載。

當行刑。螻蛄夜掘壁根爲大孔，乃破械，從之出。去久，時遇赦，

得活。〔註383〕

獄中人「數十日」對螻蛄的「投飯」之舉，螻蛄則報以「夜掘壁根爲大孔」，
助其死裡逃生。

　　亦有「虎爲刺史守靈」之情節產生，如卷 11 第 12 則中，王業任荊州刺
史，治理有成，卒時亦見白虎守靈：

在州七年，惠風大行，苛慝不作，山無豺狼。卒於湘江，有二白虎，
低頭，曳尾，宿衛其側。及喪去，虎踰州境，忽然不見。民共爲立
碑，號曰：「湘江白虎墓」。〔註384〕

魏人蘇林《陳留耆舊傳》即載：

王業字子春，爲荊州刺史，有德政，卒於枝江。有三白虎，低頭曳
尾，宿衛其側。及喪去踰州境，忽然不見。民共立碑文，號曰枝江
白虎。〔註385〕

《陳留耆舊傳》白虎數爲「三」，碑文作「枝江白虎」。《水經注》則引《地理
志》言：

縣有陳留王子香廟，頌稱子香于漢和帝之時，出爲荊州刺史，有惠
政，天子徵之，道卒枝江亭中，常有三白虎出入人間，送喪踰境。……

〔註386〕

《水經注》所敘，以人爲主體，王業「有惠政」，卒時有「三白虎」「送喪踰境」，
百姓感其德，爲其「立廟設祠」，而「白虎王」之名至今猶傳。王業任刺史，本
著「無使有枉百姓」之心，在位「七年」，「苛慝不作，山無豺狼」，當其逝世，
《搜神記》則以「二白虎」「宿衛其側」，彰顯王業擔任地方官的有成。

〔註383〕　（東晉）干寶撰：胡懷琛點校：《搜神記》（臺北：鼎文書局，1978 年 8 月初
　　　　　版），頁 154。

〔註384〕　（東晉）干寶撰：胡懷琛點校：《搜神記》，同前註，頁 80。

〔註385〕　《陳留耆舊傳》見引於《隋書》：「《陳留耆舊傳》一卷，魏散騎侍郎蘇林撰」，
　　　　　文則見《太平御覽》。（唐）魏徵等撰：《隋書・卷三十三・志第二十八・經籍
　　　　　二（史）・雜傳》（臺北：臺灣商務印書館，1937 年 1 月初版 1 刷，2010 年 7
　　　　　月臺 2 版 1 刷，《百衲本二十四史》），頁 452；（北宋）李昉等奉敕撰：《太平
　　　　　御覽・卷八九二・獸部四・虎下》，《景印文淵閣四庫全書》第 901 冊（臺北：
　　　　　臺灣商務印書館，1986 年 3 月初版），頁 44。

〔註386〕　（東漢）桑欽撰：（北魏）酈道元注：《水經注・卷三十四・江水》（臺北：臺
　　　　　灣商務印書館，1979 年 11 月臺 1 版，《四部叢刊正編》第 16 冊），頁 449。

　　承《博物志》虎變爲人、《玄中記》鳥或狐會變爲人之情節，《搜神記》
更見狗、獺、狸、蛇等變爲人，如卷 18 第 22 則：

> 山陽王瑚。字孟璉，爲東海蘭陵尉，夜半時。輒有黑幘白單衣吏，
> 詣縣，叩閣。迎之，則忽然不見。如是數年。後伺之，見一老狗，
> 白軀猶故，至閣，便爲人。以白孟璉，殺之，乃絕。〔註387〕

夜半時分「詣縣」「叩閣」之「黑幘白單衣吏」，實爲「老狗」所變。這些動
物能化爲人形，多可以「精魅」稱之，魅物之敘寫，除承襲《列異傳》原有
的蛇魅、龜魅、狐狸魅之外，《搜神記》增加了蟬魅、鹿魅、狗魅、蝎魅、雞
魅、豬魅、魚魅、鼠魅等，如卷 17 第 5 則中，朱誕給使暗中觀察常與其妻來
往之人：

> 後出行，密穿壁隙窺之，正見妻在機中織，遙瞻桑樹上，向之言笑。
> 給使仰視樹上，有一年少人，可十四五，衣青衿袖，青幘頭。給使
> 以爲信人也，張弩射之。化爲鳴蟬，其大如箕，翔然飛去。〔註388〕

朱誕給使妻所「言笑」之「年少人」，被「弩」所射後，「化爲鳴蟬」飛去，
之後朱誕給使又發現此人「賴朱府君梁上膏以傅之，得愈」，顯出其能不著痕
跡地取用朱誕家中置於「梁上」的「膏藥」，可知此一「樹上小兒」乃「蟬魅」。

　　《搜神記》122 則含動物情節之記載中，52 則前有所承，或見於史書如
《左傳》、《史記》、《漢書》等；或源於《列仙傳》、《風俗通義》等涉及方術
變幻之神奇敘述；亦有在《博物志》、《玄中記》已載而保留其精彩之文者。〔註
389〕而更多出現於《搜神記》中的，是動物顯現恩情的敘事、如精魅般表現神
出鬼沒的變化；也有動物與人之情感糾葛，化爲人形，與人產生情愫，較先
前的《博物志》、《要覽》、及《玄中記》，動物有擾人之困、有多變之象、卻
也顯出良善之行，更具豐富內容。

二、《拾遺記》

　　《拾遺記》係晉朝志怪筆記述及動物之敘事爲數次多之作，其 34 則有關
動物情節之敘事，多著重在描述動物有神奇能力或怪異徵狀。卷 9 第 6 則中，

〔註387〕（東晉）干寶撰；胡懷琛點校：《搜神記》（臺北：鼎文書局，1978 年 8 月初
　　　　版），頁 143。
〔註388〕（東晉）干寶撰；胡懷琛點校：《搜神記》，同前註，頁 130～131。
〔註389〕詳參附錄「六朝志怪筆記動物故事情節單元分析表」。他書前有所承者，亦參
　　　　附錄，不再贅述。

敘頻斯國的蛙有翅膀能飛，且能變爲鳩：

> 水中有白蛙，兩翅，常來去井上，仙者食之。至周，王子晉臨井而
> 窺，有青雀銜玉杓以授子晉，子晉取而食之，乃有雲起雪飛。子晉
> 以衣袖揮雲，則雲雪自止。白蛙化爲雙白鳩入雲，望之遂滅。〔註390〕

水中「白蛙」有「兩翅」，當其上飛「入雲」則又幻化爲「鳩」，此外，井邊並有「青雀」，王子晉窺井時，則「銜玉杓」以授之，在在顯現如虛似幻的仙境。

又如卷 10 第 7 則，昆吾山有獸以丹石銅鐵爲食：

> 昆吾山，⋯⋯。其山有獸，大如兔，毛色如金，食土下之丹石，深
> 穴地以爲窟；亦食銅鐵，膽腎皆如鐵。其雌者色白如銀。〔註391〕

實則吳國即有食鐵之兔：

> 昔吳國武庫之中，兵刃鐵器，俱被食盡，而封署依然。王令檢其庫
> 穴，獵得雙兔，一白一黃，殺之，開其腹，而有鐵膽腎，方知兵刃
> 之鐵爲兔所食。〔註392〕

昆吾山之獸食「丹石」及「銅鐵」，類似之況爲吳國武庫中的「雙兔」亦食「兵刃鐵器」，致有「鐵膽腎」，將其膽腎鑄以爲「干將」、「鎮鋣」劍，鋒利無比，可「切玉斷犀」，而當劍入水，爲「雙龍」所護，亦顯出劍之貴重〔註393〕。由此看出，動物具特異習性，致生奇遇，乃《拾遺記》所敘之題材。

動物具奇異徵狀者，如卷 10 第 5 則中，員嶠山可見「冰蠶」：

> 有冰蠶長七寸，黑色，有角有鱗，以霜雪覆之，然後作繭，長一尺，
> 其色五彩，織爲文錦，入水不濡，以之投火，經宿不燎。〔註394〕

亦見「神龜」：

> 西有星池千里，池中有神龜，八足六眼，背負七星、日、月、八方
> 之圖，腹有五嶽、四瀆之象。時出石上，望之煌煌如列星矣。〔註395〕

〔註390〕 （東晉）王嘉撰；（南朝梁）蕭綺錄；齊治平校注：《拾遺記》（臺北：木鐸出
版社，1982 年 2 月初版），頁 208～209。

〔註391〕 （東晉）王嘉撰；（南朝梁）蕭綺錄；齊治平校注：《拾遺記》，同前註，頁
233。

〔註392〕 （東晉）王嘉撰；（南朝梁）蕭綺錄；齊治平校注：《拾遺記》，同註390，頁
232～234。

〔註393〕 此則於《異苑》卷 3 第 25 則，亦簡而述之。

〔註394〕 （東晉）王嘉撰；（南朝梁）蕭綺錄；齊治平校注：《拾遺記》，同註390，頁
228。

〔註395〕 同前註。

員嶠山之「冰蠶」「長七寸」,「有角有鱗」,體型龐大且外形特異。其繭係「以霜雪覆之」而後作,「長一尺」,且具「五彩」之色,「入水不濡」,經火「不燎」,水火皆不能侵。而「星池」中的「神龜」「八足六眼」,背上亦有圖案,顯出不凡徵狀。〔註396〕

　　此外,亦見動物死後復活之奇事,如卷6第4則:

　　　　(宣帝地節)二年,含塗國貢其珍怪。其使云:「去王都七萬里。鳥獸皆能言語。雞犬死者,埋之不朽。經歷數世,其家人遊於山阿海濱,地中聞雞犬鳴吠,主乃掘取,還家養之,毛羽雖禿落更生,久乃悅澤。」〔註397〕

「鳥獸」皆能作人言,更甚者,「雞犬」死,「埋之」,卻能於「地中」「鳴吠」,掘而養之,竟能「毛羽」「更生」,死後復活。

　　《拾遺記》敘動物之奇能異徵者多,卻也得見及自《列異傳》以來常出現的動物變爲人之情節,然僅見於卷2第3則及卷8第11則。且看卷8之文,與「妙閑算術讖說」的周羣對話者,乃一「白猿」:

　　　　(周)羣抽所佩書刀投猿,猿化爲一老翁,……羣問曰:「公是何年生?」答曰:「已衰邁也,忘其年月,猶憶軒轅之時,始學曆數,……至顓頊時,考定日月星辰之運,尤多差異。及春秋時,有子韋、子野、裨竈之徒,權畧雖驗,未得其門。……至大漢時,有洛下閎,頗得其旨。」〔註398〕

「白猿」「化爲一老翁」且能作人語,其歷經「軒轅」至「大漢」之年代,顯其年歲已多,道行高深。

　　《拾遺記》多敘動物之獨特外形、與眾不同之能力,自軒轅皇帝敘至魏晉之時,仙道色彩濃厚,虛妙幻境瀰漫,堪稱此一時期特殊之作。

三、《搜神後記》

　　《搜神後記》爲晉朝志怪筆記中,含動物相關情節之篇數亞於《拾遺記》者,其29則敘事,4則前有所承,其中3則出於《搜神記》,餘則屬創新之作。

〔註396〕此則有關冰蠶之敘述,任昉《述異記》卷上第76則亦見記載。

〔註397〕(東晉)王嘉撰;(南朝梁)蕭綺錄;齊治平校注:《拾遺記》(臺北:木鐸出版社,1982年2月初版),頁134。

〔註398〕(東晉)王嘉撰;(南朝梁)蕭綺錄;齊治平校注:《拾遺記》,同前註,頁195～196。

新著的作品中，有動物變爲人擾及人間者，如卷 9 第 10 則中，兩個王氏同時出現在中庭：

> 王遽入，僞者亦出。二人交會中庭，俱著白帢，衣服形貌如一。眞
> 者便先舉杖打僞者，僞者亦報打之。二人各敕子弟，令與手。王兒
> 乃突前痛打，是一黃狗，遂打殺之。王時爲會稽府佐，門士云：「恒
> 見一老黃狗，自東而來。」〔註399〕

假的王氏，乃是因「老黃狗」覬覦「年少色美」之庾氏女，變成與王氏「衣服形貌如一」之人，與庾氏女「燕婉」「共食」，及至被「杖打」，才現出原形。

亦有如卷 9 第 5 則中，欲享齊人之福的獼猴：

> 晉太元中，丁零王翟昭後宮養一獼猴，在妓女房前。前後妓女，同
> 時懷姙，各產子三頭，出便跳躍。昭方知是猴所爲，乃殺猴及子。
> 妓女同時號哭。昭問之，云：「初見一年少，著黃練單衣，白紗帢，
> 甚可愛，笑語如人。」〔註400〕

獼猴「著黃練單衣」，變爲「年少」之人，使二位凡間女子「同時懷姙，各產子三頭」，堪稱異聞。

亦見卷 9 第 12 則之怪羊將被殺，向道人求救不得，待其成爲饕客美食後，其肉竟能流竄人身肌膚，使人發出怪鳴：

> 既行炙，主人便先割以啖道人。道人食炙下喉，覺炙行走皮中，毒
> 痛不可忍。呼醫來針之，以數針貫其炙，炙猶動搖。乃破出視之，
> 故是一臠肉耳。道人於此得疾，遂作羊鳴，吐沫。還寺，少時卒。
> 〔註401〕

羊向道人求救無門，「行炙」後，「道人食炙下喉」，卻見炙「行走皮中」，道人甚且「得疾」「作羊鳴」，待其「還寺」，少時即卒。此則敍動物在生命垂危時，未對其伸予援手之人，多有禍患產生，具有警世作用。

《搜神後記》中更有動物爲正義伸張者之情節，且屬多數，如卷 3 第 6 則：

> 元嘉元年，建安郡山賊百餘人破郡治，抄掠百姓資產子女，遂入佛
> 圖，搜掠財寶。先是諸供養具，別封置一室。賊破戶，忽有蜜蜂數

〔註399〕（東晉）陶潛撰；汪紹楹校注：《搜神後記》（臺北：木鐸出版社，1982 年 2
月初版），頁 61。
〔註400〕（東晉）陶潛撰；汪紹楹校注：《搜神後記》，同前註，頁 58。
〔註401〕（東晉）陶潛撰；汪紹楹校注：《搜神後記》，同註399，頁 62。

> 萬頭，從衣簏出，同時噬螫。羣賊身首腫痛，眼皆盲合，先諸所掠，
> 皆棄而走。〔註402〕

「山賊」「抄掠百姓資產子女」，入了「佛圖」，仍欲「搜掠財寶」，卻爲「蜜蜂數萬頭」「同時噬螫」，只得棄掠而逃。群蜂以團結之力，爲正義之化身，擊退劫掠財物的盜賊。

《搜神記》動物報恩之情節，至《搜神後記》亦見所承，如卷9第15則，陳斐任酒泉太守，半夜之時，遇一狐狸魅：

> 至夜半後，有物來斐被上。斐覺，以被冒取之，物遂跳踉，匉匉作
> 聲。……魅乃言曰：「我實無惡意，但欲試府君耳。能一相赦，當深
> 報君恩。」……魅曰：「我本千歲狐也。今變爲魅，垂化爲神，而正
> 觸府君威怒，甚遭困厄。我字伯裘，若府君有急難，但呼我字，便
> 當自解。」〔註403〕

千歲狐伯裘爲陳斐赦免，伯裘則事先告以「北界有賊奴發」等事，使陳斐所治之「境界無毫髮之奸」。甚至陳斐將遭屬下李音及諸僕「格殺」，伯裘也及時幫其解危。伯裘在自己生命獲救之際，不忘飲水思源，其回報恩人之作爲，頗具善性。

《搜神後記》以他書未見的創作爲多，除承接先前動物變幻之多變情節外，更拓展較多動物報恩、顯現人性、甚或涉及因果報應之說，良善之性成爲其更凸顯之題材。

四、晉朝之其他志怪筆記

除《搜神記》、《拾遺記》及《搜神後記》外，其餘之晉朝志怪筆記敘有動物情節之篇數則較少。《博物志》涉及動物之敘事，計15則；《要覽》2則、《玄中記》13則、《祖台之志怪》2則、《孔氏志怪》2則、《甄異傳》4則、《靈鬼志》1則。

（一）《博物志》

《博物志》15則敘事中，有10則可溯其源，或出自周之《尸子》、《禽經》，或源於《韓詩外傳》、《孫子兵法》，或出自《山海經》、漢之《神異經》、

〔註402〕 （東晉）陶潛撰；汪紹楹校注：《搜神後記》（臺北：木鐸出版社，1982年2月初版），頁19。

〔註403〕 （東晉）陶潛撰；汪紹楹校注：《搜神後記》，同前註，頁63。

《洞冥記》、《焦氏易林》、《論衡》等書；亦有自出機杼，發前人之所未發者。

　　卷 2 第 16 則，言及鶬可因雌雄相視或感受鳴聲而孕，《禽經》載有白鶬、鵁鶄經由眼神交會，眼睛不須「眩轉」即成孕；鶴及鵲，則以「音感」「聲交」而孕〔註 404〕。浮丘公《相鶴經》亦有「復百六十年變，止而雌雄相視，目睛不轉則有孕，千六百年形定」〔註 405〕之說，可知相視而孕之說，由來已久。

　　卷 8 第 24 則言徐偃王之事，實則在周《尸子》中，僅提及徐偃王初生時身體「有筋」「無骨」之特異〔註 406〕；至《博物志》引《徐偃王志》，則言及徐偃王生下時呈「卵」而被棄，鵠倉將其銜回，由獨孤母「煖之」「成兒」，顯見其不凡的出生。《搜神記》卷 14 第 4 則、《述異記》卷下第 135 則亦見記載。而後，《徐州地理志》凸顯徐偃王「生時偃」、鵠倉「臨死」，「生角而九尾」之特異現象〔註 407〕，《述征記》明言其「純筋無骨」，異於常人之生理結構，也言及后倉「將死」，「生角尾」之異象〔註 408〕，可知自《博物志》起，皆增加鵠倉死時生角尾，實為黃龍之情節。

　　亦有敘因果之事者，如卷 8 第 22 則，東阿王勇士為愛馬殺死蛟龍，卻為雷所擊，左眼失明。此事於《韓詩外傳》即可見，並有勇士之僕，出面善意勸說，對神淵賦予神話性，而神淵之說，也強化了菑丘訢的勇猛形象〔註 409〕。至東漢，《論衡》多了兩蛟食馬的情節〔註 410〕；《吳越春秋·闔閭內傳》則更

〔註 404〕　（周）師曠撰；（西晉）張華注：《禽經》（臺北：新興書局，1974 年 7 月版，《筆記小說大觀》4 編第 1 冊），頁 450。

〔註 405〕　（西漢）浮丘公：《相鶴經》，收於（明）周履靖輯：《夷門廣牘》（板橋：藝文印書館，1968 年，嚴一萍選輯《百部叢書集成》第 13 函），廿一卷，葉 54。

〔註 406〕　（周）尸佼：《尸子》（臺北板橋：藝文印書館，1967 年版，《百部叢書集成》第 49 函，《湖海樓叢書》本），卷下，葉 18。

〔註 407〕　（南朝宋）劉成國：《徐州地理志》，收於劉緯毅：《漢唐方志輯佚》（北京：北京圖書館出版社，1997 年 12 月第 1 版，1997 年 12 月第 1 次印刷），頁 180。

〔註 408〕　（晉）郭緣生：《述征記》，見收於（唐）歐陽詢等奉敕撰：《藝文類聚·卷九十四·獸部中·狗》，《景印文淵閣四庫全書》第 888 冊（臺北：臺灣商務印書館，1986 年 3 月初版），頁 892。

〔註 409〕　（西漢）韓嬰：《韓詩外傳·卷十》（臺北：臺灣商務印書館，1965 年 12 月臺 1 版，《叢書集成簡編》第 33 冊），頁 128。

〔註 410〕　（東漢）王充：《論衡·卷第六·龍虛篇》（《四部叢刊正編》第 22 冊〔臺北：臺灣商務印書館，1979 年 11 月臺 1 版〕），頁 63。

凸顯神祇之信仰〔註411〕。

卷3第23則、卷10第25則，敘及魚如「牛體」之大；卷3第18則，言牛體之肉割而能復生〔註412〕，此等神異之情節單元，則在《博物志》始見。

（二）《要覽》

《要覽》敘及動物情節者2則。第4則內容為：

> 萬歲蟾蜍，頭上有角，頷下有丹書，重八字，名曰肉芝，以五月五日取陰乾，以其足畫地，即流水帶之於身，能辟兵。〔註413〕

在周朝辛鈃《文子》中即見「蟾蜍辟兵，壽在五月之望」〔註414〕，已提及蟾蜍有辟兵之效，並言五月十五時可增壽。「蟾蜍生角」、頷下有丹書、以足畫地即有水之情節，則在《要覽》見及。其後，《抱朴子》言五月五日「日中」將蟾蜍陰乾「百日」，用其「左足」畫地，可生流水；將其「左手」帶在身上，可「辟五兵」，遇「敵人射己」，「弓弩矢」皆會「反還自向」〔註415〕。蟾蜍陰乾的時辰，特定部位身體的功能，更詳於《博物志》所敘。

第7則言五色龜：

> 千歲龜五色，額上骨起如角，巢於蓮葉之上，或在叢著之下。〔註416〕

《抱朴子・對俗》引《玉策記》〔註417〕，即見記載，並提及千歲龜能「解人

〔註411〕 （東漢）趙曄：《吳越春秋・卷第四・闔閭內傳・闔閭二年》（臺北：臺灣商務印書館，1979年11月臺1版，《四部叢刊正編》第15冊），頁22。

〔註412〕 《玄中記》第36則及《金樓子・志怪》第8則亦見相同情節之記載，唯地點發生在大月氏及西胡，並述漢人對此異聞之反應。

〔註413〕 （西晉）陸機：《陸氏要覽》，收於《筆記小說大觀》第19編第1冊（臺北：新興書局，1997年8月版），頁182。

〔註414〕 （周）辛鈃：《文子・卷上》，《景印文淵閣四庫全書》第1058冊（臺北：臺灣商務印書館，1986年3月初版），頁335。

〔註415〕 文見（東晉）葛洪：《抱朴子・內篇・卷十一・仙藥》（臺北：臺灣商務印書館，1979年11月臺1版，《四部叢刊正編》第27冊），頁58～59。此外，《抱朴子》亦言辟兵之道：「或問辟五兵之道。抱朴子曰：……或以五月五日作赤靈符，著心前。」（東晉）葛洪：《抱朴子・內篇・卷十五・雜應》，同前註，頁82。

〔註416〕 （西晉）陸機：《陸氏要覽》，收於《筆記小說大觀》第19編第1冊（臺北：新興書局，1997年8月版），頁183。

〔註417〕 《玉策記》今已佚，《隋書》、《舊唐書》、《新唐書》皆未見著錄，惠棟認為《玉策記》乃「周秦時書」。（清）惠棟：《易漢學・卷四》，《景印文淵閣四庫全書》第52冊（臺北：臺灣商務印書館，1986年3月初版），頁336。

之言」〔註418〕。此後，《抱朴子・仙藥》除敘及千歲龜「雄」者，「額上」才顯現「兩骨起似角」，更言及將千歲龜浴以「羊血」，「剔取其甲」，「火炙」後「擣服」，可「壽千歲」〔註419〕。

（三）《玄中記》

《玄中記》涉及動物情節之 13 則敘事中，有言及動物之巨大體型者，如第 22、24 則；有述及動物年久成精者，如第 47 則言五十歲之狐能化爲婦人，第 48、49 則言百歲之鼠能化爲神或蝙蝠，第 50、51 則言百歲、千歲之伏翼，人能得而服之，可爲神仙或壽萬歲，第 54、55 則言千歲之鼉、龜能與人語。敘及神仙方術者，爲數居多。

《博物志》卷 3 第 18 則，已有越嶲國之牛割肉復生的情節，《玄中記》第 36 則之內容，則較《博物志》更具細節，提及割下其肉三四斤，次日仍能再生如故，並加入漢人對牛特異能力之反應。

《玄中記》第 6 則「狗娶女」情節，承《風俗通義》而來，《風俗通義》言帝之「畜狗」槃瓠「其毛五採」，銜「吳將軍首」「造闕下」，娶帝女，「經三年」生「六男六女」〔註420〕。至《玄中記》，則言槃護「三月而殺犬戎，以其首來」，娶女後得封地三千里，「生男爲狗，生女爲美女」，有「狗民國」之稱。而《山海經・海內北經》亦提及「犬封國」之名，然並無槃瓠娶女之記載，至郭璞注，始云其事〔註421〕。至干寶《搜神記》卷 14 第 2 則，在情節上有所增添，衍生頂蟲化爲犬、狗娶女、更及於盤瓠子孫之風俗。《後漢書・南蠻西南夷列傳》亦見記載，其文同《風俗通義》，僅文末附加「今長沙武陵蠻是也」一句〔註422〕。其後，盤瓠故事亦

〔註418〕　（東晉）葛洪：《抱朴子・內篇・卷三・對俗》（臺北：臺灣商務印書館，1979年 11 月臺 1 版，《四部叢刊正編》第 27 冊），頁 13。

〔註419〕　（東晉）葛洪：《抱朴子・內篇・卷十一・仙藥》，同前註，頁 59。

〔註420〕　（東漢）應劭撰；（清）錢大昕纂：《風俗通義逸文》，《叢書集成三編》第 5冊（臺北：新文豐出版公司，1997 年 3 月臺 1 版），頁 631。

〔註421〕　「西王母梯几而戴勝杖，其南有三青鳥，爲西王母取食在崑崙虛北。有人曰大行伯，把戈。其東有犬封國，貳負之尸在大行伯東。」此條郭璞注云：「昔盤瓠殺戎王高辛，以美女妻之，不可以訓，乃浮之會稽東南海中，得三百里地，封之，生男爲狗，女爲美人，是爲狗封之民也。」見（東晉）郭璞注：《山海經・海內北經第十二》（臺北：臺灣商務印書館，1979 年 11 月臺 1 版，《四部叢刊正編》第 24 冊），頁 59。

〔註422〕　（南朝宋）范曄撰；（唐）章懷太子李賢注：《後漢書・列傳第七十六卷・南蠻西南夷列傳》（臺北：臺灣商務印書館，1937 年 1 月初版 1 刷，2010 年 11

見於《水經注・沅水》〔註423〕、《通典・盤瓠種》〔註424〕，然皆與《風俗通義》之文大同小異，又更爲簡化，而《通典・盤瓠種》於文末，則承《後漢書》，提及「長沙、黔中五溪蠻」乃爲盤瓠之後。

《玄中記》「狗娶女」情節有前承之文，亦有始見之情節者，如第46則「鳥妻」屬之，《搜神記》卷14第15則亦見記載。其後，《水經注》亦引《玄中記》文，將「豫章男子」作「陽新男子」，兼及於豫章地區小兒衣不使外露，乃因鳥落塵將致兒病之說〔註425〕，可知《水經注》亦如《玄中記》結合姑獲鳥之敘事，顯出故事趣味。

（四）《祖台之志怪》

《祖台之志怪》2則關涉動物之敘事，一則已爲它書所載，另一則乃新出之作。第11則，於《搜神記》卷18第18則即已見：

> 晉有一士人姓王，家在吳郡，還至曲阿，日暮，引船上，當大埭，
> 見埭上有一女子，年十七八，便呼之，留宿。至曉，解金鈴繫其臂，
> 使人隨至家，都無女人。因逼豬欄中，見母豬臂有金鈴。〔註426〕

《祖台之志怪》之文則爲：

> 吳中有一士大夫，於都假還，行至曲阿塘上，見一女子，容貌端正，
> 便呼即來，便留住宿。士解臂上金鈴繫其臂，令暮更來，遂不至。
> 明日，更使尋求，都無此色。忽過一豬圈邊，見母豬臂上繫金鈴。
>
> 〔註427〕

《祖台之志怪》中的「士大夫」較具主動性，明白要女子「暮更來」，女子「不至」，則「更使尋求」；《搜神記》中之「士人」則是「使人隨至家」，暗中跟蹤。二男子之情性表現不同，但結果都發現女子乃爲豬所變。

月臺2版1刷，《百衲本二十四史》），頁1291。

〔註423〕 （東漢）桑欽撰；（北魏）酈道元注：《水經注・卷三十七・沅水》（臺北：臺灣商務印書館，1979年11月臺1版，《四部叢刊正編》第16冊），頁483～484。

〔註424〕 （唐）杜佑：《通典・卷一百八十七・邊防三・盤瓠種》，《景印文淵閣四庫全書》第605冊（臺北：臺灣商務印書館，1986年3月初版），頁569。

〔註425〕 （東漢）桑欽撰；（北魏）酈道元注：《水經注・卷三十五・江水》，同註423，頁458。

〔註426〕 （東晉）干寶撰；胡懷琛點校：《搜神記》（臺北：鼎文書局，1978年8月初版），頁142。

〔註427〕 （東晉）祖台之：《祖台之志怪》，收於魯迅輯錄：《古小說鈎沉》（濟南：齊魯書社，1997年11月第1版，1997年11月第1次印刷），頁130。

第 13 則前無所承，敘苟晞爲貢珍品，募求牛「能日行數百里者」，竟發現一頭牛有日行千里之能：

> 有人進一牛云：「此日行千里。」……旦發，日中到京師；取答書還，至一更始進便達。（苟）晞以其駿快，筋骨必將有異，遂殺而觀之，亦無靈異，惟雙肋如小竹大，自頭挾脊，著肉裏，故外不覺也。〔註428〕

兗州離京師「五百里」之路程，此牛「旦發」，「日中」則將「異食」送達；待其取得「答書」而還，「一更始進便達」，頗見牛之速度及能耐。

（五）《孔氏志怪》

《孔氏志怪》敘述動物之 2 則敘事中，一敘巨大動物，一則敘動物與人生子之怪事。

第 1 則中，有人獻一鷹給楚文王，卻意外發現「大鵬雛」：

> 俄而雲際有一物凝翔，飄颻鮮白，而不辨其形。鷹於是竦翮而升，矗若飛電。須臾，羽墮如雪，血灑如雨；良久，有一大鳥墮地而死。度其兩翅，廣數十里，喙邊有黃，眾莫能知。有博物君子曰：「此大鵬雛也，始飛焉，故爲鷹所制。」〔註429〕

「雲際」「凝翔」之物爲鷹所擊後，「羽墮如雪，血灑如雨」，待此「大鳥」「墮地」，始見「兩翅」「廣數十里」，此猶爲「大鵬」之「雛」，成鳥則更可觀。〔註430〕

第 9 則敘謝宗遇一「姿性妖婉」之女子「入船」和其攀談，產生了龜與人生子之奇譚：

> 自爾船人恆夕但聞言笑兼芬馥氣。至一年，往來同宿；密伺之，不見有人，方知是邪魅，遂共掩之。良久，得一物，大如枕；須臾，得二物，並小如拳。以火視之，乃是三龜。〔註431〕

龜不僅變爲人，與人交好，更甚者，與人生下小龜。其後，《雜鬼神志怪》第 12 則亦載，細節較《孔氏志怪》稍有增加，角色增加了同船人，文末也多了

〔註428〕（東晉）祖台之：《祖台之志怪》，收於魯迅輯錄：《古小說鉤沉》（濟南：齊魯書社，1997 年 11 月第 1 版，1997 年 11 月第 1 次印刷），頁 131。

〔註429〕（東晉）孔約：《孔氏志怪》，收於魯迅輯錄：《古小說鉤沉》，同前註，頁 132。

〔註430〕《幽明錄》第 26 則亦見記載。

〔註431〕（東晉）孔約：《孔氏志怪》，收於魯迅輯錄：《古小說鉤沉》，同註 428，頁 134～135。

謝宗之叔道明一角〔註432〕。此一動物變爲女性且與人生子之情節，自《孔氏志怪》始見。

（六）《甄異傳》

《甄異傳》敘述動物之敘事，計4則。其情節有接近人類致使人病者，如第10則：

> 吳興張安病，正發，覺有物在被上，病便更甚。安自力舉被捉之，
> 物化成鳥，如鵪鶉，瘥登時愈。〔註433〕

魅物在被上時，張安感到「病便更甚」；當其「舉被捉之」，「鳥」之原形被揭穿，張安之「瘥」「登時」即愈，可知當魅物被迫現出原形，則怪異之事無所遁形，疾病也不再發生。

《甄異傳》中，動物有通曉人語者，如第3則中，謝允遇虎：

> 常行山中，見虎檻中狗，竊念狗餓，以飯飴之。入檻，方見虎，攀
> 木仰看。允謂虎曰：「此檻本爲汝施，而我幾死其中，汝不殺我，我
> 放汝。」乃開檻出虎。〔註434〕

放虎之舉，亦使謝允日後於獄中得救：

> 賊平之後，允詣縣，別良善，烏程令張球不爲申理，枉梏考楚。允
> 夢見人云：「此中易入難出，汝有慈心，當相拯拔。」覺見一少年，
> 通身黃衣，遙在柵外，時進獄中與允言語。獄吏知是異人，由是不
> 敢枉允。〔註435〕

謝允誤闖「虎檻」，其「汝不殺我，我放汝」的承諾，加上虎能通人意，謝允不僅在檻中保全性命，「開檻出虎」之舉，也扭轉了自身日後的運途。黃衣少年「時進獄中與允言語」，促使獄吏「不敢枉允」，謝允得以「理還」，可謂是謝允放生之善報。而日後書籍記載，南朝陳《道學傳》〔註436〕亦見謝允與虎

〔註432〕 闕名：《雜鬼神志怪》，收於魯迅輯錄：《古小說鉤沉》（濟南：齊魯書社，1997年11月第1版，1997年11月第1次印刷），頁260～261。

〔註433〕 （東晉）戴祚：《甄異傳》，收於魯迅輯錄：《古小說鉤沉》，同前註，頁97。

〔註434〕 （東晉）戴祚：《甄異傳》，收於魯迅輯錄：《古小說鉤沉》，同註432，頁94～95。

〔註435〕 （東晉）戴祚：《甄異傳》，收於魯迅輯錄：《古小說鉤沉》，同註432，頁95。

〔註436〕 「歷陽謝允當見餓虎閉在檻窂，允當愍虎之窮，開而出之，虎伏地良久乃去。」（南朝陳）馬樞：《道學傳》，見引於（南宋）陳葆光：《三洞羣仙錄・卷十九》（臺南：莊嚴文化事業有限公司，1995年9月初版1刷，《四庫全書存目叢書》子部第258冊），頁624。

之互動。

　　除動物會變化擾人、通人性外，亦有顯現異徵者，如第 5 則，吳清「被差為征」，「雞」呈現異狀：

> 民殺雞求福，煮雞頭在杵中，忽然而鳴，其聲甚長。後破賊帥邵寶，寶臨陣戰死，於時僵屍狼藉，莫之能識。清見一人，著白錦袍，疑是主帥，遂取以聞。推按之，乃是寶首。清以功拜清河太守。〔註437〕

「殺雞求福」的儀式中，死雞「忽然而鳴」，為其日後「被差為征」顯現祥兆。

　　《甄異傳》涉動物之情節，重在動物的變化、徵兆及通人性上，不脫前書發展之範圍。

（七）《靈鬼志》

　　《靈鬼志》含動物情節之敘事，僅第 19 則 1 則。此則於《搜神記》卷 12 第 19 則已見記載：

> 滎陽郡有一家，姓廖，累世為蠱，以此致富。後取新婦，不以此語之。遇家人咸出，唯此婦守舍，忽見屋中有大缸，婦試發之，見有大蛇，婦乃作湯灌殺之。及家人歸，婦具白其事，舉家驚惋。未幾，其家疾疫，死亡略盡。〔註438〕

《靈鬼志》第 19 則則云：

> 滎陽郡有一家姓廖，其家累世為蠱以致富，子女豐悅。後取新婦，不以此語之。家人悉行，婦獨守家，見屋中一大埋，試發，見一大蛇，便作沸湯，悉灌殺之。家人還，婦具說焉，舉家驚惋。無幾，其家疾病，亡略盡。〔註439〕

廖家新婦不知夫家「累世為蠱」而「灌殺」「大蛇」，遂使廖家反招來殺身滅族之禍。

　　《靈鬼志》敘及動物之情節，道出當時畜蠱之風，當蠱「食入人腹內，食其五藏，死則其產移入蠱主之家」，若「三年不殺他人，則畜者自鍾其弊」〔註440〕，反映了巫蠱之習。

〔註437〕　（東晉）戴祚：《甄異傳》，收於魯迅輯錄：《古小說鈎沉》（濟南：齊魯書社，1997 年 11 月第 1 版，1997 年 11 月第 1 次印刷），頁 95。

〔註438〕　（東晉）干寶撰；胡懷琛點校：《搜神記》（臺北：鼎文書局，1978 年 8 月初版），頁 95～96。

〔註439〕　（東晉）荀氏：《靈鬼志》，收於魯迅輯錄：《古小說鈎沉》，同註 437，頁 126。

〔註440〕　（唐）魏徵等撰：《隋書‧卷三十一‧志第二十六‧地理下》（臺北：臺灣商

綜觀晉朝志怪筆記之動物敘事，《博物志》延續《列異傳》中動物「變爲人」之情節，並開始出現「殺禽獸而受懲罰」、雄性動物「與人生子」之主題，至《玄中記》，更出現動物妻子之角色，有「鳥妻」情節產生。《搜神記》除繼續發展《列異傳》中動物「報仇」之情節，又增添動物「示警」、「報恩」、「哭喪」情節，出現動物「生人」之異象，顯現外形上「形體雜異」之組合，也有許多「動物精魅」之敘述，在干寶筆下，動物的「外形」、「神奇能力」、「具人類特性」等部分又有所開拓。此一動物良善特性的強調，在《搜神後記》仍不時出現，動物能退賊、能救主、會報恩、會哭墓，更有顯現報應的主題敘事產生。其後，《拾遺記》則爲晉朝志怪筆記另闢一面，凸顯動物奇能異徵的面向，營造仙道風格之虛幻情境。

大抵而言，晉朝志怪筆記，在動物相關情節上，開拓了動物擾人的精怪層面，也凸顯了動物具人性的善良面，顯得多元而豐富。

第四節　南北朝志怪筆記動物故事之情節單元分析

南北朝志怪筆記，以南朝爲多，計有十一本，此外，尚有不明作者及時代之三本志怪筆記，則另分類論述。本節所探之南北朝志怪筆記，計十四本。

一、南朝

南朝志怪筆記，包含宋之《異苑》、《幽明錄》、《宣驗記》、《集異記》、《齊諧記》，齊之《述異記》、《冥祥記》，梁之《述異記》、《續齊諧記》、《小說》、《金樓子·志怪》等。

（一）宋

宋之志怪，《異苑》、《幽明錄》篇數眾多，獨立以敘。《宣驗記》、《集異記》、《齊諧記》則合併述之。

1.《異苑》

《異苑》述動物之敘事，計 54 則，7 則於他書已見記載，有溯及至三國時期者，大多則源於晉朝或前秦之書籍。《異苑》在動物通人語部分，出現鸚鵡能說人善惡，並具預知能力，如卷 3 第 3 則：

務印書館，1937 年 1 月初版 1 刷，2010 年 7 月臺 2 版 1 刷，《百衲本二十四史》），頁 421。

> 張華有白鸚鵡。華每出行還，輒說僮僕善惡。後寂無言。華問其故，
> 荅曰：「見藏甕中，何由得知？」公後在外，令喚鸚鵡，鸚鵡曰：「昨
> 夜夢惡，不宜出戶。」公猶強之，至庭，爲鷹所搏；教其啄鷹腳，
> 僅而獲免。〔註441〕

「白鸚鵡」不只通曉人語，且在言語間透露好惡及批評，並有預知能力，給予張華善意的勸告。

　　敘及鸚鵡之情節，另有卷3第4則，鸚鵡曾居於一山，「山中禽獸輒相貴重」，頗受照顧，離開後，見山「大火」，奮力救之：

> 鸚鵡遙見，便入水濡羽，飛而灑之。天神言：「汝雖有志意，何足云
> 也？」對曰：「雖知不能救，然嘗僑居是山，禽獸行善，皆爲兄弟，
> 不忍見耳。」天神嘉感，即爲滅火。〔註442〕

據季羨林先生考證，此敘事在元魏釋吉迦夜（生卒年不詳）與釋曇曜（生卒年不詳）同譯的《雜寶藏經》（A.D.472譯）和吳康僧會（？～A.D.280）譯的《舊雜譬喻經》中已有〔註443〕。《舊雜譬喻經》敘及鸚鵡見對其「轉相愛重」的「百鳥畜獸」所居之山「失火」，隨即有所行動：

> 鸚鵡遙見，便入水以羽翅取水；飛上空中，以衣毛間水灑之，欲滅
> 大火。如是往來，往來。天神言：「咄，鸚鵡。汝何以癡！千里之火
> 寧爲汝兩翅水滅乎？」鸚鵡曰：「我由知而不滅也。我曾客是山中，
> 山中百鳥畜獸皆仁善，悉爲兄弟。我不忍見之耳！」天神感其至意，
> 則雨滅火也。〔註444〕

《雜寶藏經》所述，與《舊雜譬喻經》幾同〔註445〕。而《僧伽羅剎所集經》則見鸚鵡救火「或以翅灑」、「或以口灑」，較《異苑》僅以翅灑之方式爲多，

〔註441〕　（南朝宋）劉敬叔：《異苑》，《叢書集成新編》第82冊（臺北：新文豐出版
　　　　　股份有限公司，1985年元月初版），頁523。
〔註442〕　（南朝宋）劉敬叔：《異苑》，《叢書集成新編》第82冊，同前註，頁523。
〔註443〕　季羨林：〈印度文學在中國〉，收於氏著：《中印文化關係史論文集》（北京：
　　　　　三聯書店，1982年5月第1版，1982年5月第1次印刷），頁124。
〔註444〕　（吳）康僧會譯：《舊雜譬喻經・卷上》，收錄於《大正新修大藏經》第4冊
　　　　　（修訂版）（臺北：新文豐出版股份有限公司，1983年1月修訂版1版，1998
　　　　　年2月修訂版1版3刷），頁515。
〔註445〕　（元魏）釋吉迦夜、釋曇曜同譯：《雜寶藏經・卷二・佛以智水滅三火緣》，
　　　　　收錄於《佛藏輯要》第7冊（臺北：古亭出版事業股份有限公司，1993年3
　　　　　月初版），頁409。

且《僧伽羅刹所集經》中有「樹神」讚許鸚鵡之行〔註446〕，所敘較《異苑》豐富。由上可知，《異苑》之文，乃源於佛經故事簡煉而來。

卷4第53則，則見孔雀的示警現象：

> 元嘉中，高平檀道濟鎮潯陽。十二年，入朝，與家分別。顧瞻城闕，歔欷逾深，識者是知道濟之不南旋也。……濟將發舟，所養孔雀來銜其衣，驅去復來，如此數焉。以十三年三月入伏誅。〔註447〕

孔雀銜衣，數次的「驅去復來」，實已蘊藏未來或有禍事之玄機。

《異苑》中除孔雀外，尚有鼠、龍、蝨等，皆展現預知能力，如卷3第30則，大水中，蔡喜夫家奴遇見一鼠：

> 夜有大鼠，形如狗子，浮水而來，徑伏喜夫奴牀角。奴潛而不犯。每食，輒以餘飯與之。水勢既退，喜夫得返故居。鼠以前腳捧青囊，囊有三寸許珠，留置奴牀前，啾啾狀如欲語。從此去來不絕。亦能隱形，又知人禍福。〔註448〕

「大鼠」受了蔡喜夫家奴「餘飯與之」之恩，報以「三寸許珠」，又「能隱形」，「知人禍福」，展現動物與人之互動。

動物變爲人之情節，更見蚯蚓開出新局，如卷8第15則中，王雙出現行爲怪異之舉，「忽不欲見明，常取水沃地，以菰蔣覆上，眠息飲食，悉入其中」，乃因遇到蚯蚓魅：

> 云恒有一女子著青裙白襜，來就其寢，每聽聞薦下有聲，歷歷發之，見一青色白纓蚯蚓，長二尺許，云此女常以一盒香見遺，氣甚清芬，盒乃螺殼，香則菖蒲根，於時咸謂雙暫同皁蟲矣。〔註449〕

「青裙白襜」之女子，乃「二尺許」之「蚯蚓」所變，當其與王雙接近，並使王雙「忽不欲見明」，甚至「眠息飲食」皆移至地上活動。

涉及動物精魅之敘述者，則屬蜘蛛魅爲新出，如卷8第17則：

> 陳郡殷家養子名琅，與一婢結好。經年婢死，後猶來往不絕，心緒昏錯。其母深察焉。後夕見大蜘蛛形如斗樣，緣床就琅，便宴爾怡

〔註446〕 詳見（符秦）僧伽跋澄等譯：《僧伽羅刹所集經·卷上》，收錄於《大正新修大藏經》第4冊（修訂版）（臺北：新文豐出版股份有限公司，1983年1月修訂版1版，1998年2月修訂版1版3刷），頁120。

〔註447〕 （南朝宋）劉敬叔：《異苑》，《叢書集成新編》第82冊（臺北：新文豐出版股份有限公司，1985年元月初版），頁528。

〔註448〕 （南朝宋）劉敬叔：《異苑》，《叢書集成新編》第82冊，同前註，頁524。

〔註449〕 （南朝宋）劉敬叔：《異苑》，《叢書集成新編》第82冊，同註447，頁537。

悅。母取而殺之。琅性理遂復。〔註450〕

殷琅在與其「結好」之婢死後，仍出現「來往不絕」之況，致「心緒昏錯」，乃因「大蜘蛛」「緣床」「宴爾怡悅」之故，當殷母「取而殺之」，殷琅「性理」乃得恢復，可知蜘蛛惑人影響之大。

　　自《搜神記》、《拾遺記》以來，志怪筆記中有對孝行加以彰顯者，《異苑》亦不乏篇章，如卷10第15則：

　　　　順陽南鄉楊豐與息名香於田穫（按：獲）粟，因爲虎所噬。香年十
　　　　四手無寸刃，直搤虎頸，豐遂得免。香以誠孝，至感猛獸爲之逡巡。
　　　　太守平昌孟肇之賜貲之穀，旌其門閭焉。〔註451〕

楊香在「手無寸刃」下仍奮勇救親，猛獸也因其「誠孝」而「爲之逡巡」，虎之作爲正表彰了楊香的孝行。

　　南朝《異苑》雖有前承之敘事，也見新的動物角色加入，鸚鵡、蜘蛛、蚯蚓、孔雀等，皆前所未見，其情節雖不脫前朝所見，也顯現不同風貌。大抵而言，《異苑》中動物變爲人、動物精魅、動物作人語之情節占多數，敘及孝行之彰顯、因果之觀念者，也漸有增多之勢。

2.《幽明錄》

　　《幽明錄》述及動物之敘事，計41則，其中17則承自先前已有之篇章，如第96則，敘將被烹之牛通曉人語：

　　　　桓沖鎮江陵，正會夕，當烹牛，牛忽熟視帳下都督甚久，目中泣下。
　　　　都督咒之曰：「汝若能向我跪者，當啓活也。」牛應聲而拜，眾甚異
　　　　之。都督復謂曰：「汝若須活，遍拜眾人者真往。」牛涕殞如雨，遂
　　　　拜不止。〔註452〕

晉《生經》「佛說負爲牛者經」第39條，即見「一大牛」將被殺，顯出懇求活命之狀：

　　　　牛徑前往趣佛，屈前兩腳，而鳴佛足，淚出交橫，口自演言：「唯
　　　　然世尊，加以大哀，救濟危厄，令脫此難。」……佛告牛主，佛
　　　　爲卿行分衛倍償。……釋梵四王，積累金寶，滿兩牛皮，爾乃各

〔註450〕　（南朝宋）劉敬叔：《異苑》，《叢書集成新編》第82冊（臺北：新文豐出版
　　　　　股份有限公司，1985年元月初版），頁537。
〔註451〕　（南朝宋）劉敬叔：《異苑》，《叢書集成新編》第82冊，同前註，頁541。
〔註452〕　（南朝宋）劉義慶：《幽明錄》，收於魯迅輯錄：《古小說鉤沉》（濟南：齊魯
　　　　　書社，1997年11月第1版，1997年11月第1次印刷），頁165。

罷。〔註453〕

《生經》中即已見牛將被殺，含淚求佛之情節。其後，宋洪邁《夷堅志》亦見牛在待宰前落淚，向人跪地企求之情節敘述〔註454〕。

《幽明錄》中，敘動物變為人者占大多數，除先前曾為主角的狸、獺、狗，還出現鵠、蛟等，如第83則即敘鵠變為人之事：

> 晉太寧元年，餘杭人姓王失其名，往上舍，過廟乞福，既去，已行五六里，懶復更反取，一白衣人持履後至，云：「官使還君。」化為鵠，飛入田中。〔註455〕

「持履」之「白衣人」，即為「鵠」所變。

動物「作人語」之情節，乃《幽明錄》所占篇數居次者，包含鹿、鼠、雞、牛、鳩等，如第156則云：

> 晉兗州刺史沛國宋處宗，嘗買一長鳴雞，愛養甚至，恒籠著窗間；雞遂作人語，與處宗談論，極有言致，終日不輟。處宗因此言功大進。〔註456〕

宋處宗所養之「長鳴雞」，能「作人語」，且內容「極有言致」，處宗因與雞「終日」「談論」，「言功」更因此「大進」。

動物精魅則見龜、蝙蝠、螻蛄、雞、鼠等，如第236則敘蝙蝠魅：

> 宋初，淮南郡有物髡人髮，太守朱誕曰：「吾知之矣。」多置黐以塗壁。夕有數蝙蝠，大如雞，集其上，不得去，殺之乃絕。屋簷下已有數百人頭髮。〔註457〕

太守以「置黐」「塗壁」之法，才得以揭曉「髡人髮」之物乃為「大如雞」之「蝙蝠」。

〔註453〕（西晉）釋竺法護譯：《生經·卷第四》「佛說負為牛者經」第39條，收錄於《大正新修大藏經》第3冊（修訂版）（臺北：新文豐出版股份有限公司，1983年1月修訂版1版，1998年4月修訂版1版3刷），頁98。

〔註454〕詳見（南宋）洪邁：《夷堅志·支戊卷第四·黃牛池》，《續修四庫全書》第1265冊（上海：上海古籍出版社，2002年3月第1版，2002年3月第1次印刷），頁619。

〔註455〕（南朝宋）劉義慶：《幽明錄》，收於魯迅輯錄：《古小說鉤沉》（濟南：齊魯書社，1997年11月第1版，1997年11月第1次印刷），頁162。

〔註456〕（南朝宋）劉義慶：《幽明錄》，收於魯迅輯錄：《古小說鉤沉》，同前註，頁178。

〔註457〕（南朝宋）劉義慶：《幽明錄》，收於魯迅輯錄：《古小說鉤沉》，同註455，頁196。

《幽明錄》中唯一僅見動物報仇之情節，出現於第 148 則，敘一「老翁」「常以釣爲業」，卻遭「魚」「報仇」：

> 後清晨出釣，遇大魚食餌，掣綸甚急，船人奄然俱沒。家人尋喪於釣所，見老翁及魚並死，爲釣綸所纏。魚腹下有丹字，文曰：「我聞曾潭樂，故從詹潭來。磔死弊老翁，持釣數見欺，好食赤鯉鱠，今日得汝爲。」〔註458〕

自「詹潭」而來的「大魚」數次爲翁所欺，於是「大魚」「磔死弊老翁」，以遂老翁「好食赤鯉鱠」之心。

敘動物報恩者，則有鳥、龜、螻蛄等，如第 94 則，述「一雙白鳥」爲「五丈許」之「蛇」逼至險境，幸「射師」以弩射蛇，「蛇隕而鳥得颺」；不久，射師爲雷所懾，則見白鳥予以回報：

> 須臾，雲晦雷發，驚耳駭目，射師懾，不得旋踵。見向鳥徘徊其上，毛落紛紛，似如相援。如此數陣，雷息電滅，射師得免，鳥亦高飛。
> 〔註459〕

當射師爲雷所懾，「不得旋踵」之時，鳥則「徘徊其上」，爲其擋雷至「雷息電滅」才止，雖「毛落紛紛」亦在所不惜。

動物與人深厚之情感，在第 245 則「牛哭喪」中顯而易見：

> 元嘉中，益州刺史吉翰遷爲南徐州。先於蜀中載一青牛下，常自乘，恆於目前養視。翰遘疾多日，牛亦不肯食，及亡，牛流涕滂沱。吉氏喪未還都，先遣驅牛向宅，牛不肯行，知其異，即待喪，喪既下船，便隨去。〔註460〕

吉翰與青牛相依時日長久，吉翰「遘疾」，牛「不肯食」，吉翰身亡，牛則「流涕滂沱」，當其「喪未還都」，牛更「不肯行」，定要隨在吉翰左右，可見牛對吉翰情誼之深。

《幽明錄》含動物情節的敘事中，約有三分之一以上篇章於前可見，其情節仍不脫以動物變爲人、能作人語，及動物精魅等占多數，動物報仇之篇

〔註458〕　（南朝宋）劉義慶：《幽明錄》，收於魯迅輯錄：《古小說鉤沉》（濟南：齊魯書社，1997 年 11 月第 1 版，1997 年 11 月第 1 次印刷），頁 176。

〔註459〕　（南朝宋）劉義慶：《幽明錄》，收於魯迅輯錄：《古小說鉤沉》，同註 458，頁 164。

〔註460〕　（南朝宋）劉義慶：《幽明錄》，收於魯迅輯錄：《古小說鉤沉》，同註 458，頁 198。

章不多，動物報恩之情節則相對占多數，其中，亦見源於佛教之故事，顯見自南朝起，佛教故事已對六朝志怪筆記有所影響。

3. 宋之其他志怪筆記

南朝宋之志怪筆記，尚有《宣驗記》、《集異記》及《齊諧記》，此三本篇數較少，敘之於後。

（1）《宣驗記》

《宣驗記》含有動物情節之敘事，計 8 則，大抵以果報觀念之主題為多。有殺禽獸而受懲罰者，如第 13 則：

> 王導，河內人也。兄弟三人，並得時疾。其宅有鵲巢，旦夕翔鳴，忽甚喧噪。俱惡之。念云：差，當治此鳥。既差，果張取鵲，斷舌而殺之。兄弟悉得喑疾。〔註461〕

王導兄弟因鵲「喧噪」而「惡之」，復又「取鵲」「斷舌而殺之」，結果導致「兄弟悉得喑疾」。

亦有動物漬水滅火者，如第 16 則：

> 野火焚山。林中有一雉，入水漬羽，飛故滅火，往來疲乏，不以為苦。〔註462〕

印度龍樹菩薩《大智度論》卷一六，即見雉救火之記載：

> 昔野火燒林，林中有一雉，懃身自力，飛入水中，漬其毛羽，來滅大火；火大水少，往來疲乏，不以為苦。〔註463〕

《大智度論》增加天帝釋與雉之對答，雉執持眾生「依仰」該林而活，其「有身力」，「云何懈怠而不救」之信念，擁有誠心，而天神為其滅火之細節。其後，南朝梁《經律異相》卷四十八亦見引《大智度論》之〈雉救林火〉〔註464〕。至唐，《大唐西域記》卷第六〈雉王本生故事〉記載更詳，敘雉「鼓濯清流，飛空

〔註461〕（南朝宋）劉義慶：《宣驗記》，收於魯迅輯錄：《古小說鉤沉》（濟南：齊魯書社，1997 年 11 月第 1 版，1997 年 11 月第 1 次印刷），頁 270。

〔註462〕（南朝宋）劉義慶：《宣驗記》，收於魯迅輯錄：《古小說鉤沉》，同前註，頁 271。

〔註463〕〔印〕龍樹著；（後秦）鳩摩羅什譯：《大智度論・卷十六》，收錄於《大正新修大藏經》第 25 冊（修訂版）（臺北：新文豐出版股份有限公司，1983 年 1 月修訂版 1 版，1997 年 10 月修訂版 1 版 4 刷），頁 178～179。

〔註464〕（南朝梁）釋僧旻、釋寶唱等撰集：《經律異相・卷四十八・雉第六・雉救林火一》，收錄於《大正新修大藏經》第 53 冊（修訂版）（臺北：新文豐出版股份有限公司，1983 年 1 月修訂版 1 版，1994 年 5 月修訂版 1 版 2 刷），頁 254。

奮灑」以救火，終使天帝釋「掬水泛灑其林」，助其滅火〔註465〕，雉雖以善小而爲之的大無畏精神，促成自助者終將得天所助，展現出有志竟成的力量。

此外，並見「蝨報仇」、「牛作人語」、「群蜂退盜賊」等情節，這些情節呈現一共同特色，即所敘之事皆與僧侶有關，可見《宣驗記》爲釋氏輔教之書。

（2）《集異記》

《集異記》敘及動物情節者，僅第1則：

> 兗州人船行，忽見水上有浮鎖，牽取得數許丈，乃得一白牛。與常牛無異，而形甚光鮮可愛。知是神物，乃放之。牛於是入水，鎖亦隨去。〔註466〕

此則本事見《異苑》卷2第7則：

> 晉康帝建元中，有漁父垂釣，得一金鎖。引鎖盡，見金牛。急挽出，牛斷，猶得鎖，長二尺。〔註467〕

亦見《幽明錄》第13、14則：

> 巴丘縣自金岡以上二十里，名黃金潭，莫測其深；上有瀨，亦名黃金瀨。古有釣於此潭，獲一金鑠，引之，遂滿一船。有金牛出，聲貌奔壯，釣人被駭，牛因奮勇躍而還潭，鑠乃將盡，釣人以刀斫得數尺。潭、瀨因此取名。

> 淮牛渚津水極深，無可算計，人見一金牛，形甚瑰壯，以金爲鑠絆。

〔註468〕

《集異記》唯載與鎖相連者爲白牛。

（3）《齊諧記》

《齊諧記》述及動物之敘事，計5則，前有所承者有2則。《齊諧記》言精魅及變化之事爲多，如第7則：

〔註465〕（唐）釋辯機撰；（唐）釋玄奘譯：《大唐西域記·卷六·拘尸那揭羅國》，《景印文淵閣四庫全書》第593冊（臺北：臺灣商務印書館，1986年3月初版），頁715。

〔註466〕（南朝宋）郭季產：《集異記》，收於魯迅輯錄：《古小說鈎沉》（濟南：齊魯書社，1997年11月第1版，1997年11月第1次印刷），頁243。

〔註467〕（南朝宋）劉敬叔：《異苑》，《叢書集成新編》第82冊（臺北：新文豐出版股份有限公司，1985年元月初版），頁522。

〔註468〕（南朝宋）劉義慶：《幽明錄》，收於魯迅輯錄：《古小說鈎沉》（濟南：齊魯書社，1997年11月第1版，1997年11月第1次印刷），頁144～145。

> 周客子有女，啖膾不知足，家爲之貧。自至長橋南，見眾者挫魚作
> 鮓，以錢一千，求作一飽。乃搗啖魚，食五斛，便大吐之。有蟾蜍
> 從吐中出，婢以魚置口中，即成水。女遂不復啖膾。〔註469〕

周女「啖膾不知足」、「啖魚」「五斛」而「大吐」，卻見「蟾蜍從吐中出」，其
後「以魚置口中」，則化蟾蜍爲水。

又如第14則敘「狸變爲人」：

> 國步山有廟，有一亭，呂思與少婦投宿，失婦。思逐覓，見大城，
> 有廳事，一人紗帽馮几。左右競來擊之，思以刀斫，計當殺百餘人，
> 餘者乃便大走，向人盡成死狸。〔註470〕

攻擊呂思之人，乃「狸」所化，廳事內則爲「古時大冢」，而被捉至冢中之女
子，亦有「通身已生毛」或「毛腳面成狸」之現象，乃爲狸所擄而致。其後，
唐〈補江總白猿傳〉情節與此則近似〔註471〕，唯《齊諧記》中之動物爲狸，
唐傳奇則爲猿。

綜觀南朝宋之志怪筆記，承襲前朝志怪情節之情形，較晉朝爲多，然
也見開拓出新的情節，在動物的神奇智力方面，出現「鼠知人禍福」、「孔
雀示警」；和「雞」相關如「入火不傷」、「作人語」等情節產生；而「鸚鵡」
能「潰水滅火」、「說人善惡」；「象」會報恩；「蟻」、「蜘蛛」、「獺」等成爲
動物精魅；「鶴」及「蚯蚓」能「變爲人」，以上種種情節，皆自《異苑》
始。《幽明錄》則在動物精魅方面，繼以開拓「蝙蝠魅」、「螻蛄魅」；「牛」
則可「通曉人語」並會「哭喪」；而「鳥」則會「報恩」。《宣驗記》則圍繞
著佛教、因果等觀念，強調果報之情節。整體而言，南朝宋之志怪，仍呈
現多元樣貌，有動物之神奇能力、變化現象，而動物報恩、宗教果報等情
節，則有增加之勢。

（二）齊

齊之志怪，包含祖沖之《述異記》及王琰《冥祥記》，敘之於後。

〔註469〕（南朝宋）東陽无疑：《齊諧記》，收於魯迅輯錄：《古小說鈎沉》（濟南：齊
　　　　魯書社，1997年11月第1版，1997年11月第1次印刷），頁140。

〔註470〕（南朝宋）東陽无疑：《齊諧記》，收於魯迅輯錄：《古小說鈎沉》，同前註，
　　　　頁141～142。

〔註471〕見於（北宋）李昉編：《太平廣記·卷四百四十四·畜獸十一·歐陽紇》，《叢
　　　　書集成三編》第70冊（臺北：新文豐出版公司，1997年3月臺1版），頁506
　　　　～507。

1.《述異記》

《述異記》有關動物之敘事，計 11 則，其中 2 則於《搜神記》、《異苑》已見記載。《述異記》中能「作人語」或「通夢於人」的動物，多爲預言之詞，如第 11 則，屠虎食「騰嶼」「南溪」之蟹，卻有奇遇：

> 宋元嘉中，章安縣民屠虎取此蟹食之，肥美過常。虎其夜夢一少嫗語之曰：「汝啖我，知汝尋被啖不？」屠氏明日出行，爲虎所食，餘，家人殯瘞之，虎又發棺啖之，肌體無遺。此水今猶有大蟹，莫敢復犯。〔註472〕

蟹在屠虎夢中化爲「少嫗」，告知屠虎「尋被啖」，次日果「爲虎所食」。

《述異記》中的動物，以扮演預言者的角色爲多，也見如第 15 則，快犬黃耳幫陸機送家書的體貼表現：

> 機試爲書，盛以竹筒，繫之犬頸。犬出驛路，疾走向吳，飢則入草噬肉取飽。每經大水，輒依渡者，弭耳掉尾向之，其人憐愛，因呼上船。裁近岸，犬即騰上，速去如飛。逕至機家，口銜筒作聲示之。機家開筒取書，看畢，犬又向人作聲，如有所求；其家作答書內筒，復繫犬頸。犬既得答，仍馳還洛。計人程五旬，而犬往還裁半月。
> 〔註473〕

黃耳衷心爲陸機傳送家書，遇水則「依渡者」，「近岸」則「速去如飛」，取得「答書」而回，往返只須「半月」，較人的腳程「五旬」更快。

2.《冥祥記》

《冥祥記》含動物情節之敘事，計 3 則，皆與佛教或僧侶相關，如第 55 則言及晉朝僧侶釋法安投宿陽新縣，因虎暴嚴重，投宿無門，於是在樹下坐禪：

> 法安邁之樹下，坐禪通夜。向曉，有虎負人而至，投樹之北，見安，如喜如跳，伏安前，安爲說法授戒，虎據地不動，有頃而去。〔註474〕

佛教薰陶下，凶猛的動物變得溫馴且願聽人教訓，顯現出佛法的弘大。

〔註472〕（南朝齊）祖沖之：《述異記》，收於魯迅輯錄：《古小說鉤沉》（濟南：齊魯書社，1997 年 11 月第 1 版，1997 年 11 月第 1 次印刷），頁 101～102。

〔註473〕（南朝齊）祖沖之：《述異記》，收於魯迅輯錄：《古小說鉤沉》，同前註，頁 102。

〔註474〕（南朝齊）王琰：《冥祥記》，收於魯迅輯錄：《古小說鉤沉》，同註 472，頁 306。

綜觀齊之志怪筆記，其情節多著重在動物對人有所預告，或動物馴服於佛法之下，因果觀念在此一時期顯得多所強調。

（三）梁

梁之志怪，包括任昉《述異記》、吳均《續齊諧記》、殷芸《小說》、及蕭繹《金樓子・志怪》等。

1.《述異記》

《述異記》涉及動物之敘事，計 20 則，有 12 則前已可見。此 20 則敘事，以動物「變為人」之情節居多，包含鹿、猴、魚、螺等，如卷上第 113 則：

> 石勒嘗備於臨水，為遊軍所囚，會有羣鹿傍道軍人，競逐之，勒乃獲免。俄而又見一老父謂勒曰：「何〔註 475〕來羣鹿者，我也。君應為列國主，故相救耳！」〔註 476〕

石勒所見之「老父」，乃「鹿」所變，當石勒「為遊軍所囚」，係由鹿幫其解危，使其免於難。

動物「作人語」者為數次多，有狗及魚，如卷下第 118 則：

> 江陰北有子英廟。子英，即野人也，善入水捕魚。得一赤鯉，將著家池中養之，後長徑一丈，有角翅，謂子英曰：「我迎汝身，汝上我背。」遂昇於天為神仙。晉時人。〔註 477〕

「赤鯉」長出「角翅」後，對子英說話，魚在此乃扮演子英昇天「為神仙」之引度者。

任昉《述異記》，並見「鹿生人」之新情節，在卷下第 117 則：

> 梁時有村人韓文秀，見一鹿產一女子在地，遂收養之。及長，與凡女有異，遂為女冠。梁武帝為別立一觀，號曰鹿娘。後死入棺，武帝致祭，開棺視之，但聞異香，不見骸骨，蓋屍解也，遂葬棺於毘陵，因號其葬處為貞山。〔註 478〕

「鹿」產下「一女子」，此一女子「及長，與凡女有異」，為「女冠」，死後則「屍解」，可見動物產下之子，亦為異人。

〔註 475〕 筆者按：依文意判，「何」疑為「向」之訛。
〔註 476〕 （南朝梁）任昉：《述異記》，《叢書集成新編》第 82 冊（臺北：新文豐出版股份有限公司，1985 年元月初版），頁 36～37。
〔註 477〕 （南朝梁）任昉：《述異記》，《叢書集成新編》第 82 冊，同前註，頁 40。
〔註 478〕 （南朝梁）任昉：《述異記》，《叢書集成新編》第 82 冊，同註 476，頁 40。

2.《續齊諧記》

《續齊諧記》述動物之敘事2則，均承《搜神記》而來，一為報恩主題，一為變化主題。第3則言及一黃雀為楊寶所救：

> 弘農楊寶，性慈愛。年九歲，至華陰山，見一黃雀為鴟梟所搏，逐樹下，傷瘢甚多，宛轉復為螻蟻所困。寶懷之以歸，置諸梁上。夜聞啼聲甚切，親自照視，為蚊所嚙，乃移置巾箱中，啖以黃花。〔註479〕

待其「毛羽成」，常「朝去暮來」達「積年」之久，當其將離去，則對楊寶有所回饋：

> 忽與羣雀俱來，哀鳴遶堂，數日乃去。是夕，寶三更讀書，有黃衣童子曰：「我，王母使者。昔使蓬萊，為鴟梟所搏，蒙君之仁愛見救，今當受賜南海。」別以四玉環與之，曰：「令君子孫潔白，且從登三公，事如此環矣。」〔註480〕

此則於《搜神記》卷20第4則即載：

> 漢時，弘農楊寶，年九歲時。至華陰山北，見一黃雀，為鴟梟所搏，墜於樹下，為螻蟻所困。寶見，湣之，取歸置巾箱中，食以黃花。百餘日，毛羽成，朝去，暮還。一夕，三更，寶讀書未臥，有黃衣童子，向寶再拜曰：「我西王母使者，使蓬萊，不慎為鴟梟所搏。君仁愛，見拯，實感盛德。」乃以白環四枚與寶曰：「令君子孫潔白，位登三事，當如此環。」〔註481〕

《續齊諧記》對楊寶憐憫黃雀心理層次方面之敘述，更為詳細，楊寶帶回黃雀，本將其置於梁上，因黃雀發出啼聲，楊寶於是親自照料，發現黃雀被蚊子嚙咬，又將其移到巾箱中。楊寶慈愛之性、黃雀為鴟梟、螻蟻及蚊所苦之境，均有鮮明刻劃。也因如此，《續齊諧記》中黃雀在楊寶居處「朝去暮來，宿於巾箱」的眷戀，及離去前「哀鳴遶堂」的情感，表現得比《搜神記》深刻。

3.《小說》

《小說》6則涉及動物之敘事，有4則承《異苑》而來，另2則皆屬動物助人之舉，如第3則：

〔註479〕　（南朝梁）吳均：《續齊諧記》，收於（明）吳琯輯：《古今逸史》（板橋：藝文印書館，1967年，嚴一萍選輯《百部叢書集成》第9冊），葉2。

〔註480〕　同前註。

〔註481〕　（東晉）干寶撰；胡懷琛點校：《搜神記》（臺北：鼎文書局，1978年8月初版），頁151～152。

> 滎陽板渚津原上有厄井，父老云：漢高祖曾避項羽於此井，爲雙鳩
> 所救。故俗語云：「漢祖避時難，隱身厄井間，雙鳩集其上，誰知下
> 有人？」漢朝每正旦輒放雙鳩，或起於此。〔註482〕

漢高祖爲躲避項羽，藏匿井中，「雙鳩」集於井上，使漢高祖避開搜查而得以
活命。

4.《金樓子志怪篇》

《金樓子‧志怪》11 則含動物情節之敘事，有 6 則前已可見，如第 26 則：

> 巨龜在沙嶼閒，背上生樹木如淵島，嘗有商人依其採薪，及作食，
> 龜被灼，熱便還海，於是死者數十人。〔註483〕

實則在晉《生經》「佛說鱉喻經第三十五」條中，即見鱉之背大如陸地之敘
事：

> 昔者有一鱉王，……時出海邊水際而臥。其身廣長，邊各六十里，
> 而在其上，積時歷日，寐息陸地，而不轉移。時有賈客，從遠方來，
> 遙視見之，謂是可依水邊好處高陸之地，五百賈客，車馬六畜，有
> 數千頭，皆止頓上，炊作飲食，破薪燃火，飼諸牛馬騾驢駱駝，行
> 來臥起。〔註484〕

一旦鱉王「身遭火燒」，因「苦痛」「不能復忍」，遂「入大水中」，眾人也因
之喪命。《生經》中「鱉王」之身「邊各六十里」，因其不動，遂使「賈客」
誤以爲「高陸之地」，「車馬」止其上，又「破薪燃火」，致使「鱉身苦痛」，「入
大水中」，遂「溺殺眾人」。《金樓子》則沿其情節，並增「背上生樹木」之細
節，添加神異感。

《金樓子》亦有承六朝地記之筆記而來者，如第 42 則：

> 合浦有康頭山，山上有一頭鹿，額上戴科藤一枝，四條直上，各長
> 丈許。〔註485〕

〔註482〕（南朝梁）殷芸：《小說》，收於魯迅輯錄：《古小說鉤沉》（濟南：齊魯書社，
　　　　1997 年 11 月第 1 版，1997 年 11 月第 1 次印刷），頁 52。

〔註483〕（南朝梁）梁元帝：《金樓子》，《叢書集成新編》第 21 冊（臺北：新文豐出
　　　　版股份有限公司，1985 年元月初版），頁 52。

〔註484〕（西晉）釋竺法護譯：《生經‧卷第四‧佛說鱉喻經第三十五》，收錄於《大
　　　　正新修大藏經》第 3 冊（修訂版）（臺北：新文豐出版股份有限公司，1983
　　　　年 1 月修訂版 1 版，1998 年 4 月修訂版 1 版 3 刷），頁 96。

〔註485〕（南朝梁）梁元帝：《金樓子》，《叢書集成新編》第 21 冊，同註483，頁 52。

與晉劉欣期《交州記》〔註486〕所敘情節皆同。

在《金樓子》中，亦有創新之情節者，如第35則：

> 滎陽郡山中有巨龜，長八九尺，下有文字，前後足下各躡一龜，有
> 時踰山越水，咸觀異之。〔註487〕

「巨龜」「長八九尺」，可見其大，更奇特者，「前後足下各躡一龜」，頗受人矚目。

大致而言，《金樓子》所敘，多重在動物的奇特外形或特異現象，未見動物與人之互動情形。

南朝梁之志怪，前有所承之情節占多數，而《述異記》卻也見「鹿生人」、「鹿變為人」、「魚作人語」之新情節；《小說》則有「鳩救人」、「野豬為人築塘」之新主題；《金樓子》則屬「鴨大如鵝」、「龜四足各攝一龜」、「小鳥大如鷺」等為獨見。動物變幻形體、能作人語、與人有報恩等互動，仍為此一時期常見之情節，而《金樓子》則獨重動物之奇貌，可說是此一時期在內容上一枝獨秀之作。

二、其他

北朝之志怪筆記，未見及動物故事情節，故不列入討論。而另有作者不明之志怪，包含《續異記》、《雜鬼神志怪》及《錄異傳》，存有動物相關情節，述之於後。

（一）《續異記》

《續異記》4則含動物情節之敘事，1則承自《幽明錄》，其餘3則皆有新意，尤其第2則之情節前所未見：

> 左右人恆覺（徐）邈獨在帳內，以與人共語。有舊門生，一夕伺之，
> 無所見。天時微有光，始開窗，瞥睹一物從屏風裏飛出，直入鐵鑊
> 中。仍逐視之，無餘物，唯見鑊中聚菖蒲根，下有大青蚱蜢。〔註488〕

徐邈門生摘除蚱蜢兩翼，事則生變：

〔註486〕（東晉）劉欣期撰；（清）曾釗輯：《交州記》，收於《叢書集成簡編》第157
　　　　冊（臺北：臺灣商務印書館，1966年6月臺1版），頁8。

〔註487〕（南朝梁）梁元帝：《金樓子》，《叢書集成新編》第21冊（臺北：新文豐出
　　　　版股份有限公司，1985年元月初版），頁52。

〔註488〕闕名：《續異記》，收於魯迅輯錄：《古小說鉤沉》（濟南：齊魯書社，1997年
　　　　11月第1版，1997年11月第1次印刷），頁247。

雖疑此爲魅，而古來未聞，但摘除其兩翼。至夜，遂入邈夢，云：「爲
君門生所困，往來道絕；相去雖近，有若山河。」邈得夢，甚悽慘。
門生知其意，乃微發其端。邈初時疑不即道。語之曰：「我始來直者，
便見一青衣女子從前度，猶作兩髻，姿色甚美。聊試挑讁，即來就
己。且愛之，仍溺情。亦不知其從何而至此。」〔註489〕

徐邈門生將「大青蚱蜢」兩翼摘除，遂使蚱蜢欲接近徐邈之途「往來道絕」，
可知「青衣女子」乃蚱蜢所變。在《孔氏志怪》第 9 則中，亦見謝宗與龜女
所變之人言談，然船人看不見龜女，《續異記》在情節上雖有與之類似處，然
「蚱蜢」堪稱新出之角色。

（二）《雜鬼神志怪》

《雜鬼神志怪》3 則動物敘事中，2 則承自《搜神後記》及《孔氏志怪》，
另外之第 11 則情節雖作「鼉作人語」，內容則稍異於先前所見，此則敘沙門竺
僧瑤爲廣陵王家女「治邪」：

瑤入門，便瞋目大罵云：「老魅不念守道，而干犯人。」女乃在內大
哭，云：「人殺我夫。」魅在其側曰：「吾命盡於今，可爲痛心！」
因歔欷悲啼。又曰：「此神也，不可與爭。」傍人悉聞。於是化爲老
鼉，走出庭中。瑤令撲殺之也。〔註490〕

此則敘「老鼉」使凡女爲魅所惑，情節頗類《異苑》卷 8 第 13 則、《幽明錄》
第 235 則，唯角色不如二書出現龜、鼉及蛇魅，《異苑》、《幽明錄》由巫者引
出三魅，《雜鬼神志怪》則交由沙門「治邪」，並永絕後患。

（三）《錄異傳》

《錄異傳》2 則敘事，皆沿襲《小說》、《列異傳》而來，敘及動物變化及
助人之事。

綜觀南北朝志怪筆記，承襲前朝之作品者，不在少數，誠如葉慶炳指出：

南北朝小說之內容，往往剽取前書，甚至文字亦輾轉因襲。因之同
一條文字，有時並見各書。〔註491〕

〔註489〕闕名：《續異記》，收於魯迅輯錄：《古小說鉤沉》（濟南：齊魯書社，1997 年
11 月第 1 版，1997 年 11 月第 1 次印刷），頁 247。
〔註490〕闕名：《雜鬼神志怪》，收於魯迅輯錄：《古小說鉤沉》，同前註，頁 260。
〔註491〕葉慶炳：《漢魏六朝小說選》（臺北：弘道文化事業有限公司，1977 年 10 月
10 日再版），敘例頁 3。

然此一時期之志怪，創新題材或就原文章加以敘寫鋪陳者，亦可見之，如《孔氏志怪》第 1 則「巨鵬，雛者翅廣數十里」，《幽明錄》第 26 則亦敘，唯更加突出此鷹之外形姿態雄健，在一般鷹類中顯得卓越特出；到雲夢一帶打獵時，此鷹瞪著眼睛高望遠方，和一般鳥獸爭相捕捉獵物迥然不同。敘事中以楚文王和獻鷹者對話，強調楚文王對鷹於畋獵時並未顯出奮進之心，對此鷹之能力產生懷疑，獻鷹者則篤定地指出此鷹確有其特長之處。鷹制伏了大鵬雛，果然證明了獻鷹者之說法。此便印證劉葉秋所言「南北朝志怪書的內容，不像魏晉志怪那樣蕪雜，零星瑣碎的記敘減少了，故事性增強了」，「這一時期志怪小說在寫作方面的進步，有些故事描摹得相當細膩、生動，已很像後出的唐人傳奇了」〔註 492〕。

〔註 492〕劉葉秋：《歷代筆記概述》（臺北：木鐸出版社，1987 年 7 月初版），頁 27。

第三章　六朝志怪筆記動物故事——奇貌殊能

　　六朝志怪，多爲隨筆記敍之文，「短書」形式不在少數，文字之表現敍述多於描寫，尙未臻於有意識的創作之境，人物等角色的形象不甚鮮明，藝術特色也還不成熟，多爲文人記下傳聞之說，屬民間故事範疇，是故以「情節單元」觀察六朝志怪，較能析出差別。

　　「情節單元」一詞，金榮華教授曾指出：

> 把故事裡每一個敍事完整而不能再細分的情節作爲一個單元，名之
> 爲「情節單元」。〔註1〕

釋義極明確。

　　本章起，即就情節單元分類歸納，第三章以動物本身之「奇貌殊能」爲關注點，第四章則著眼於動物與人之「人情互動」，爲觀察六朝志怪筆記動物故事之特色，將採情節單元顯現情形之多寡，以安排各節分類，明其情節特色。

第一節　動物幻化

　　六朝志怪筆記涉及動物情節之敍事，以動物幻化最爲多見，可變爲人，可幻成他種動物，亦或化爲其它器物。

〔註 1〕　金榮華：《中國民間故事與故事分類》（增訂本）（臺北縣新店市：中國口傳文
　　　　　學學會，2007 年 9 月再版 1 刷），頁 4。

一、變為人

神話、古籍中，人幻為物類之敘事屢屢可見，如鯀化為黃熊〔註2〕、禹化為熊〔註3〕、炎帝少女化為精衛鳥〔註4〕等，然至六朝，物類幻為人的敘事明顯增多。林富士以「歷代的志怪、小說」為據，發現「在各種物怪、精怪之中，其原形為『動物』者仍占相當大的份量」〔註5〕；日本學者中野美代子提出，「在中國」「異類動物變人的故事遠遠多於人變異類動物的故事」〔註6〕，明顯可見，人與動物間變化互轉的敘事，在中國常可見及。

本論文所探 406 則六朝志怪筆記，動物幻化之情節有 96 則，其中，動物變成人或神即占了 72 則，動物變成他種動物占 17 則，幻為其他器物則僅 8 則，可知動物變成人的現象，在六朝志怪堪稱首位。

（一）獸類變為人

在六朝志怪筆記動物故事探討範疇內，幻為人之動物以「狸」為數最多，有 13 則；「狗」居次，計 9 則。「獺」則是獸類動物居於第三位者，占 7 則；「狐」以 5 則之數繼其後，「猴」、「豬」、「鼠」、「鹿」等亦不乏幻為人者。

1. 狸變為人

「狸變為人」，初始有危害人命之行，之後則見狸與人類產生情愫糾葛；此外，亦見狸具有博聞特質。

「狸變為人」之情節，最早在《搜神記》書中出現，且形塑為害人之角色。其卷 18 第 10 則，一「大老狸」化作人形，冒充吳興郡一父親，「罵詈」、「趕打」在田中耕作之二兒，在父親懷疑二子遇到「鬼魅」，提出斫殺之計時，老狸誘使二子誤殺親生父親，再冒其父之形，肆無忌憚地住進宅院，與二子

〔註2〕　（春秋）左氏撰；（吳）韋昭注：《國語‧卷十四‧晉語八》，《景印文淵閣四庫全書》第 406 冊（臺北：臺灣商務印書館，1986 年 3 月初版），頁 135。

〔註3〕　（東漢）班固；（唐）顏師古注；（清）王先謙補注：《漢書補注‧卷六‧武帝紀第六》顏師古注引《淮南子》（臺北：藝文印書館，1996 年 8 月初版 4 刷），頁 95。今本《淮南子》則未見。

〔註4〕　（東晉）郭璞注：《山海經‧北山經第三》（臺北：臺灣商務印書館，1979 年 11 月臺 1 版，《四部叢刊正編》第 24 冊），頁 25。

〔註5〕　林富士：〈釋「魅」：以先秦至六朝時期的文獻資料為主的考察〉，收入蒲慕州主編：《鬼魅神魔：中國通俗文化側寫》（臺北：麥田出版社，2005 年 6 月 1 日初版一刷），頁 132。

〔註6〕　〔日〕中野美代子著；何彬譯：《中國的妖怪》（鄭州：黃河文藝出版社，1989 年 2 月第 1 版，1989 年 2 月第 1 次印刷），頁 110。

相處「積年」，竟無人能發現異狀，直至被法師拆穿身分，才遭「擒殺」，而二子也因手刃其父，懊悔而亡。《搜神記》中化為人形之狸，或如此則造成家庭破碎，亦或如卷18第27則，與「老狢」狼狽為奸，在「三更」時，冒「部郡」及「府君」之形，將宿於「都亭」之人攻擊致死。狸在《搜神記》作者筆下，對人的生命威脅甚大。

自《異苑》起，狸出現女性角色。卷8第10則〈紫衣女〉中，狸以「戴青繖」，「姿容豐豔」、「通身紫衣」之女性形象，現身在雨天的「日暮」時分。《幽明錄》第104則，深山裡「抱兒」「寄宿」之「婦人」，在火光照耀下，顯現「狸」之原形。狸以女子之姿出現，多具亮麗外表，引來男子之注意或親近，如《幽明錄》第126則，淳於矜鍾情一「美姿容」之女子，甚欲與之論及婚嫁，而女子為成其婚事，更自行備辦「銀百斤，絹百匹」，展現出有貌又有財之富貴相。

狸亦有以男子形象出現，在凡間慕求具「美色」之少婦者，《幽明錄》第195則，「大狸」知戴眇家僮王客有美婦，遂冒戴恆之形，接近美婦，及至王客不勝其擾，得戴眇「敕令撲殺」之命，「閉戶」圍捕下，才揭穿出真相。而《齊諧記》第14則，國步山廟裡「廳事」中，呂思揭發了超過百餘之人為「狸」所變之事後，更發現它們刧奪女子，並使其「有通身已生毛者，亦有毛腳面成狸者」，多人因之受害。

狸除有害人、擾人之行為，亦見博通經書者。《搜神後記》卷11第14則，「以經傳教授」之「胡博士」，實為一「狸」。《幽明錄》第33則中，「風姿音氣」「不凡」，尋董仲舒「論五經」，究「微奧」之客，亦為「老狸」。

狸以人形出現，除通達經典展現博學之態為狸之正面形象外，餘則多為負面害人的角色，輕則造成擾亂迷惑，重則導致傷害死亡。狸多以詭譎多變之特性，在人間穿梭遊走，或為男子，或化女身，此與其動物變化不定之特質多所相關，故呈顯出奸滑不可捉摸之形象。

2. 狗變為人

「狗變為人」之情節，由《搜神記》首開其鋒，其卷6第34則，闖入石良、劉音所居屋舍的人，被「擊」後化為「狗」；不久又有「披甲」「持弓弩」者出現，再被「格擊」，「死」或「傷」後，也皆顯其形為「狗」，且其情況由「二月」持續到「六月」才止，顯現異象。狗除擅入他人屋舍外，並有於亭中作怪，使宿於彼者病死者，《搜神後記》卷9第11則，即有男女「十餘人」，

常於「中夜」與宿者「蒲博」，及至膽大心細之郅伯夷「以鏡照」，知是「羣犬」，以刀刺使其死而顯形。

狸有變化爲人，接近異性者，類似之況，也見於狗。《搜神記》卷 18 第 20 則，一「白狗」趁田琰「居母喪」，獨居墓旁小屋時，至盧內著其「衰服」，假扮田琰，與其妻合，以縱其欲。而《異苑》卷 8 第 5 則中，則見「牝狗」化爲女子，於沈霸就寢之時「輒來依床」。

狗更有利用人類對亡故祖先的崇敬，化身其形，爲所欲爲者。《幽明錄》第 159 則中，「鄰家老黃狗」冒已「亡一年」的溫敬林之形，回到溫家與婦柏氏「共寢處」，卻「不肯見」「子弟」，在「酒醉」之後，才原形畢露。《搜神記》卷 18 第 21 則，狗之行徑則更顯大膽。「里中沽酒家狗」趁來季德「停喪在殯」之時，冒其「顏色服飾聲氣」，「教戒」「孫兒婦女」及「奴婢」，且歷經「數年」之久，後因「飲酒過多」而暴其形。

狗以其變化多端的外形，掩藏眞實樣貌，冒充人類，以遂其私慾，進行不法情事，在「狗變爲人」情節中，狗係以負面形象展現在志怪筆記中。

3. 獺變為人

「獺變爲人」於《搜神記》卷 18 第 24 則中，以「上下青衣，戴青繖」的婦人形象首見。此一「獺」之角色，續在《甄異傳》中，更加與人親近。

《甄異傳》第 16 則、《異苑》卷 8 第 16 則〈獺化〉、《幽明錄》第 170 則，皆言一「容貌美」之女子至「章安湖」「乘船載蒓」，以「逼暮不得返」，故「停舟寄住」爲由，接近楊醜奴，更與其「共寢」，待楊醜奴覺女子有「臊氣」，又見其「手指甚短」，疑其爲「魅」，女子則尋「知人意」，「出戶」後果「變爲獺」，「入水」而去。《幽明錄》第 249 則中，「白鶴墟」中之女子，知曉鍾道對其「存想」，數度來與鍾道「燕好」，及至「出戶」，爲狗「咋殺」，鍾道才知女子實爲「老獺」。

亦有獺假冒爲男子者，《異苑》卷 8 第 18 則〈王纂鍼魅〉中，張道香夫婿欲「北行」，獺便「假作其婿」，以「離情難遣」之言，使道香「昏惑失常」，幸王纂察覺，以「針」「療邪」，「獺」只得被迫離開。

六朝志怪筆記中，獺以出現在水際間爲多見，有化爲人形爲人所見，或與人擦身而過，亦有欲與人親近，化身爲女子或男子，最終卻被狗逼出原形，或爲高人以療邪之法制之而離去者。不論以何種形式出現，幻爲人之獺，皆遭被射殺或咋殺之運命，無法以人之形態繼續存於人間。

4. 狐變為人

「狐變爲人」始見於《玄中記》第 47 則，此則言「狐五十歲能變化爲婦人」，「百歲」時能成「美女」，「千歲」則能「與天通」，在時日修練下，狐則具幻化爲人之能力。《搜神記》卷 18 第 13 則，更見人爲狐所惑。「狐」化作名「阿紫」的「好婦」，王靈孝迷而不覺，每至傍晚，「輒與共還其家」，即使後來王靈孝在「空塚」中爲眾人所尋獲，亦「不復與人相應」，甚且「其形頗象狐」，「十餘日」後方能「稍稍了悟」，逐漸清醒。

六朝志怪中，狐以女子形象展現迷人之姿，亦有博學之狐，以才子身分出現，如《搜神記》卷 18 第 9 則、《搜神記》卷 18 第 16 則皆見飽學之「狐」，一具「千歲之質」，「變幻」爲「一書生」，尋張華論詩史經文；一則年已「皓首」，爲「羣狐」「講書」，「教授諸生」，人稱「胡博士」。

化爲「好婦」之狐，使凡間男子迷惑昏亂；幻爲「書生」之狐，則展現博聞之狀，得與凡人論經談史，不相上下。

5. 猴變為人

「猴變爲人」之情節，在《搜神後記》卷 9 第 5 則「獼猴」使「前後妓女」「同時懷姙」揭開序幕。而《異苑》卷 8 第 8 則〈牝猴入簀〉，則爲「牝猴」化身女子，與徐寂之「來往如舊」，使其「患瘦瘠」，及至其弟晬之「前往窺之」，揭穿「隱在簀邊」之人爲「牝猴」，殺之，寂之之病「遂瘥」。

猴亦見如狐歷經多年得以化爲人形者，《拾遺記》卷 8 第 11 則中的「白猿」，自「軒轅」活至「大漢」，能化爲「老翁」；任昉《述異記》卷上第 122 則，亦提及猿至「五百歲」「化爲玃」，玃至「千歲」則「化爲老人」。

猴在「變爲人」之情節中，或顯其所歷時間長久乃得成人形，或揭其欲遂私慾之心態。

6. 豬變為人

「豬變爲人」，始載於《搜神記》卷 18 第 18 則，而祖台之《志怪》第 11 則亦見，敘及王姓「士人」「日暮」遇一「容貌端正」之女子，邀其「留宿」，士人次日清晨「解金鈴繫其臂」，「令暮更來」，然而女子不再出現，也遍尋不得，卻在「豬欄」之「母豬臂上」見此金鈴，可知女子爲母豬所化。

7. 鼠變為人

鼠在《搜神記》中，以「長數寸」之人的形象上場，其卷 19 第 7 則，「竈

下」「長數寸」之人，爲婢女不愼履及而喪命，隨即有「數百人」「著衰麻服，持棺迎喪」，待其「出東門，入園中覆船下」，則又以「鼠婦」之形現身，顯見人乃鼠婦所化，其爲同類迎喪、物傷其類之舉，堪稱異聞。

鼠在六朝志怪中，亦有以言語聳人聽聞者，如《幽明錄》第 227 則，一「長三尺，冠幘皁服」之人，數度對新任之清河太守言何時當死，太守皆「不應」，其「不道」之作風，使「大如豚」之「鼠」變回原形而死，「郡內」也因此「遂安」。

而《玄中記》第 48 則中，亦見「百歲鼠」甚至能變化爲「神」。

8. 鹿變為人

化爲人形之鹿，在《搜神後記》中，並未傷害人，卻因原形被發現而遭斫殺命運，其卷 9 第 4 則，二「姿色甚美」之女子，「天雨」而衣「不濕」，爲「銅鏡」照出爲「鹿」，遂爲淮南陳氏斫而爲脯。

亦有鹿助人於險境者，如任昉《述異記》卷上第 113 則，石勒「爲遊軍所因」，幸遇「羣鹿」「競逐」，後一「老父」告知，自己即石勒先前所見之鹿，其「應爲列國主」，故「相救」之。

六朝志怪中幻爲人的鹿，有救人者，也見遭害者，全然不見爲惡的一面，在「獸類變爲人」中獨樹一幟，顯現出善及無辜的形象。

「獸類變爲人」中之動物，除「鹿」出現救人出險及無辜遭害之情形外，尚有「鼠婦」無辜被害，具有正面形象；此外，並見「狐」、「猴」、「鼠」表現出五十歲、百歲、千歲等，能化爲人形、老人或爲神者；其餘的獸類皆屬負面之惑人、害人形象。

干寶《搜神記》卷 12 第 1 則中，提出「萬物之變，皆有由」，「千歲之狐」能「起爲美女」，乃因「數之至」，卷 19 第 6 則亦言及「物老，則群精依之」；在《山海經》中，有不死藥、不死民及不死國的說法萌生，戰國後則有方士宣揚神仙思想，促使求仙者日漸增多，秦皇、漢武更成逐仙之人，物老成精之概念，至六朝更爲干寶書於《搜神記》中，可見道教之長生成仙思想，頗具影響之功。人因修煉而成仙，動物亦可由此之途變化成精，然而人與動物有別，因而人經修煉而成仙，動物在時日修煉下，僅能居於妖之層級，動物變而爲人，在人世間之作爲，也因此多以負面形象呈現，乃其來有自。

（二）鱗介類變為人

「龜」類，乃六朝志怪筆記中，幻為人之動物僅次於「狸」及「狗」者，計 8 則；鱗介類中，「蛇」則居次，占 3 則；餘則見「魚」、「龍」、「螺」、「鯉」、「蛟」及「鮫」等。

1. 龜（鼉、黿）變為人

《搜神記》卷 19 第 4 則，最早載及「黿變為人」之情節。一「容色甚美」之女子，以「日暮，畏虎，不敢夜行」之故，前來求宿於張福，待就寢後，「月照」之下，才揭穿女子乃為一「枕臂而臥」的「大黿」。《孔氏志怪》第 9 則中，女子則以詢問「佳絲」為由，留宿謝宗所搭的船，甚至「同宿」「一年」，生有「二男」，及至「以火視之」，乃知女子及其二子竟為「三龜」。

龜除化為女子接近男子外，亦見其將被廚人料理而化為人向人求情，如《搜神後記》卷 11 第 3 則，「數十頭龜」為宗淵「付廚」，次日將有「作羹」者，龜則化為「十丈夫」，入宗淵之夢，「反縛」「叩首」以「求哀」；「二龜」被宰後，則「八人」復出現於宗淵夢中「求哀如初」；宗淵下令勿殺龜後，八人則復入夢「跪謝恩」。

2. 蛇變為人

「蛇」在《搜神記》中，首次以「老翁」形象出現，卷 19 第 3 則，「二翁」為爭地界，纏訟「連年不決」，揚州刺史張寬見其「形狀非人」，命下屬持杖「格之」，果見二翁「化為二蛇」。

其後，則見「蛇」以「婢子」之形，現身於凡間女子所嫁夫家中。《搜神後記》卷 10 第 7 則，一「士人」之女出嫁，夫家「重門累閣，擬於王侯」，「廊柱」下並有「婢子」「直守」。入夜後，新嫁娘始知所嫁夫君實為「蛇」，而「柱下守燈婢子，悉是小蛇，燈火乃是蛇眼」。

蛇於人世間擾亂之行為，亦在《異苑》卷 8 第 1 則〈趙晃劾蛇妖〉中可見。姑蘇出現「衣白衣，冠白冠」的男子，其身邊並有「從者六七人」，「遍擾居民」，官府欲加以治理，「即有風雨」，後經術士趙晃「淨水焚香」，擲符以對，則見「大白蛇長三丈」，可知白衣男子為白蛇所化，而從者乃「黿鼉之屬」。

3. 魚變為人

「魚」首在《異苑》卷 1 第 19 則〈飛魚徑〉中，以人形出現，向人求取活命之機。吳隸製「魚塞」欲捕魚，則有「大魚化為人」，求吳隸「勿殺」。

亦有如任昉《述異記》卷上第 100 則，「橫公魚」「夜即化爲人」，甚且「刺之不入，煮之不死」，摻以「烏梅」，並可「治邪病」，顯現特異之處。

4. 龍變為人

「龍變爲人」，在《搜神記》中可見。卷 20 第 1 則，龍因「背生大疽」，「變爲一翁」，求孫登爲其醫治疾病。卷 20 第 7 則，一老姥因「獨不食」「巨魚」，巨魚之父預先告知「城當陷」以爲回報，當老姥發現「東門石龜目赤」，急欲「出城」，「龍之子」遂化爲「青衣童子」「引姥登山」，使老姥不被困於陷城之中。龍在志怪筆記中，扮演求助者、助人者之角色。

5. 螺變為女

《搜神後記》卷 5 第 1 則〔註7〕，謝端於「邑下」所得之「大螺」，化爲「少女」，爲其「炊烹」，其形爲謝端所見後，相委而去。任昉《述異記》卷上第 84 則，亦載謝端得「大螺」，「斛割」後見「美女」。

6. 鯉變為女

《列異傳》第 45 則，即見鯉魚冒充彭城男子之婦，且夜夜外出，致使男子誤會自己妻子或有出軌之嫌，造成家庭衝突，可謂擾亂人世。

7. 蛟變為人

《幽明錄》第 24 則，「眩潭」之「蛟」欲「下陂」，卻「不過而死」，化爲「長壯烏衣」之「人」，懇請「船行過此陂」之「行人」「報眩潭」。

8. 鮫變為人

「鮫」在祖沖之《述異記》第 7 則中，可變幻爲「美異婦人」，或可幻爲「男子」，在「蘆塘」一度造成甚多「變亂」。

「鱗介類變爲人」中，未曾害人的動物較獸類明顯增多，「魚」、「龍」、「蛟」扮演求助者的角色，並見「龍」與「螺」出現助人之行，僅「鮫」、「蛇」在人間爲亂，龜鼉類則見正、邪之表現。鱗介類顯現此等現象，或因人與大自然並存的早期生活中，對人類較具威脅性之傷害以蛇爲多有關，故將危及生

〔註7〕 李劍國舉《藝文類聚》、《北戶錄》、《太平廣記》、《太平御覽》等書皆見引〈白水素女〉，明示出處爲《搜神記》，指出該篇乃誤輯入《搜神後記》。見李劍國：《唐前志怪小說輯釋》（修訂本）（上海：上海古籍出版社，2011 年 10 月第 1版，2011 年 10 月第 1 次印刷），頁 277～278；李劍國：《唐前志怪小說史》（修訂本）（上海：上海古籍出版社，2011 年 10 月第 1 版，2011 年 10 月第一次印刷），頁 308。

命的動物塑造成負面形象，明白呈現人類真實的生活。

（三）禽鳥類變為人

禽鳥類動物中，以「鳥變為人」之情節為數居多，次為「鵠」，亦見「鶴」、「雀」等。

1. 鳥變為人

「鳥變為人」始見於《玄中記》第 46 則，以女子之姿出現：姑獲鳥「衣毛為飛鳥，脫毛為女人」，羽毛之有無，為其人、鳥變換之關鍵；此則後半及《搜神記》卷 14 第 15 則，亦言及豫章男子所見「田中」「六七女人」，「就毛衣」即可「衣之飛去」，一旦毛衣被藏，則無法由人幻為鳥。

而《搜神記》卷 12 第 11 則，則見「越地深山」中的「冶鳥」，遇有「觀樂者」，便作「長三尺」之「人形」。

亦有鳥化為年少之人，如《異苑》卷 5 第 27 則〈鳥跡書〉，姚祖在衡山見及「執筆作書」的「數年少」，之後，又見其「相與翻然飛颺」，可知少年乃為鳥所變。

2. 鵠變為人

「鵠變為人」見於《幽明錄》。其第 83 則，王姓男子「過廟乞福」遺忘鞋履，則有一「鵠」化為「白衣人」，將鞋歸還男子。

《幽明錄》第 147 則所見之鵠，則為女子身分。一麗人蘇瓊以言語對一男子動之以情，致使男子陷於迷戀，及至其「從弟」「突入」，「以杖打女」，才知女子乃「雌白鵠」所化。

3. 雀變為人

《搜神記》卷 20 第 4 則，黃雀為感謝楊寶對它逾「百日」的細心照護，化為「黃衣童子」，致贈楊寶「白環四枚」，對其子孫表示祝福。

4. 鶴變為人

《異苑》卷 8 第 3 則〈徐奭遇女妖〉，徐奭見一「姿色鮮白」女子，與其言語飲食，「經日不返」，直至其兄尋至湖邊，「以藤杖擊女」，女「化成白鶴，翻然高飛」，始知女子乃鶴所化。徐奭延女進屋，實則並無屋舍，在外人如徐奭兄長看來，徐奭僅在戶外湖邊，因此當徐奭身為一當局者，其所入之屋舍，僅為幻境而已〔註8〕。

〔註 8〕 蔡雅薰：《六朝志怪妖故事研究》（臺北：國立臺灣師範大學國文研究所碩士

「禽鳥類變爲人」中的動物，以男子身分出現者，多屬感恩助人之舉。化爲女子者，則爲男子所忻慕戀就之對象，男子主動挽留女子者，女子日後則尋得機會離去；而女子主動和男子示好者，則在爲杖逼出原形時，被迫離開。

（四）蟲類變為人

蟲類動物中，先後可見及「蚯蚓變爲人」及「蚱蜢變爲人」，各僅一例。

1. 蚯蚓變為人

《異苑》卷8第15則〈暫同皁蟲〉，王雙欲就寢時，常出現一「青裙白帬」女子，且屢聞「薦下有聲」「歷歷」，仔細追查，則見一「青色白纓蚯蚓，長二尺許」，始知此女子乃蚯蚓所變。

2. 蚱蜢變為人

《續異記》第2則，徐邈與一「姿色甚美」之「青衣女子」「共語」，其「舊門生」卻僅見「邈獨在帳內」，當其發現「大青蚱蜢」，摘其「兩翼」後，蚱蜢即入徐邈之夢，告知為其門生所困，故與徐邈「相去雖近，有若山河」，可知女子乃蚱蜢所化。

「蟲類變爲人」於南朝始見，多屬女子出現於男子面前，並讓男子留下深刻印象。

綜觀動物變爲人，與人來往之情形，約可分爲以下幾項：其一，與人私通，蟲類屬之，獸類則包含狸、狗、獺、狐、猴及豬，鱗介類則見鯉、黿，鳥類包括鵠及鶴。動物或冒爲男子逞其私慾，或化爲女子誘引男性，造成人獸交歡之況，此等來往方式，或與當時儒學衰微，倫理敗壞有關，節行爲人所輕，淫佚之風則大盛，世人咸「以傲兀無檢者爲大度」〔註9〕，「咸寧、太康之後」，宮廷中有「男寵大興」之風〔註10〕，一般婦女也「任情而動」，「不耻淫泆之過」，甚且「父兄弗之罪」，「天下莫之非」，「禮法刑政」已然「大壞」〔註11〕。另一方面，亂世中，成仙觀念盛行，而動物與人來往，或含有吸取

論文，1990年5月），頁73～74。

〔註9〕　（東晉）葛洪：《抱朴子・外篇・卷二十五・疾謬》（臺北：臺灣商務印書館，1979年11月臺1版，《四部叢刊正編》第27冊），頁182。

〔註10〕　（唐）房玄齡：《晉書》（臺北：臺灣商務印書館，1937年1月初版1刷，2010年6月臺2版1刷，《百衲本二十四史》），卷二十九，志第十九，五行下，頁233。

〔註11〕　（東晉）干寶：《晉紀・晉紀總論》（臺北：藝文印書館，1972年版，《四部分類叢書集成三編》，《黃氏逸書考・子史鉤沉》），葉21～22。

人類菁華以加速成為人形之採補觀念〔註12〕。

其二，擾人害人，獸類中有狸、狗、獺、鼠及鹿，鱗介類中則有蛇及鮫，人間生活之秩序因動物擾人害人而受到干擾，若進而導致傷亡者則更具重大影響。此一類情節之所以出現，或因六朝處於「民不見德，唯亂是聞，朝為伊周，夕為桀跖」〔註13〕之動盪政局，致令人有社會制度不彰、生活失去保障之無力感，遂藉由動物之行徑影射社會現況。

其三，求人援助，鱗介類中的龜、魚、龍、蛟屬之。其四，助人，如獸類之鹿，鱗介類之龍及螺，禽鳥類之鵠，它們或因人類遭遇危難或本性良善，給予善意之導引及助力。此外，另有雀屬報恩之列，鼠有物傷其類之情，狐、狸有博聞之才者。此二類顯現動物之良善本性，其與佛教傳入中國，深入民間，倡導善行善報，頗見關聯。

與人私通、擾人害人者，總有惡行被揭穿之時，當其原形畢露，有為棍打杖擊而亡者，亦有趁人類尚未下手之前逃之夭夭者，人類生存空間之常態雖因動物幻為人被暫時加以顛覆，但當動物離去，一切則又回歸常軌，而在被顛覆的空間裡，添了人類設幻思維之寄託，道出六朝動盪社會中，人類對現實失序的感慨〔註14〕。

二、變成他種動物

動物變成他種動物之情節共 17 則，變化之情形以鱗介類 9 則最多，次為禽鳥類、獸類，蟲類則居於末座。

（一）鱗介類變為他種動物

鱗介類動物中，以「蛇變為雉」為最多，占 3 則，「龍變為狗」及「蟛蜞變為鼠」各 2 則居次，其餘則各 1 則。

1. 蛇變為雉

《異苑》卷 3 第 42 則〈虵化雉〉、《小說》第 116 則，晉武庫「封閉甚密」，

〔註12〕　謝明勳：〈中國「人魚」故事研究〉，收於氏著：《六朝小說本事考索》（臺北：里仁書局，2003 年 1 月初版），頁 165。

〔註13〕　（東晉）干寶：《晉紀‧晉紀總論》（臺北：藝文印書館，1972 年版，《四部分類叢書集成三編》，《黃氏逸書考‧子史鈎沉》），葉 15。

〔註14〕　參劉苑如：《身體‧性別‧階級──六朝志怪的常異論述與小說美學》（臺北：中央研究院中國文哲研究所，2002 年 12 月初版），頁 16；王利鎖：〈論六朝志怪中的異犬狗怪描寫〉，《河南大學學報》（社會科學版）第 48 卷第 5 期（2008 年 9 月），頁 132。

卻見「雉雛」，搜索之下，果於「雉側」得「蛇蛻」，印證張華所言雉乃「蛇之所化」。《異苑》卷 3 第 43 則〈蛇應雉媒〉，更見「頭翅已成雉，半身故是蛇」，呈現半蛇半雉、變化過程僅達一半的形象。

2. 龍變為狗

《博物志》卷 8 第 24 則及《搜神記》卷 14 第 4 則，將日後以「仁義著聞」之徐偃王銜回的犬「鵠蒼」，其「臨死」時，「生角而九尾」，實為「黃龍」，顯見鵠蒼乃由龍變為狗。

3. 蟛蚑變為鼠

《搜神記》卷 7 第 4 則、任昉《述異記》卷上第 94 則，晉太康四年（A.D.283），會稽郡的蟛蚑「化為鼠」，其數眾多，「大食稻為災」。初時僅「有毛肉而無骨」，「行不能過田畦」，待數日後，則「皆為牝」。

4. 蟹變為鼠

《搜神記》卷 7 第 4 則，晉太康四年，會稽郡的蟹也「化為鼠」，「其眾覆野」，「食稻為災」。初時「有毛肉而無骨」，數日後，則「皆為牝」。

5. 魚變為虎

《異苑》佚文第 5 則中，東海的「錯魚」在東晉安帝隆安（A.D.397～401）年間「皆化虎」，且「上岸食人」。

幻為他種動物的「鱗介類」，「龍變為狗」以本為龍之狗相對襯托徐偃王之不凡；而變化為「鼠」、「虎」的動物，顯出百姓在經濟生活上遭遇困阨；「蛇變為雉」，其半蛇半雉的怪象，不見於武庫，則見於司馬軌之周遭，皆不出朝廷宗室範圍，透顯出異象對當時政治現況具暗示作用。

（二）禽鳥類變為他種動物

禽鳥類動物，有同一種動物變換性別者，亦有幻為不同動物者。

1. 雌雞變為雄雞

《搜神記》卷 6 第 29 則中，「雌雞」有「化為雄」者，一在漢宣帝黃龍元年（B.C.49），其「毛衣變化」，「不鳴，不將，無距」；至元帝初元元年（B.C.48），則為「冠距鳴將」。前一年變化之雌雞，尚未居領導之位，腳爪後也無雞距；第二年則長出雞冠、雞距，儼然已具領袖之風。

《搜神記》卷 6 第 57 則之雌雞，於靈帝光和元年（A.D.178）出現，「一身毛皆似雄」，僅「頭冠尚未變」。

2. 鷹變為鳩

《搜神記》卷 12 第 1 則，言「春分之日，鷹變為鳩」。

3. 鳩變為鷹

《搜神記》卷 12 第 1 則，言「秋分之日，鳩變為鷹」。春分、秋分時，鷹、鳩互為變化，乃「時之化也」。

4. 雉變為蜃

《搜神記》卷 12 第 1 則，言「千歲之雉，入海為蜃」，乃「數之至也」。

5. 鳥變為獸

《拾遺記》卷 1 第 14 則，言及「蒼梧之野」葬「舜」之處，有鳥，名「憑霄雀」，「在木」時「為禽」，「行地則為獸」，會依其接觸地面與否，變換形體。

幻為他種動物之「禽鳥類」，「鳥變為獸」乃記上古傳說人物舜時之事，具有遠方異域之仙鄉思想；《搜神記》所載，則屬干寶氣化理論中時至而能變之主張；「雌雞變為雄雞」則透顯干寶氣化論所謂「氣之貿」，呈現陰陽失調之況，並有休咎之徵應。

（三）獸類變為他種動物

獸類動物有變為他種動物者，計 3 則，亦有幻為怪物者，僅 1 則。

1. 鼠變為蝙蝠

《玄中記》第 49 則，百歲的老鼠，能夠變為蝙蝠。

2. 馬變為狐

《搜神記》卷 6 第 4 則，周幽王出生那年，亦即「周宣王三十三年」（B.C.795），「有馬化為狐」。

3. 狗變為怪物（似人似方相）

《搜神後記》卷 7 第 9 則，王仲文夜遇一「白狗」，能忽「變形如人」，卻又「狀似方相」，其貌「目赤如火，磋牙吐舌」，使王仲文「大怖」，「月餘」後，仲文「復見」，卻使仲文於返家途中「伏地俱死」。狗能變而為人，卻又呈現方相外形，令仲文心生恐懼，在仲文領十餘人欲擊打時，卻又不見蹤影，其變幻無常的飄忽現象，在仲文心中殘留恐慌，或亦促成月餘後仲文再見及狗怪時，驚惶程度加劇，致驚嚇而亡。

4. 羊變為鼠

任昉《述異記》卷上第94則，晉太康年間，會稽郡的羊「化為鼠」。

幻為他種動物之「獸類」，有《玄中記》物老為精之變化；《述異記》反映經濟困乏之丕變；也見「馬」、「狗」顯現怪象，透露異聞。

（四）蟲類變為他種動物

蟲類動物幻為其他動物，出現3類。

1. 蟲變為犬

《搜神記》卷14第2則中，「大如繭」之「頂蟲」，乃高辛氏王宮中一老婦人因「耳疾」所挑出，其被置於「瓠離」，覆以「盤」後，竟「化為犬」。和《玄中記》第 6 則相較，二則皆言及「狗娶女」之情節，而《玄中記》中的槃護僅為帝之畜狗，《搜神記》則更具變化特性，由蟲化為犬。

2. 蟋蟀（蛩）變為蝦

《搜神記》卷 12 第 1 則，言「蛩之為蝦也」，乃「不失其血氣，而形性變也」。

3. 蛙變為鳩

《拾遺記》卷9第6則，頻斯國「丹石井」中有「兩翅」之「白蛙」，能「化為雙白鳩入雲」。

變為他種動物之「蟲類」，「蛙變為鳩」展現仙境思想，「蟋蟀變為蝦」含氣化思想，「蟲變為犬」則為槃瓠增添神異色彩，鋪排出其日後不凡之作為。

綜觀動物變成他種動物，皆述動物之怪象，約可分為二類：其一，結合五行讖緯觀念，反映當代時事，言及朝代年號者，大多屬之。此類以鱗介類為多，禽鳥類則以同類性別雌雄轉易屬之。春秋戰國以來，已有陰陽五行思想，董仲舒倡「天人感應說」，又開啟漢代讖緯迷信之風〔註15〕，故漢朝之氣化思想及休徵觀念，對魏晉文士的精怪變化理論，有深遠影響〔註16〕。

五行讖緯之說多見於鱗介類，試由圖騰觀念觀之，古有動物崇拜之俗，漸次衍生圖騰祖先觀念，如西南傈傈族有蛇氏族、海南黎族有認為其始祖母為蛇卵所化者，蛇圖騰神化後，則有龍圖騰神產生，如侗族的蛇圖騰即演變為

〔註15〕 林貞瑤：《從「貴博尚通」到「疾妄求實」——以「興治」為主線》（高雄：國立中山大學中國文學系碩士論文，2003 年 6 月），頁 10。

〔註16〕 李豐楙：〈六朝精怪傳說與道教法術思想〉，《中國古典小說研究專集》3（1981年 6 月），頁 2。

龍神，伏羲部落以龍爲圖騰，其後龍也成了圖騰神，黃帝更借龍圖騰以樹權威，結合信仰與政治，此後，對龍的崇敬遂深植中國，人民以龍子龍孫自居。〔註17〕五行觀念滲入，天道藉異象顯其休咎徵兆，當龍、蛇等鱗介類動物顯現異徵，或對有關於皇室之政局具暗示作用，對執政之人或也隱含諷諭之意。

其二，純敘神仙變化之象，蟲類屬之，禽鳥類大部分屬之。此類存有王充《論衡・訂鬼》所謂「物老形變」之說〔註18〕，在形體上出現變換之象，顯現奇異之狀。此外，神仙思想中羽化登仙之說，或因鳥能飛行而生，禽鳥類能幻爲他種動物，或亦與仙道思想有所關聯。

三、變成其他器物

動物變成其它器物，多發生在禽鳥類身上。

（一）鳥變爲石

《博物志》卷 8 第 25 則、《搜神記》卷 9 第 3 則、《幽明錄》第 43 則，皆言鳥「飛翔近地」，爲人所擊後，則「墮地」化爲石，石中更有「金印」。

（二）鳥變爲玉

《列異傳》第 44 則、《錄異傳》第 26 則中，「九田山」有一紅色之「鳥」，邴浪射之，見鳥「入穴」，便前往尋其蹤跡，只見「一赤玉」「如鳥形狀」，可知鳥因外力因素，已變成其他器物。

（三）鳥變爲金

《異苑》卷 2 第 19 則〈洗石孕金〉中，永康王曠井上之「洗石」有「赤氣」，胡人欲買之，卻爲永康王子婦孫氏見「二黃鳥鬭於石上」而「掩取」之，其後則「變成黃金」。

（四）鳩變爲金帶鉤

《搜神記》卷 9 第 4 則、《幽明錄》第 35 則，「自外入」之「鳩」，聞張氏所祝「爲我禍也，飛上承塵；爲我福也，即入我懷」，即入張氏之懷。待張氏「以手探之」，卻「得一金鉤」。

〔註17〕何星亮：《龍族的圖騰》（臺北：臺灣中華書局，1993 年 8 月第 1 版第 1 次印刷），頁 17、19、21、28、29。

〔註18〕「夫物之老者，其精爲人；亦有未老，性能變化，象人之形。」（東漢）王充：《論衡・卷第二十二・訂鬼篇》（《四部叢刊正編》第 22 冊〔臺北：臺灣商務印書館，1979 年 11 月臺 1 版〕），頁 217。

綜觀動物變成其他器物一類，多純粹敘變化之事，它們或幻爲貴重之物，成爲金者，或爲人帶來福祉，如金帶鉤爲原持有人之後代子孫帶來「資財萬倍」；「鳥變爲金」，使「洗石」中貴重之物，留在原主人家，不致流落到外人手中；「鳥變爲石」，石中卻有印，且是「堯舜之時」即有金印上所言「忠孝侯」之官，顯出古有制度之珍貴。

六朝志怪筆記以動物幻化占最大多數，此現象即如鍾敬文之發現：中國的故事以動物自動變形爲常見〔註 19〕。六朝志怪筆記中，動物可幻爲不同形體，唯獨不見幻爲植物一類。動物變爲人的情形最多，此與動物崇拜之圖騰觀念、道教靈魂不死之說，以及物老成精的說法存有關連。以動物爲圖騰，動物或爲人的祖先；道教靈魂不死的觀念，產生人死後可化爲動物之說；而長生思想又引發修煉可成仙的概念，因之，動物與人出現互轉之況。而動物能幻化爲人，在人間呈現異象，一方面顯出六朝之時社會動盪導致民心不安，另一方面，生活的困阨亦阻礙了百姓在婚姻上的追求，故而其對愛情的憧憬，僅能以虛幻之象表徵，是故，動物變爲人的情節，呈顯六朝時人對時代混亂之感慨、慾望需求之追逐。動物變爲他種動物，除有些許展現仙道色彩，大部分則透顯五行讖緯思想，諭示社會中異於常軌的亂象。動物變成其他器物，則見物體即使發生變化，卻轉幻爲如金似玉的器物，更顯珍奇，這或許也傳達出在變亂社會中，存在於人們內心的寶貴之物，並不因時局不定而消失，在精神層次上更有其欲珍存、保留或追求的目標，並能堅定不爲所動，樂蘅軍所言「變形的幻想運用，卻使人類精神從危急，恐懼的苦痛中解脫出來，重新開拓一個新的生存機運」〔註 20〕，或可視爲此一內在探因之註腳。

第二節　動物徵狀怪異

六朝志怪筆記存有動物情節之敘事，以動物徵狀怪異居次。動物徵狀之怪異，就二項分述之，一爲外在形體之異常，如肢體有所增生或欠缺，致呈現外形雜異之奇觀；另一則爲內在生理結構特殊，如生理現象、內臟器官等有違常態等，造成特異之徵狀。

〔註 19〕劉錫誠：《20 世紀中國民間文學學術史》（開封：河南大學出版社，2006 年 12 月第 1 版），頁 360、363。

〔註 20〕樂蘅軍：〈中國原始變形神話試探〉（下），《中外文學》第 2 卷第 9 期（1974 年 2 月），頁 35。

一、形體奇異

　　外在形體奇異之動物，有雜體者，有多頭者，有異角者，有異足者，亦有其它怪狀者，分述如下。

（一）雜體

　　《博物志》卷9第9則、卷10第25則、《金樓子‧志怪》第51則，皆言及牛體魚，「形狀如牛」，「剝其皮懸之，潮水至則毛起，潮去則毛伏」，顯其形體不僅似牛，魚皮還有毛，然其實質仍為魚，異於常態。

　　《拾遺記》卷3第1則，周穆王「馭八龍之駿」，名「挾翼」者「身有肉翅」，名「騰霧」者能「乘雲而奔」；《列異傳》第25則，迎鄧卓為神的馬匹，能在空中飛行，使鄧卓見及「海上白鶴」；《拾遺記》卷1第3則，「洹流」中有「神龍魚鱉」，「皆能飛翔」。馬一改在地上行走之特質，轉而為有翅、可翱翔空中，而水中之魚，竟能在空中自由行動，頗具神話色彩。

（二）多頭

　　以獸類動物而言，有狗多頭之現象，如《異苑》卷4第24則〈孫恩亂兆〉，「隆安初」，「皐橋」於夜中出現一狗「有兩三頭」，「皆前向亂吠」。有馬雙頭情形，如《搜神記》卷7第42則，太興二年，丹陽郡吏濮陽演之馬「生駒」，出現「兩頭，自項前別」，然「生而死」。也出現牛雙頭狀況，如《搜神記》卷7第39則，晉陵東門出現「牛生犢，一體兩頭」。獸類中多頭狀況，顯現常情之異，對應於「狗多頭」事件，當時有「孫恩之亂」；「馬雙頭」，出現「王敦陵上」；「牛雙頭」，則見引京房所謂「天下將分之象」，自然生物之異象，與天道人事相應，蘊含天人相應之災異思想。

　　以鱗介類動物而言，有雙頭蛇者，如《博物志》卷3第22則，常山之蛇「率然」，「有兩頭」，「觸其一頭，頭至；觸其中，則兩分俱至」。雙頭蛇在《爾雅》、《北戶錄》及《夢溪筆談》中亦有述及〔註21〕，可見《博物志》記載了

〔註21〕　《爾雅‧釋地》「九府」條言「枳首蛇」，《山海經‧海外西經第七》敘「並封」有兩頭，沈括《夢溪筆談》言：「宣州寧國縣多枳首蛇」，《北戶錄》引《兼名苑》言：「兩頭虵」，顯見兩頭蛇之說，由來已久。見（東晉）郭璞注：《爾雅‧卷中‧釋地第九》（臺北：臺灣商務印書館，1979年11月臺1版，《四部叢刊正編》第2冊），頁15；（東晉）郭璞注：《山海經‧海外西經第七》（《四部叢刊正編》第24冊），頁52；（清）郝懿行：《山海經箋疏》（臺北：藝文印書館，2009年11月初版4刷），頁304；（宋）沈括：《夢溪筆談‧卷第二十五‧雜誌二》（臺北：臺灣商務印書館，1976年6月臺2版，《四部叢刊續編》第25

自然界中生物之奇特變化。

（三）異角

　　獸類動物中，有鹿生角者，如《金樓子‧志怪》第 42 則，康頭山上有一「鹿」，「額上戴科藤一枝，四條直上，各長丈許」。此則純記鹿角之高直奇異狀，堪為動物奇觀之記載。

　　有狗為龍所變而生角者，及虎生角者。如《博物志》卷 8 第 24 則及《搜神記》卷 14 第 4 則，將徐偃王銜回之犬鵠蒼，當其臨死之時，頭上「生角」，且出現「九尾」，實為「黃龍」所變，顯出異於常情之態，蘊含神話色彩。任昉《述異記》卷上第 36 則，漢中山有「虎生角」的情形，此引道教說法，生角乃因「虎千年」所致，含有神仙思想。

　　其餘如馬、狗等獸類動物，則結合天人相應之災異思想，如《搜神記》卷 7 第 6 則，晉武帝太康七年，河間出現「四角獸」。「角」為「兵象」，「四角」，則為「四方之象」，故動物出現生角之況，多見兵禍產生。即如《搜神記》卷 6 第 3 則、任昉《述異記》卷上第 140 則所言，「商紂之時」出現「兔生角」。「生角」之異事出現，當時即有「兵甲將興之象」的說法。因此，《搜神記》卷 6 第 18 則，「漢文帝十二年」，「吳地」發生「馬生角」「上向」之現象；《搜神記》卷 7 第 14 則，「晉武帝太熙元年」，「遼東」「馬生角」，生於「兩耳下」；《搜神記》卷 6 第 38 則，「成帝綏和二年二月」，亦有「大厩馬生角」之事發生。三則均記「馬生角」之事，且皆有政治現象發生於後，顯現京房《易傳》所謂「臣易上，政不順」之情形，暗含了以下犯上的兵禍。而《搜神記》卷 6 第 19 則，漢文帝後元五年，齊雍城出現「狗生角」。此一異象，亦屬《易傳》「執政失下，將害之」的徵兆，凡此種種，皆存有道教的災異思想。

　　蟲類則見蟾蜍及蠶生角者，如《要覽》第 4 則，「萬歲蟾蜍」「頭上有角」；《玄中記》第 56 則，「千歲蟾蜍」頭上「生角」，若得千歲蟾蜍食之，「壽千歲」；《拾遺記》卷 10 第 5 則，員嶠山之東的「冰蠶」「有角」。「生角」之「蟾蜍」，非千歲，即萬歲，含有長生現象，可謂為道教神仙思想中符瑞之象徵。而「有角」之「冰蠶」生長在遠方的員嶠山，亦富含仙鄉意境。

　　冊），頁 12699；（唐）段公路撰；（唐）崔龜圖註：《北戶錄‧紅蚒》，《景印文淵閣四庫全書》第 589 冊（臺北：臺灣商務印書館，1986 年 3 月初版），頁 36。

鱗介類則見魚之鼻端生角，如《拾遺記》卷 10 第 4 則，瀛洲東邊「淵洞」中有「魚」「長千丈、色斑，鼻端有角」，顯現特異形體。

（四）異足

動物呈現異足現象，有顯奇異者，如《拾遺記》卷 7 第 1 則，薛靈芸至「京師」，文帝以車「十乘」迎之，所駕「青色駢蹄之牛」，其「足如馬蹄」，顯得稀奇珍異。

餘之異足情形，多含有道教之災異思想或陰陽五行學說，如《搜神記》卷 6 第 40 則，「漢哀帝建平三年」，「定襄」一駒為「牡馬」所生，已為異數，又且為「三足」，此為「不任用之象」。《搜神記》卷 6 第 15 則，「秦孝文王五年」為「大用民力，天下叛之」之際，時有獻「五足牛」者，乃「興徭役，奪民時」之象。《搜神記》卷 6 第 23 則，景帝年間，有人獻給梁孝王一頭牛，其「足上出背上」，此為「牛禍」，為「下奸上之象」，內由外因在於執政者「思慮霿亂」及「土功過制」。以上諸多現象，多含災異思想。而《搜神記》卷 7 第 6 則，晉武帝太康六年，南陽出現「兩足虎」。虎屬「金獸」，在南陽出現，故以「金精入火而失其形」，解為「王室亂之妖」，則蘊含陰陽五行之思想。

（五）其他怪狀

尚有動物呈現其他之怪狀，如《拾遺記》卷 6 第 2 則，宣帝於「季秋之月」，釣得「白蛟」，「無鱗甲」；《拾遺記》卷 10 第 2 則，蓬萊山西面「含明之國」有鳥「鴻鵝」，不僅「腹內無腸」，亦且「羽翮附骨而生，無皮肉」；《博物志》卷 8 第 24 則、《搜神記》卷 14 第 4 則，衛回徐偃王之「犬」鵲蒼，臨死之時，頭上出現「九尾」；《博物志》卷 10 第 16 則，崇丘山之鳥僅一足、一翼、一目，須「相得」始能飛；《博物志》卷 10 第 15 則，華山出現「六足四翼」之蛇肥遺，異於日常所見無足無翼之蛇；《拾遺記》卷 10 第 5 則中的「冰蠶」「有鱗」。此類「蛟無鱗」、「鳥無皮肉，羽翮附骨而生」、「狗九尾」、「鳥一足一翼一目」、「蛇六足四翼」、及「蠶有鱗」之情節，皆屬神話色彩濃厚之敘述。

另有《搜神記》卷 7 第 41 則，東晉元帝太興元年三月，武昌太守王諒之「牛生子」，「兩頭八足，兩尾共一腹」，由「十餘人以繩引之」後，仍死。太興三年，後苑有「牛生子」，「一足三尾」，然「生而即死」。此或為畸形不易存活，怪異之形被集中報導。而《搜神記》卷 6 第 51 則，桓帝延熹五年，臨沅縣有牛「生雞」，所生之雞又「兩頭四足」；《搜神記》卷 3 第 21 則，華佗

由劉勛之女「瘡」中逼出之「蛇」，「有眼」卻「無瞳」，又且「逆鱗」，可謂將奇聞異事形諸文字。

《拾遺記》卷 5 第 7 則，大月支國獻給漢武帝「四足一尾」之「雙頭雞」，其鳴時「俱鳴」，然將其混雜於雞群中，則不能鳴。謠曰：「宮中荊棘亂相繫，當有九虎爭爲帝」，王莽篡位時，將軍即有「九虎之號」。此以謠諺預測未來將出現的人物，王莽則爲應驗之人物，含有讖緯思想。《搜神記》卷 6 第 3 則、任昉《述異記》卷上第 140 則，「商紂之時」有「大龜生毛」，則蘊藏「兵甲將興」之讖緯說法。

形體奇異之動物，大抵呈現以下三類：其一、述當時可見之奇聞，將怪異之事以文字保存。其二、載仙鄉中的珍奇動物，具有道教神仙色彩，《拾遺記》、《博物志》所載多屬之。其三、以動物畸形長相，對應政治現象，蘊含道教的災異讖緯思想，《搜神記》中多頭、異角、異足等動物多屬之。

二、徵狀特異

動物之徵狀特異，乃爲生理現象特異、內臟異常、色彩特殊、能力不凡，及顯現異常懷孕或分娩之情況者。

（一）生理現象怪異

《博物志》卷 3 第 17 則，大宛國之馬能「汗血」，異於常馬，亦凸顯出其爲「天馬種」之特殊身分。其「汗血」之象，乃因其汗「從前肩髆出，如血」〔註 22〕，「髆」即「肩甲」之處，而馬之「前肩胛貼近馬鞍」，易磨傷，致生馬鞍瘡，且不易痊癒，故可見「汗、血並流」之象〔註 23〕。

《搜神後記》卷 3 第 8 則、《雜鬼神志怪》第 7 則，「赤眼」「白鱉」令一

〔註 22〕 「（太初）四年春，貳師將軍廣利斬大宛王首，獲汗血馬來」條下，應劭注此語。（東漢）班固撰；（唐）顏師古注；（清）王先謙：《漢書補注（一）・卷六・武帝紀第六》（臺北：藝文印書館，1996 年 8 月初版 4 刷），頁 100。

〔註 23〕 參劉戈、郭平梁：〈「大宛汗血天馬」揭秘——兼說中國家畜家禽閹割傳統〉，《敦煌學輯刊》2008 年第 2 期（總第 60 期）（2008 年 6 月），頁 86。《東觀漢記》言「血從前髆上小孔中出」，清人徐珂更言明「布魯特例至伊犁進馬，……馬之善走者，前肩及脊，或有小疵，破則出血，土人謂之傷氣，凡有此者多健馬。故古以爲良馬之證，非汗如血也。」可爲其證。見（漢）劉珍等撰：《東觀漢記・卷七・列傳二・東平羨王蒼》，《景印文淵閣四庫全書》第 370 冊（臺北：臺灣商務印書館，1986 年 3 月初版），頁 108；（清）徐珂編撰：《清稗類鈔・朝貢類・布魯特貢馬》（第一冊）（北京：中華書局，2010 年 1 月第 1 版，2010 年 1 月北京第 1 次印刷），頁 412。

奴因「腹瘕病」而亡，「剖腹」取出之鱉被繫於「床腳」，卻因懼「馬溺」而「縮藏頭頸足」，以澆灌之法，鱉甚而「消成數升水」，病者於是「頓服升餘白馬溺」，其病則「豁然愈」，可見馬尿有使鱉消為水的神奇功效。

（二）內臟怪異

動物中有內臟怪異現象者，有無腸者，如《拾遺記》卷 10 第 6 則中的「五色蝙蝠」，其「黃者無腸」。亦有內臟剛硬如鐵者，如《拾遺記》卷 10 第 7 則，昆吾山之黃白二獸，食「丹石」「銅鐵」；「吳國武庫」中之黃白「雙兔」，亦以「鐵器」為食，致「膽腎皆如鐵」，可鑄「以為劍」。《異苑》卷 3 第 25 則，楚王獵得一「狡兔」，「其腸似鐵」，亦「可以為劍」。此皆異於常情，具道教神仙色彩。

（三）色彩怪異

動物的體色，有異於一般同種動物之顏色者，以白色為多，亦見紅色、五彩及黑色。

1. 白色

動物色彩怪異者，以呈現白色者為多。六朝志怪筆記中，白色動物帶來吉兆者多，《集異記》第 1 則中，兗州人拉「浮鎖」而得「白牛」，便認為是「神物」；《搜神記》卷 3 第 16 則，方叔保得「傷寒」，「垂死」，郭璞教以「求白牛厭之」，果因猝見「大白牛」，「病即癒」；《拾遺記》卷 3 第 4 則，晉文公為求介之推，採「焚林」之策，即有白鴉「遶煙而噪」，或有「集之推之側」者，使火「不能焚」介之推；《拾遺記》卷 8 第 5 則，張承母孫氏所搭之舟楫，出現一「長三尺」之「白蛇」，筮者即言「蛇」乃「延年之物」，得見，「當使子孫位超臣極」。白牛、白鴉、白蛇等，在筆記中具有趨吉作用，使人的際遇走往平順之途。

又如《異苑》卷 7 第 30 則〈劉穆之佳夢〉，劉穆之曾夢見「與武帝泛海」，卻「遇大風」，此時見「船下」有「二白龍夾船」，將其帶至一「山峰聳秀」之處，使其化「驚」為「悅」。白龍於武帝泛海遇風之時出現，有化險為夷的護衛之意。

白色動物除有吉瑞之象徵外，亦有為人帶來災厄者。《搜神記》卷 19 第 5 則，「溪水上」的山中廟裡，入夜後，有「白黿」與龜作人語，作祟人間。祖沖之《述異記》第 62 則，劉德愿與其兄之子劉道存，見「齋前砌上」有「通身白色」之蚯蚓「數十」，並「張口吞舌」，呈「大赤色」，乃為劉德愿、劉道存遭凶之兆。

2. 紅色

六朝志怪筆記中，紅色動物多具吉祥之兆。《拾遺記》卷1第13則中，「潼海之水」海水枯竭後，有「赤鳥如鵰，以翼覆蛟、魚之上」，其後，舜「禱海岳之靈，萬國稱聖」；《拾遺記》卷3第13則，越王入吳國之時，「有丹鳥夾王而飛」，日後則有勾踐稱霸；祖沖之《述異記》第18則，「廬山」「崇巘」一「湖」中有「敗艑赤鱗魚」，護衛水源；《搜神記》卷1第12則，「朱雀」乃爲迎陶安公成仙之吉鳥；《搜神記》卷9第2則，馮緄任議郎期間，於「發綬笥」之時，見「二赤蛇，可長二尺，分南北走」，乃兼任二官之吉兆。

3. 五彩

五彩之色，多見於仙家道境之動物，它們或爲長壽之鱗介類動物，如《要覽》第7則的千歲之龜，即呈「五色」。或爲稀奇珍貴的禽鳥類或蟲類動物，如《拾遺記》卷10第6則中的「五色蝙蝠」、《搜神記》卷1第27則中的「五色神蛾」、《拾遺記》卷10第5則中「冰蠶」所結之「繭」「其色五采」，皆爲珍奇罕見之物。

4. 黑色

黑色動物，有表祥瑞者，如《拾遺記》卷4第6則，燕昭王遇西王母來遊，見「黑蚌飛翔，來去於五岳之上」。原於水中活動之「黑蚌」能「飛翔」，顯其能力特異，具有神仙思想。又如《拾遺記》卷1第5則，敘及顓頊出生前不平凡之現象：顓頊父昌意「出河濱」時，「遇黑龍負玄玉圖」，及顓頊生，果其「手有文如龍，亦有玉圖之象」。「遇黑龍負玄玉圖」，或預示帝王將出生。

然在《異苑》卷4第55則〈黑龍無後足〉中，徐羨之所見之「黑龍」，「前兩足皆具」，然「無後足，曳尾而行」，及「文帝立」，羨之「竟以卤終」。其「曳尾」之狀，或爲動物無法自由伸展之徵驗，並蘊有天人相應的災異思想，爲咎徵之顯現。

動物顯現之怪異色彩中，紅色表吉兆，五彩者多爲神物之表徵，白色、黑色則兼有吉、凶之兆，其中吉者則稍多。

（四）能力異常

六朝志怪筆記中的動物，有聲音變化多端者，如《拾遺記》卷8第4則中的「背明鳥」「聲音百變」，「聞鐘磬笙竽之聲」亦會「奮翅搖頭」，對聲音的反應極爲敏銳。

　　亦有足下尚有物者，如《金樓子・志怪》第 35 則，滎陽郡山中「長八九尺」的「巨龜」，其「前後足下各躡一龜」，行走之時，足下之小龜完全無受傷之虞，令人驚異。

　　也有速度、耐力驚人者，如《祖台之志怪》第 13 則中的牛能「日行千里」，侵晨出發，「日中」即到距「五百里」之「京師」，待駕馭之人將交辦事項完成，取得「答書」再返回兗州，「至一更始進便達」，其效能並不比駿馬差。

　　並見水中動物能飛者，如《拾遺記》裡，卷 4 第 6 則中的「黑蚌」會「飛翔」；卷 1 第 3 則中的「神龍魚鱉」「皆能飛翔」；卷 10 第 1 則中的「神龜」「有四翼」；卷 9 第 6 則中的「白蛙」有「兩翅」，能「化為雙白鳩入雲」。

（五）異常懷孕及分娩

　　六朝志怪筆記中，有異於常態之懷孕方式者，如《博物志》卷 2 第 17 則，「兔」舐其「毫」，「望月」即可成孕。此一生理現象無父而有子，僅一母而能生子，有違常情。《博物志》卷 2 第 16 則中的「白鴿」，「雄雌相視則孕」，亦或有「雄鳴上風，則雌孕」之異象。《拾遺記》卷 10 第 2 則中的「鴻鵝」鳥，亦為「雄雌相眄則生產」，其繁衍方式，僅須眼神交會。

　　分娩之法，亦見特殊，《博物志》卷 2 第 17 則中的「小兔」，乃由兔「吐」而出，而非一般母兔由子宮分娩而出，極為罕見。

　　異常懷孕之敘述，西漢緯書《遁甲開山圖》中，即見女子吞下月之精華而有孕之說〔註24〕，《南史》中也見女子夢月而孕之載〔註25〕，孕育而出的人物，多為帝王身分，感氣而孕之現象，為帝王后妃的出生增添色彩，以之敘動物，亦使動物添加神秘氣氛。此外，就兔子本身的繁殖現象而言，兔子會在未交配的情況下進行孤雌生殖（parthenogenetical），經由這種方式所產下的子代，全都是雌兔。因此，在所有出生的兔子中，有百分之四十七是雌兔，而每隻母兔每年可生產三十隻後代，其繁殖的能力及數量都頗驚人〔註26〕。

〔註24〕 「女狄暮汲石紐山下泉水中，得月精如雞子，愛而含之，不覺而吞，遂有娠。十四月，生夏禹。」（西漢）榮氏解：《遁甲開山圖》（臺北縣板橋：藝文印書館，1972 年版，《四部分類叢書集成三編》《黃氏逸書考》，據清道光中甘泉黃氏刊民國十四年王鑒修補印本影印），葉 5。
〔註25〕 「采女夢月墮懷中，遂孕。天監七年八月丁巳生帝。」（唐）李延壽：《南史》（臺北：臺灣商務印書館，1937 年 1 月初版 1 刷，2010 年 9 月臺 2 版 1 刷，《百衲本二十四史》），卷八，梁本紀下第八，頁 105。
〔註26〕 羅傑・卡拉斯（Roger A. Caras）著；陳慧雯譯：《完美的和諧：動物與人的親

動物異常懷孕、分娩，以視交或聲交、甚或望月舐毫得有後代，子孫且可由口而出，顯出子孫繁衍之盛，動物強盛的繁殖力，正爲欲強大種族勢力的人類所嚮往，因之或亦成爲其所崇拜的對象，隱含圖騰崇拜觀念。

此外，尚有《搜神記》卷 6 第 21 則，邯鄲有「狗與彘交」的現象，異於同種類動物交合之況，則由妖異之象照應當時之史實驗證，含有災異思想。

「徵狀特異」的動物，敘及日常生活中異於常情的怪象者，占少數，用以凸顯仙鄉世界具靈性之動物、及災異思想中藉異象暗示人事者，則爲多見，此類具特異徵狀的動物，爲神仙境界營造了奇想，也借怪異之狀，爲六朝政經社會的動盪現象給予警示。

綜觀「動物徵狀怪異」一節，動物以外形特殊或徵狀特異之現象，出現於六朝志怪筆記中，大致而言，含有以下之表現內容：其一，以怪異之外形或徵狀，出現於偏遠之仙鄉異境中，蘊含神仙道教之仙鄉思想。其二，純以記實姿態，將當時社會所見動物非比尋常之特殊景象，以文字紀錄。其三，以動物之異象比附人事之政爭或兵禍，結合天人相應觀念，傳達災異思想。其四，動物之異常懷孕或分娩現象，凸顯動物強盛之繁殖力，內蘊圖騰崇拜觀念。

第三節　動物有神奇能力

六朝志怪筆記中，居於動物徵狀怪異情節之次者，乃動物有神奇能力。本節敘動物之具神奇能力，包含「能招財進寶」、「有神奇智力」、「有奇異能力」及「其它能力」，茲分述如下。

一、能招財進寶

六朝志怪筆記中的動物，有能招致財寶者，如《拾遺記》卷 10 第 4 則，瀛洲有「嗅石」獸，其「狀如麒麟」，平日「不食生卉，不飲濁水」，只憑「嗅石」即能知何處有「金玉」，且「吹石則開，金沙寶璞，粲然而可用」。另有「身紺翼丹」如「鳳」之鳥，其名「藏珠」，「鳴翔」則「吐珠累斛」，且此珠「輕而燿於日月」。

密關係‧兔子——美食與禁忌》（The Intertwining Lives of Animals and Humans throughout History）（臺北：天下遠見出版股份有限公司，1998 年 11 月 10 日第 1 版第 1 次印行），頁 229～230。

《拾遺記》卷 7 第 5 則中，昆明國之「嗽金鳥」，其形如「雀」，「色黃」，「羽毛柔密」，當其被安置於「靈禽之園」，以「眞珠」、「龜腦」爲食，則能「吐金屑如粟」，取金屑「鑄之」則「可以爲器」，故有「以鳥吐之金用飾釵珮」者，甚至有人「行臥皆懷狹以要寵幸」。

嗅石獸、藏珠鳥、及嗽金鳥，或以嗅覺發現金玉，或由「鳴翔」、食珍物而吐出珠或金，吐出之物，珠則清而亮，金則甚至可爲受寵之器，皆顯其招財進寶之神奇能力。

再觀此類「異鳥殊獸」之生長地，一爲瀛洲，有「羣仙」「避風雨」之處，一爲昆明國到「燃洲」「九千里」的路途上，其地與現實文明之人類有著荒遠距離，這些或處在絕遠之處的野生或傳說動物，其能力更甚於一般鳥獸，尚存靈性，展現異能，具仙道氣息，即如方克強在〈現代動物小說的神話原型〉一文中所說的自然靈異動物，故事情節仍保有「萬物有靈」之原始思維〔註27〕，使這類敘事存在仙道色彩。

二、有神奇智力

動物有具神奇智力者，或能預知事情，對人類有所示警；或能爲山中迷途之人找到出路。

（一）有預知能力

動物具預知能力者，或能知人之禍福，如《異苑》卷 3 第 30 則〈囊珠報德〉中，爲蔡喜夫家奴贈以「餘飯」之「大鼠」，「知人禍福」。當人類將面臨禍事，此等具特殊感知能力的動物，有藉著異常舉動予人警示者，如《搜神記》卷 9 第 10 則諸葛恪征討淮南歸來，欲參加「朝會」，兩度遭犬「銜引其衣」，恪未引以爲戒，「果被殺」。動物除以阻撓爲警，亦見以出現形體之大小爲暗示，《異苑》卷 10 第 19 則〈孫廣忌虱〉，孫廣頭上若有虱，「大者便遭朞衰、大功，小則小功、緦服」，「虱」正提供了遭喪之預兆。

（二）示路

在人類入山迷途之時，有巨龜通人心意，爲人導引出路者。《搜神後記》卷 11 第 5 則，黃赭入山「迷不知道」，又「數日」爲「饑餓」所苦，見「大龜」，

〔註27〕　方克強：〈現代動物小說的神話原型〉，收於氏著：《文學人類學批評》（上海：上海社會科學院出版社，1992 年 4 月第 1 版，1992 年 4 月第 1 次印刷），頁203。

欲其示路，「龜即回右轉」，「十餘里」後，黃赭終至「溪水」處，見及「賈客」，得以「乞食」。又如《異苑》卷 3 第 49 則〈叩龜得路〉，山中一龜「大如車輪」，三人「入山伐樵」卻「路迷」，當三人對大龜「叩頭」，「請示出路」，龜「伸頭」示意，三人「隨逐」，遂得「出路」。

就生物的習性觀之，龜本具親水之性。以海龜為例，由水顯現出來的光線，常為它們回到水際的依據，他們藉由找到光線所在，而到達水邊〔註28〕。《搜神後記》、《異苑》中，大龜能明瞭人類欲其示路之請求，隨即回轉或伸頭表意予以協助，也顯見龜之具靈性。

三、有奇異能力

動物有處在奇特之地而能活存之況者，顯現出動物的神奇能力。

（一）居異地而能活

動物大多有其習慣的生長環境，六朝志怪筆記中，卻見動物出現在不尋常之處，以陸地動物而言，有見其由水中出者，如《搜神記》卷 6 第 70 則，一匹馬出現在「白馬河」中，夜晚過「官牧邊」，發出「鳴呼」，「眾馬皆應」；次日，則見其「跡」「大如斛」，行走「數里」後，復入白馬河中。又如《異苑》卷 2 第 7 則之〈金鎖金牛〉，一「漁父」「垂釣」，「得一金鎖」，漁父「引鎖」，「鎖盡」竟「見金牛」。而《幽明錄》第 119 則，桓玄以馬易「一青牛」，至「零陵溪」，「牛忽駿駛非常」，待桓玄「息駕飲牛」，牛則「徑入水不出」。馬、牛等原為陸地上之動物，卻以水或潭為其棲息之所，且出入自由，可謂奇特。

更有《齊諧記》第 6 則中的「雄雞」，被置於「棺中」，「每至天欲曉」，輒「鳴三聲」，當其「鳴一月日後」，才「不復聞聲」。雄雞在密閉的棺木中，竟尚能存活達一月。《異苑》卷 4 第 20 則中的「二鵝」，在「地陷」之後，「蒼者」竟能由地中飛出；卷 4 第 11 則中，趙高死時，「一青雀從高屍中出」，亦為奇談。

水中生物，則有如《拾遺記》卷 2 第 12 則所敘，「沸海洶湧如煎」，海中卻見「魚鱉」，也因此「魚鱉皮骨堅強如石，可以為鎧」。沸海如烈焰般之環境，促使海中魚鱉顯現可為鎧之堅硬外皮。

〔註28〕〔日〕伊藤政顯著；朱佩蘭譯：《動物的超能力》（臺北：新理想出版社，1976年 3 月初版），頁 28～31。

就築巢之動物而言，有鳥、鼠出現異狀者，如《異苑》卷 1 第 20 則〈山井鳥巢〉，一鳥築巢於「華山」之「井」內；《搜神記》卷 6 第 33 則，長安城有老鼠在樹上「爲巢」，且以桐柏鄉居多。鳥原於樹上築巢，鼠則於土地爲穴，在《異苑》、《搜神記》的記敘中，卻顯現反常現象。

（二）處險境而得存

六朝志怪筆記中，有動物處於險境中，猶能存活者，如《異苑》卷 4 第 60 則〈雞突竈火〉，有一雞於「竈正熾火」之時由其口入，「良久」始「沖突而出」，卻見「毛羽不焦，鳴啄如故」，竟未喪生火中。《搜神記》卷 9 第 14 則，劉寵家人所炊之飯及「蒸炒」之物，皆「變爲蟲」，且「火愈猛」，蟲反「愈壯」，不因火旺而亡。《搜神記》卷 12 第 1 則，「千歲之蛇」，雖「斷」卻能「復續」。

（三）顯奇性出人意

志怪筆記中亦見動物顯現異於常情的矛盾現象，如《甄異傳》第 5 則，吳清「被差爲征」而「求福」，「煮雞頭在枰中」之時，雞卻「忽然而鳴，其聲甚長」。《述異記》第 66 則，王文明之女「爲父辦食」，「雞」殺完，原已「剖洗」完畢，卻見「雞忽跳起，軒首長鳴」。

除「死雞能啼」顯現異狀，《搜神後記》卷 9 第 12 則中的「羊」，被烹煮爲「炙」後，尚能「行走」道人「皮中」。此外，亦見蛇出現在非比尋常之處，如《搜神記》卷 3 第 21 則，華陀爲河內太守劉勳之女醫瘡，引出「有眼處」「無童子」又且「逆鱗」的蛇「由瘡中出」。《搜神記》卷 17 第 13 則，亦有一蛇由秦瞻「鼻」中鑽入，「盤其頭中」，「數日」而去，不久「復來」，即使秦瞻「取手巾縛鼻口」，依然能鑽入。

而亦有獸、蠶等食用異於常情之食物，如《拾遺記》卷 10 第 7 則，昆吾山有「大如兔」之獸，食「丹石」及「銅鐵」；「吳國武庫」中則有「一黃一白」之「雙兔」食「鐵器」。《搜神記》卷 1 第 27 則中，「五色神蛾」生成「桑蠶」後，食「香草」而化育出「大如甕」之「繭」。此外，亦見《拾遺記》中的奇馬，其卷 7 第 10 則，曹洪所乘之馬，「瞬息」能「行數百里」，渡水時「足毛不濕」；卷 3 第 1 則，則見周穆王名「絕地」之駿馬，行進間「足不踐土」，皆可視爲「神駿」。

此外，也見《玄中記》第 50、51、56 則及《要覽》第 4 則，敘及得「百歲伏翼」而服之，可爲「神仙」；食「千歲伏翼」可「壽萬歲」；食「千歲蟾

蜍」可「壽千歲」;「五月五日」時,將「萬歲蟾蜍」「陰乾」後,「以足畫地,即流水帶之於身」,即「能辟兵」。

綜觀動物有奇異能力之情節,約可分為以下數類:其一,凸顯仙道環境中動物具有奇能,仙家道境之人經修煉而顯非凡本領,生長其間的動物亦具靈性,擁有神異能力,《拾遺記》中的篇章大抵屬之,《搜神記》卷 1 第 27 則敍園客得道,亦以「蠶食香草」鋪排仙家氛圍。

其二,純粹志奇述異,傳達奇事。「居異地而能活」一類中,馬、牛出自於水之情節屬之;「顯奇性出人意」一類中,《搜神記》卷 3 第 21 則及卷 17 第 13 則,蛇出現於不尋常之處,一為凸顯華陀醫術,一則純記異事。軼聞奇事載於書中,乃干寶撰《搜神記》欲傳達之宗旨,其序提及「收遺逸於當時」,「非一耳一目所親聞睹」,其「記殊俗之表」,冀能「成其微說」,得以「遊心寓目」〔註 29〕。此等和常情有別的「奇人」「異物」,表現出六朝志怪文學之「異」。

其三,蘊含休徵咎徵觀念,表達讖緯思想。「居異地而能活」一類中,鳥、鼠築巢現異狀者屬之,見築井之鳥「則大水」,窺井者「輒死」,而鼠「去穴而登木」,正「象賤人將居貴顯之占」;「處險境而得存」一類,「雞入火不傷」及「蟲蒸炒不死,因火愈壯」之情節,預示著未來將有禍事產生,雞於「卞伯玉作東陽郡」時由竈口入,「伯玉尋病殂」,而劉寵在蟲因火愈壯之事件後,「軍敗於壇邱,為徐龕所殺」;「顯奇性出人意」一類中,《甄異傳》第 5 則之「死雞能啼」為吉徵,吳清「以功拜清河太守」,「猥蒙榮位」,祖沖之《述異記》第 66 則,則為咎徵,王文明「尋卒」,其「諸男」也「相繼喪亡」,在不同事件場合中,同一現象或表示相異之徵兆。動物的不尋常表現,對人事具有暗示未來的作用,個人際遇的吉凶、國家政局的變動,在自然現象異常的表徵下,蘊含了人事違常的隱憂。

四、其它能力

六朝志怪筆記中,動物還具備其他能力,包含會格鬥、會跳舞、會報仇、會滅火蓄火,也能人立而行或著衣冠,頗見人類社會之縮影。

(一) 格鬥

《搜神記》屢載動物間遇衝突之格鬥事件,個別格鬥以蛇互鬥之現象最

〔註29〕 (東晉) 干寶撰:《搜神記・序》,《叢書集成新編》第 81 冊 (臺北:新文豐出版股份有限公司,1985 年元月初版),頁 658。

為多見，如卷 6 第 10 則，魯莊公時，出現「內蛇與外蛇鬥鄭南門中，內蛇死」之事；卷 6 第 24 則，趙地出現「蛇從郭外入，與邑中蛇鬥孝文廟下」，其後「邑中蛇死」。又如卷 6 第 22 則，則見烏、鵲相鬥事，「燕王旦」將「謀反」，燕宮池上出現「一烏一鵲」相鬥，結果「烏墮池死」。而卷 6 第 11 則，則有二龍「鬥於鄭時門之外洧淵」一事發生。

個別格鬥外，動物間也見集體作戰之況。《搜神記》卷 6 第 62 則，「懷陵」出現萬餘隻「雀」，「悲鳴」後「亂鬥相殺」，「皆斷頭」，懸於「樹枝枳棘」。《搜神記》卷 6 第 22 則，楚國呂縣發生「白頸烏與黑烏羣鬭」之事，白頸烏敗，墮於泗水。

（二）跳舞

六朝志怪筆記中，可見及動物因人行方技變化之術，或經人訓練而顯現能應節跳舞的技能，或見動物突然出現，跳舞時間持續且長久，顯現異狀。《搜神記》卷 1 第 25 則，葛玄會變化之術，曾「指蝦蟆及諸行蟲燕雀之屬使舞」，使之「應節如人」。《拾遺記》卷 8 第 4 則，吳國可見越巂之南所獻「背明鳥」，其形如鶴，「聲音百變」，當其「聞鐘磬笙竽之聲」，「奮翅搖頭」，能應節而舞。鳥、蝦蟆、蟲等，或因人為行使變化之術，或因動物本身生長階段之養成，具有如人能因樂而舞動之姿，造成動物奇技。而《搜神記》卷 6 第 25 則，燕國發生「黃鼠銜其尾，舞王宮端門中」之況，經「一日一夜」而死，則顯異象。

（三）報仇

動物間之衝突，也見同類受害，群起敵愾之事。《列異傳》第 49 則，狸曾至群鵝的生存活動範圍內覓食，遭到「數千為群」野鵝「繫縛」的命運，其中鵝之生命或曾喪失，遂引來物傷其類的群體力量，或是群鵝的生存空間遭侵犯，導致狸被縛，不論其因為何，皆顯出鵝對外來侵擾者的警示力量。又如《異苑》卷 3 第 8 則〈羣鳥咋犬〉，有「羣鳥」「啄噉」婢所炊之飯，「兩鳥」遭「獵犬」「咋殺」，「餘鳥」因此「共咋殺犬」，更「噉其肉」至「唯餘骨存」，展現同類遭害同仇敵愾之心。

（四）滅火、蓄火

動物有出現滅火、蓄火之事跡者，如《異苑》卷 3 第 4 則〈鸚鵡滅火〉，鸚鵡曾於他山受「山中禽獸」「愛重」，數月後，見此山「大火」，即「入水沾

羽，飛而灑之」。施恩者有難，受恩者雖明白杯水無法救車薪，然其心念卻更具力量，遂致後來「天神嘉感，即爲滅火」。《宣驗記》第 16 則，亦見「雉」因「野火焚山」，「入水漬羽，飛故滅火」，且「往來疲乏，不以爲苦」。而《搜神記》卷 18 第 23 則，更見桂陽太守李叔堅家中之犬，能「於竈前畜火」，頗能爲其家人「皆在田中」，無法炊爨分擔解憂。

滅火之鸚鵡及雉，本於仁愛之心，不願環境遭災受難，以微薄之力，踐履博愛之志；蓄火之犬，則展現異能，儼然如李家的一份子，爲李家之人分憂解勞。

（五）人立而行、著衣冠

動物有如人能立而行者，如《搜神記》卷 7 第 26 則，張騁所乘之牛，甫還家，則「人立而行」，引來「百姓聚觀」；《搜神記》卷 18 第 23 則，李叔堅家犬能「人行」。亦有如人著衣冠者，如《列異傳》第 47 則、《搜神記》卷 18 第 25 則、《幽明錄》第 52 則中的老鼠，先著一套「衣冠」，出現在官署大廳，預告中山王周南的死期，至預言之日，又「更冠幘絳衣出」，再次出言警告；祖沖之《述異記》第 47 則，薄紹之見及祖法開家中有「群鼠」大「如豚」，有「或著平上幘」者，亦有「或著龍頭」者，「大小百數」，爲數眾多。

牛、犬、鼠以人立、著衣冠顯現特異，亦以顯目外觀或予人以警示，具有引人注意的提醒作用。

動物之具人類特性者，其能人行、著衣，儼如文明人一般，亦具有人類生活中滅火、蓄火之作爲，也有娛樂性的跳舞行爲。情緒不佳或受委屈時，則見報仇之行；涉及利益牽連時，或有格鬥之事。此等動物，被賦予了人類高度智慧，其顯現出人類的道義、忠誠等關係，雖有動物之外型，卻內蘊人類之本質，此類動物，即如方克強所言，其「生命形式」「最靠近人」，體現了「人類智力」〔註30〕。

格鬥特性中，存在動物異象，實又含有讖緯思想，蛇鬥中之內蛇死，烏鵲相鬥見烏死，龍鬥於洧淵，文末又多續以《易傳》說詞，可知動物格鬥現象，正象徵當時政治人物權力較勁之勝負，富含休咎徵觀念。

綜觀動物有神奇能力一節，自古以來「萬物有靈」的觀念，促成動物能

〔註30〕 方克強：〈現代動物小說的神話原型〉，收於氏著：《文學人類學批評》（上海：上海社會科學院出版社，1992 年 4 月第 1 版，1992 年 4 月第 1 次印刷），頁197。

顯現靈性，它們或爲遠方傳說中的珍禽異獸，能生金吐珠；或有長壽之命，懂得人性；或在異地仙境中，具有特殊的生存能力。

人類在志異述奇的敘述中，或見純屬荒唐怪誕之敘事，記載人間奇事，凸顯動物的特殊異能；亦有摻入漢代以來讖緯災異思想，促使具動物情節之敘事覆以天人相應概念之面紗，使動物呈現之異狀，具預兆功能，隱約體現人世作爲之因果；亦可見動物以擬人化型態出現，展現人之特性，蘊藏人之特質，顯現文明、文化氣息。

第四節　動物懂人語

動物懂人語，乃六朝志怪筆記中，含動物情節敘事之篇數次於動物有神奇能力者。動物懂人語之情節，包含動物能如人般說話，另一爲動物雖未開口說話，但能聽懂人語並有所反應，而亦有動物藉通夢於人向人作言詞之表達。本節就此三類之則數多寡，「動物作人語」39 則，「動物通曉人語」者 13 則，「動物通夢於人」者 9 則，依序論之。

一、動物作人語

「動物作人語」在「動物懂人語」一大類情節中占最大多數，共 39 則，概分爲「獸類」、「鱗介類」、「禽鳥類」三類以敘之。

（一）獸類作人語

「獸類作人語」之情節，計 24 則，遠多於「鱗介類作人語」12 則及「禽鳥類作人語」7 則。

1. 狗作人語

獸類中以「狗作人語」的則數最多，《搜神記》卷 7 第 31 則，言張林家有一「狗」「忽作人言」：「天下人俱餓死」。《搜神後記》卷 7 第 7 則狗作人語之況更見曲折，謝南康之家婢於路上遇一「黑狗」，不僅語婢看其「背後」，還隨婢至謝家，出言向婢「乞食」，「食訖」，又向婢云先前令婢「驚怖」之兩頭人將「正巳復來」，許久後才消失不見。又如《異苑》卷 4 第 59 則〈狗作人言〉、祖沖之《述異記》第 44 則中，李道豫見家犬橫臥路上，加以「蹴之」，卻聞犬對其言「汝即死，何以踏我」，向其預告未來之事。更有如祖沖之《述異記》第 48 則，朱休之與其弟朱元「對坐家中」，忽有一犬「向休蹲」，且「遍視二人而笑」，更「搖頭」歌「梅花」，預言「今年故復可，奈汝明年何」。

諸如此類「狗作人語」之情節，狗有時突如其來地出現，偶發一言，日後多有所應驗，如張林家的「狗」「天下人俱餓死」一言，其後「果有二胡之亂」，天下陷於「飢荒」。《述異記》第48則，朱休之兄弟於歲末梅花開時「相鬥」，「並被囚繫，經歲得免」，夏之時，「舉家」染「時疾」，「母及兄弟皆卒」。犬向朱休之兄弟「笑」，又且能「歌」，令人「驚懼」，而犬之言至後來一一應驗，先是兄弟「奮戟」「相鬥」，次而全家皆染病，應驗「梅花」、次年之時間，接連事故之發生，其中不免摻雜讖緯之說。

2. 鼠作人語

六朝志怪筆記「動物作人語」的情節中，以「鼠作人語」出現最早。《列異傳》第47則，即見一老鼠，在官署大廳向中山王周南預告他「某月某日當死」，其日至，先告以「日中當死」，待周南仍如前次「不應」，又數次出穴強調「向日欲適中」，及至周南「日適中」仍不為所動，老鼠僅能自討沒趣，言「汝不應，我復何道」，「顛蹶而死」。又如《幽明錄》第117則，更見鼠與人互為追逐攻擊又且互動互助之巧趣。一「鼠」預言終祚道人「數日必當死」，終祚令奴「買犬」，鼠卻言「犬入此戶，必死」；終祚「下聲」語奴，欲以「水」「澆灌」鼠，鼠則「已逆知」，揚言「欲水澆取我？我穴周流無所不至」；終祚甚且「密令奴更借三十餘人」，將至屋上，鼠反道出名阿周之奴「盜二十萬錢叛」，開庫視之，果如其言。後終祚為「商賈」，「有遠行」，反而央鼠勤守於房中，「勿令有所零失」，終祚竊賣「牛皮」，「得二十萬」後，回至居所，果「一無所失」，而鼠怪「亦絕」，「遂大富」。鼠能預知終祚將採取之行動，與人生發精彩對話，又能洞見人心善惡，將人與鼠的對立關係轉變為合作夥伴，使敘事更添趣味，《幽明錄》第117則或可視為繼《列異傳》第47則之後，此則敘事情節的再發展。

3. 鹿作人語

「鹿作人語」始見於《搜神記》。其卷18第17則，謝鯤「夜宿」於「舊每殺人」之「空亭」，「四更」時分，「鹿」扮成一「黃衣」人呼其「開戶」，手臂卻為謝鯤所「脫」。鹿於空亭中，以人形出現，又作人語，釀成空亭出現殺人傳聞，令人懼怖而不敢近，空亭中的鹿，惶惑人心，為人類滋生困擾。

另在《搜神記》卷20第13則中，虞蕩「夜獵」時，射殺「一大麈」，麈竟向虞蕩言「汝射殺我耶」，「麈」突作人語，顯現怪誕之象，而次日清晨，就在虞蕩「得一麈而入」之當下，虞蕩即死，動物之人語或對人存有預示作

用，抑或暗含不可殺生之戒。

4. 狐狸作人語

敘狸者一，乃《搜神記》卷 18 第 12 則，狸居於河東太守劉伯祖「所止承塵上」，「能語」，有預知事情之能力，「京師」若有「詔書詰下消息」或伯祖將爲「司隸」，伯祖皆能得其「預告」。後因伯祖懼「刺舉」之職與神交有被害之虞，狸「相舍去」，「遂即無聲」。狸待劉伯祖，乃善意之幫助，當劉伯祖提出狸之作爲對劉伯祖反造成困擾時，狸能適時而去，頗見其成人之美。

敘狐者二，一爲《搜神記》卷 18 第 9 則，「千歲」「斑狐」，幻爲「一書生」，與張華「論及文章，辨校聲實」，復「商略三史、探賾百家，談老、莊之奧區，披風、雅之絕旨，包十聖，貫三才，箴八儒，擿五禮」，待張華疑其爲「鬼魅」或「狐狸」，「留人防護」時，斑狐規勸張華「當尊賢容眾，嘉善而矜不能，奈何憎人學問」；張華「使人防門」，狐「不得出」時，又言張華「置甲兵欄騎」，「將恐天下之人捲舌而不言，智謀之士望門而不進」，在在凸顯出亦有動物如狐博學似張華者。

另一則《搜神後記》卷 9 第 13 則，則爲「老狐」對「姦人女名」之「簿次」，發出「今年衰」之「人語聲」，爲顧旃於打獵之時聽聞，遂遭其「放犬咋殺」。此則殘留《搜神記》中狐對於文字之通曉，卻又更塑造出狐奸滑欲害人之形象。

《搜神記》中能作人語之狐，一與人爲善，一則與有才之人切磋，皆屬正面形象；《搜神後記》中，狐的形象有所轉變，成了正邪兼具的角色。

5. 牛作人語

「牛作人語」，皆見於《搜神記》，卷 7 第 7 則中，「幽州塞北」出現「死牛頭語」之異象。卷 7 第 26 則中，「江夏功曹」張騁所乘之「牛」一日忽能言語，言及「天下方亂」，張騁及「從者」「驚怖」之餘，還家，牛又質疑「歸何早也」。

此二則敘事，前者爲晉武帝太康九年（A.D.288）之事，當時武帝「多疾病」，「深以後事爲念」，「付托不以至公」，此乃「思瞀亂之應」。「死牛頭」竟會言語，透顯武帝思維混亂，進而影響政治，凸顯出政治怪象。後者爲晉惠帝太安年間（A.D.302～303）事，牛作人語事發之其年秋天，果有「張昌賊起」，張騁兄弟雖「並爲將軍都尉」，卻「未幾而敗」，卒遭滅族。牛之言語，預示「天下將有兵起」，且「非一家之禍」，終至敗亡滅族。且文末並引京房《易》

妖之言：「牛能言，如其言占吉凶」，可見此二則深具讖緯災異思想。

《宣驗記》第 14 則，天竺僧所養之「二特牛」，自言因「前身」「偷法食」，使僧侶之食物有所虧損，故「今生以乳饋之」，作爲對僧之補償。牛藉由能作人言，道出前世因果，傳達宗教善惡循環的果報觀念。

6. 羊作人語

《搜神記》卷 18 第 19 則，「袁公路家羊」以「高山君」自稱，在「好道」之梁文所設「神祠」「皀帳」中發出「人語」，直至「積年後」，終在「神醉」之時，爲梁文卒引其「髯鬚」而揭穿。

7. 猿作人語

「猿作人語」見於《拾遺記》卷 8 第 11 則。周羣「遊岷山」，遇一「白猿」化爲「老翁」，與周羣言談，始知此猿於「軒轅之時，始學曆數」，曾收「風後、容成」爲徒，經「顓頊」、「春秋」，再至「大漢」之朝，歷經多個朝代。

8. 獸能人言

《拾遺記》卷 6 第 4 則，敘「含塗國」之「獸」「能言語」，呈現遠方異境動物之靈性。

「獸類作人語」中，有敘仙家靈性之動物者、表因果之意旨者，更多見動物能預言未來之事，其後且多所應驗，其以異常之表現，對人世發揮警醒之效。

（二）鱗介類作人語

「鱗介類作人語」者包含「黿」、「蛇」及「魚」。

1. 黿作人語

「鱗介類」中，以「黿作人語」之情節爲數居多。《玄中記》第 54 則載「千歲之黿，能與人語」，第 55 則言「千歲之龜，能與人語」，《搜神記》卷 12 第 1 則，併而言「千歲龜黿，能與人語」，《搜神記》卷 19 第 5 則，則云「水邊穴中」之「白黿」與「廟北岩嵌中」之「龜」，於「二更」在謝非所宿之「山中廟舍」中一問一答，談論廟裡發現「人氣」，使夜宿廟舍者「驚擾不得眠」，倍受其擾。

另如《雜鬼神志怪》第 11 則，一「老黿」使廣陵王家女「病邪」，爲沙門竺僧瑤斥其「不念守道，而干犯人」，老黿痛言「命盡於今」，也言「神」「不可與爭」，後則化爲原形，爲瑤所「撲殺」。

亦有萬歲神龜如《拾遺記》卷 10 第 1 則，「崑崙山」西邊之「須彌山」「上有九層」，「第五層有神龜」，至「萬歲則升木而居」，「能言」。不幸落入凡人手中之龜如《異苑》卷 3 第 48 則〈諸葛博識〉、任昉《述異記》卷上第 85 則、《漢魏六朝筆記小說大觀》本殷芸《小說》卷 6 第 11 則，一「大龜」為人所獲，龜向之言「遊不量時，為君所得」，人感其怪而「欲上吳王」；夜裡，大龜與泊船於旁的「大桑樹」展開對話，龜抱持「盡南山之樵，不能潰我」之自信，桑樹則深以「諸葛元遜博識」為苦，其後果真招來禍患，桑樹與大龜同歸於盡。而祖沖之《述異記》第 31 則，張駿於病中「夢出遊觀」，一「玄龜」告以「更九日，當有嘉問好消息」，後張駿「寢疾」，果「經九日而死」。此則由玄龜之言，證其能預言之力，顯出不凡。

2. 蛇作人語

《搜神後記》卷 10 第 4 則，「大蛇」「偷食」章苟之飯食，章苟「以钁斫之」，蛇被斫傷，即發聲，為章苟所聞，蛇群中並有「付雷公，令霹靂殺奴」之提議，頗具有仇報仇之思想。

3. 魚作人語

任昉《述異記》卷下第 118 則，子英捕獲一「赤鯉魚」，待此魚「長徑一丈，有角翅」後，對子英言「我迎汝身，汝上我背」，子英「遂昇於天為神仙」。赤鯉魚變化成不凡外形後，亦能作人語，成為引度人類成仙之輔具。

「鱗介類作人語」中，動物精怪擾亂人間之作，不如敘仙道色彩的敘事多，修煉至千歲、萬歲的長壽動物，已具能如人言的能力，且能預言未來，甚至引度凡人成仙。

（三）禽鳥類作人語

禽鳥類中，能作人語者，包含特定地的鳥、雞、鸚鵡及鶴等。

1. 雀作人語

禽鳥類能作人語，始於《搜神記》卷 1 第 12 則，陶安公「行火」，曾遇火「散上」且「紫色衝天」，便伏於「冶下」「求哀」，此時一「朱雀」出現，告知安公「七月七日，迎汝以赤龍」。「朱雀」能作人語，預告安公將得道之事，朱雀可謂接通仙界、人間之媒介。

2. 鳥作人言

《拾遺記》卷 6 第 4 則，敘「含塗國」之「鳥」「能言語」，顯其靈性。

3. 雞作人語

《異苑》卷 3 第 10 則〈雞作人語〉、《幽明錄》第 156 則中，「晉兗州刺史」宋處宗買得一「長鳴雞」，對之「愛養」有加，雞能作「人語」，且與處宗「談論」，「極有言致」，處宗因此而「言功大進」。雞能與人談及有言致之語，對於晉處於亂局之下，爲求自保而盛行的玄談之風，不無諷刺之味。

4. 鸚鵡說人善惡

《異苑》卷 3 第 3 則〈鸚鵡說夢〉，張華「每出行還」，所養之「白鸚鵡」「輒說僮僕善惡」；其後鸚鵡更警示張華「昨夜夢惡，不宜出戶」，張華「強之」，果「爲鷂所搏」。鸚鵡能談人善惡，又能預知未來，可謂奇禽。另一方面，張華的博學，亦藉其養之鸚鵡能言烘托而出。

5. 鶴作人語

《異苑》卷 3 第 1 則〈鶴語〉，二「白鶴」在晉太康二年（A.D.281）「大寒」之時「語於橋下」，言及該年之「寒」「不減堯崩年」。可知白鶴不只能言語，其生存年代自堯時跨越至晉太康年間，或可謂爲神物。

能作人語的「禽鳥類」，以仙道色彩偏多，有含塗國荒遠仙境的鳥、跨年代壽命長久的鶴、引度人成仙的雀，其次，則見顯現善言異能的雞、能評他人善惡的鸚鵡。禽鳥類能作人語的動物，多聚焦於處仙境或具異能者。

綜觀「動物作人語」一類，動物以能作人言之形式表現，呈顯出以下現象：其一，蘊含天人相應思想：動物突作人語，事後又有如其所言相應之人事發生，呈現天人相應思想，人事之休咎徵兆，即以動物作人語之怪象預示而出，「狗作人語」、「牛作人語」之死牛頭說話及言「天下方亂」者屬之。其二，存有物老成精觀念：「鹿作人語」、「狐狸作人語」、「羊作人語」、「鼉作人語」屬之，此類動物對人造成困擾者多，而亦有助人有功者。其三，含有神仙思想：能作人言之動物，或處於遙遠之異國仙境，或幽遠之奇山深谷，其生存環境特殊，歷經年代久遠，此爲現實中不可得，而仙鄉中可期待之事，便以超現實之狀態呈現出來，「猿作人語」、「狐狸作人語」、「獸能人言」、「鼉作人語」、「魚作人語」、「雀作人語」、「鳥作人言」、「鶴作人語」屬之。其四，揭露動物具有異能之特殊情況：如「雞作人語」、「鸚鵡說人善惡」等，篇章中的鸚鵡襯顯主人博學，雞則諷諭當時的玄談之風。其五，暗含因果觀念：動物以其前世所爲，涉及對後世之影響，顯現其所經歷之事蘊含因果觀，如「牛作人語」中，述己因前世偷法食，今世須補償，即屬之。

二、動物通曉人語

通曉人語之動物，包括獸類及禽鳥類二類，鱗介類、蟲類則未見。

（一）獸類通曉人語

獸類中通曉人語之動物，包含虎、狗、熊、馬及牛。

1. 虎通曉人語

獸類中以「虎通曉人語」之則數居多，《甄異傳》第3則，謝允欲以飯飴「虎檻中狗」，卻於檻中見「虎」，謝允語於虎「汝不殺我，我放汝」，遂「開檻出虎」。虎能明瞭謝允之言，致使謝允進入檻中毫髮無傷，虎亦得獲自由。《冥祥記》第8則，晉之沙門佛調「大雪」中「入石穴虎窟中宿」，見「虎還」，「橫臥窟前」，佛調問以「我奪汝居處，有愧如何」，虎竟「弭耳下山」，顯見虎能通曉佛調之語，亦見佛調道行之高。《冥祥記》第55則，沙門釋法安暮投「虎暴甚盛」的陽新縣，當地居民已「早閉門閭」，法安只得於「樹下」「坐禪通夜」；「向曉」之時，虎「負人」「投樹之北」，見及法安，「如喜如跳」，伏於法安前，聽其「說法授戒」，「據地不動，有頃而去」，自此而後，「虎患遂息」。陽安縣由虎患甚盛，法安對虎說法後，不再出現虎患，凸顯佛法力量之大，足以平弭虎暴，另一方面，則顯見虎能通曉人語。

2. 狗通曉人語

狗與人生活密切，人、狗之間常可見及非常之默契，如《搜神後記》卷9第6則中，張然「在都養一狗」「烏龍」，「常以自隨」，張然歸家後，卻遇妻與奴「私通」欲殺然，奴「張弓拔矢」以待，張然語烏龍「養汝數年，吾當將死，汝能救我否」，烏龍「得食」「不啖」，卻對奴「注睛舐唇」，張然「覺之」，後於張然之「烏龍與手」令下，烏龍「傷奴」，然得以活命。烏龍知曉主人身處險境，與張然因常年相隨而有絕佳默契，張然稍加言語，烏龍則知如何因應，扭轉了主人所陷的險局。

3. 熊通曉人語

《搜神後記》卷11第4則、《異苑》卷3第19則，皆言及居於「大樹孔中」之「熊」，聽聞東土之人「以物擊樹」，「呼熊」「可起」，「便下」，人「不呼」則熊「不動」，可知熊聞人聲知其意。

4. 馬通曉人語

《搜神記》卷14第11則，一女因思念「遠征」之父，對「親養」之「牡

馬」戲言「爾能爲我迎得父還，吾將嫁汝」，馬聞言即「絕韁而去，徑至父所」，其父「亟乘以歸」。待其父發現馬見女「輒喜怒奮擊」，明其故後，將馬「射殺」，「暴皮於庭」。其後，女以足蹙馬皮，對其言「汝是畜生，並欲取人爲婦耶？招此屠剝，如何自苦」，言未竟，女遭馬皮捲出，數日後，於「大樹枝間」見「女及馬皮盡化爲蠶，而績於樹上」。

馬對女之所言耿耿於懷，爲女尋父，迎以歸，卻遭女父射殺之對待，女又言「畜生」「欲取人爲婦」，致使馬對女之情感，生未能與女同聚，則以死而相守之況以踐履之。

5. 牛通曉人語

《幽明錄》第 96 則，一「牛」面臨將被「烹」之命運時，「熟視帳下都督甚久，目中泣下」，都督言及「汝若能向我跪」，「當啓活」，牛「應聲而拜」，都督又要求牛「遍拜眾人」，牛「涕殞如雨」，「拜不止」。牛在生命堪虞之際，對都督有所求，又能依都督之言而行，顯出牛通曉人語之靈性，也揭示凡間生物對自身性命存續之重視。

通曉人語的獸類中，熊觀人的動作言語，即能明瞭人類的動機意念，因而有所回應；狗則與人相處時日長久，已培養出深厚情感，因此，當主人有難，狗能通曉主人之所感所求，奮力救其脫險；馬則與女子相處日久而生情，明白女子思父之情，將女子之戲言視爲嚴肅的承諾，爲女子尋得其父歸，反爲自己招來災難；牛知曉自己將被烹煮，生命將盡，聞都督跪則「啓活」、「遍拜眾人」之言，跪拜不止，透露生物將死而求生之強烈意念；而六朝志怪筆記中通曉人語的虎頗具善意，與人和善對待，遇僧人又且能退而讓之，可見佛之力量被推至崇高地位。

（二）禽鳥類通曉人語

禽鳥類中，通曉人語之動物包含鳩、鶹及鵲。

1. 鳩通曉人語

《搜神記》卷 9 第 4 則、《幽明錄》第 35 則中，一「鳩」止於「長安」「張氏」室中，張氏告以「爲我禍也，飛上承塵；爲我福也，即入我懷」，鳩聞之，則「翻飛入懷」，其後並幻爲「金鉤」，張氏得而「寶之」，「子孫昌盛」。鳩明瞭張氏之言，以飛而入懷之動作，事後張氏有福之驗證，明示鳩通曉人語之能力，也見其具預知未來之異能。

2. 鷦通曉人語

禽鳥類中，以「鷦通曉人語」最早出現，《列異傳》第 7 則，「鷦」逐殺飛入魏公子無忌「案下」的「鳩」，當其被捕，爲魏公子「按劍」質問「昨捫鳩者當低頭服罪」時，「俯伏不動」，無忌欲追究鷦捕捉鳩之罪責，鷦能依其言而行，即顯出鷦能明瞭無忌之語。

3. 鵲通曉人語

《拾遺記》卷 6 第 9 則，條支國有鳥「鳲鵲」，能「解人語」，爲國之「異瑞」。

能通曉人語的「禽鳥類」，未見與人有長久時間相處者，顯出禽鳥善解人意的特性。

綜觀「動物通曉人語」一類，有因人之言，知曉自己得從困境中求得生存者，《甄異傳》第 3 則謝允所遇之虎、《幽明錄》第 96 則將被烹之牛屬之；也見因跟隨多年的主人陷於險境，發出求救，動物則全力營救，《搜神後記》中的烏龍及楊生狗屬之；也有遇人提出疑問，詢及未來福禍，動物能預知未來，給予回應，並爲人帶來福祉，《搜神記》卷 9 第 4 則、《幽明錄》第 35 則的鳩即屬之；亦有凶猛之虎，因沙門修行高深、說法授戒，臣服於佛法之下，此後虎患不再，《冥祥記》第 8 則、第 55 則中的虎屬之；尚有因女子承諾婚配，動物嚮往愛情之追求，便極力成全女子之願，只求一遂親芳澤之企盼，《搜神記》卷 14 第 11 則之牡馬屬之。此類敘事中，《冥祥記》所述多爲宣揚佛法者，餘則大抵爲現實生活中，動物具有靈性，以其行動付出，將可能發生的衝突，試圖轉爲和諧之況，其中除馬通曉人語較具神話性之外，其餘多爲實際生活中的動物顯現慧點之一面。

三、動物通夢於人

能通夢於人之動物，在六朝志怪筆記中，以鱗介類爲數稍多於獸類、禽鳥類及蟲類。

（一）鱗介類通夢於人

鱗介類中通夢於人的動物，有龜、蟹及蛇。

1. 龜通夢於人

《搜神後記》卷 11 第 3 則，「數十頭龜」爲尋陽太守宗淵「付廚」，養於「甕中」待作爲「膲」，龜於是化身爲「烏布袴褶」之「十丈夫」，於宗淵夢

中「叩頭苦求」，其「自反縛」之狀，正象受困「甕中」之意。次日，「二龜」為廚人所殺，宗淵則「復夢八人」「求哀」，待宗淵曉悟龜化身為人向其哀求，「令勿殺」，又夢「八人」「跪謝恩」。龜以化為人形，通夢於宗淵之形式，企求自身性命得以保全，宗淵不殺之行，龜亦不忘感其恩情，復以「跪謝」之夢傳達予宗淵，顯現動物亦具珍惜生命之況。

《異苑》卷4第26則〈苻秦亡徵〉，「苻堅建元」年間，「高陵縣民」「穿井」獲「大龜」，養於苻堅所造之「石池」中，龜死，其骨藏於「太廟」，「廟丞」高虜當夜夢及此龜，告以「遭時不遇，隕命秦庭」。龜本為長壽之動物，而長壽顯現福氣之命一旦終了，物極必反之況亦產生，顯現「妖興」，為「亡國之徵」。此龜入人夢中，具有預示未來之災異思想存在。

2. 蟹通夢於人

《搜神記》卷13第13則，敘及名「蝤蛑」之蟹「嘗通夢於人」。祖沖之《述異記》第11則，章安人屠虎將「筐大如笠，腳長三尺」之蟹食以入腹，此蟹當夜於屠虎夢中化為一「少嫗」，告以屠虎「尋被啖」。次日，屠虎「出行」，果「為虎所食」；家人將之「殯殮」，又為虎「發棺」而啖，致「肌體無遺」。

3. 蛇通夢於人

《搜神記》卷20第14則，「玄黃五色」之「大蛇」，發現三年前「射殺」自己的是陳甲後，於夜中入於陳甲夢中，化身為「烏衣黑幘」之人，告知自己昔日「昏醉」，為陳甲「無狀」所殺，而今真相揭穿，便是其「來就死」之時，次日，陳甲「腹痛而卒」，乃大蛇報了三年前無故被殺之仇。

通夢於人的「鱗介類」，除《搜神後記》以通夢表達哀求、報恩之意，其餘則言未來之事，《異苑》所述含災異思想，《述異記》及《搜神記》卷20第14則所載，則具因果觀念，隱含勸世作用。

（二）獸類通夢於人

獸類能通夢於人之動物，僅見牛一例。

牛通夢於人

《幽明錄》第194則，「護軍琅邪王華」常乘之牛，「齒已長」，通夢於華，告以「衰老不復堪苦載」，若「載二人」以上「必死」，其後，華「與三人同載歸府」，「此牛果死」。王華所乘之牛年歲已大，明瞭己身之負載極限，在其生命將至終點前，告知主人可能發生之訊息，顯出奧妙的預知能力。

（三）禽鳥類通夢於人

禽鳥類能通夢於人之動物，則見鴨一例。

鴨託夢請命

《幽明錄》第 163 則，桓邈收到「四烏鴨」之禮，其「大兒」夢見「四烏衣人請命」，待大兒夢醒，「見鴨將殺」，「救之」，「買肉以代」，其後又夢「四人來謝而去」。大兒夢中之烏衣人，乃烏鴨之化身，通夢於大兒，望其解救性命，待烏鴨生命得以保全，則又再度化身為人，通夢大兒，答謝其救命之恩。

通夢於人的「禽鳥類」，以夢為求救、答謝之橋梁，使人類得以接收訊息。

（四）蟲類通夢於人

通夢於人之蟲類，在六朝志怪筆記中，僅出現在蟻身上。

蟻通夢於人

《搜神記》卷 20 第 8 則、《齊諧記》第 1 則，蟻王受董昭之「以繩繫蘆」「著船」之救命恩情，於昭之夢中，化為「烏衣」人，表達答謝，並告以「若有急難」「當見告」。「十餘年」後，昭之遭「繫獄」，蟻王再度以「烏衣人」形象出現於昭之夢中，告之「急投餘杭山」，並令蟻群「嚙械」，使昭之「因得出獄」。蟻在生命垂危、亟需援手之際，蒙董昭之營救，遂展現其知恩報恩之情，董昭之也因施予善行，致有善報，此一敘事呈現善有善報之因果觀。

通夢於人的「蟲類」，藉由夢傳達對人之感恩，彰顯出動物受人之恩，也具有強烈的報恩信念。

綜觀「動物通夢於人」一類，有預言己身未來者，如《幽明錄》第 194 則中的牛，顯現神異之預示能力；有告知自身遭遇，其殞命之況又繫乎未來之人事者，如《異苑》卷 4 第 26 則中的龜，含有天人相應之災異思想；有無故遭殺害，數年後知悉仇人身分，入夢表達報仇之念，並付諸行動者，如《搜神記》卷 20 第 14 則中的大蛇，踐履了冤有頭，債有主的復仇觀念；有將被見殺，通夢求救，待其遠離險境，再度入夢謝恩者，如《幽明錄》第 163 則中的鴨、《搜神後記》卷 11 第 3 則中的龜，透露遭遇搭救的恩報思想。

綜而言之，動物故事中「動物說話」一節，有蘊含道教長生成仙思想，「獸老為妖，物老成精」〔註31〕，能「作人語」者；有漢代以來讖緯思想之「災

〔註31〕 孫芳芳：〈道教長生思想對魏晉南北朝志怪小說的影響〉，《咸寧學院學報》第 30 卷第 2 期（2010 年 2 月），頁 42。

異遣告」〔註32〕，結合天人感應之說，反映社會德教不興、政爭違理、天道不公等「刑罰不中」〔註33〕之邪異現象，以動物作人語之形式表達，富含勸誡作用；亦見佛教緣起論因果觀之展現，任一事物及現象皆有其條件與原因，在三世輪迴中，種善因得善果，種惡因則得惡果，其以「作人語」或「通夢於人」之情節呈現；而佛教中佛法力量之宣揚，則藉動物「通曉人語」表現而出。在「動物通曉人語」及「動物通夢於人」之情節中，尚可見動物「往往具有人的情感和超乎動物屬性的靈性」，自佛教傳入，佛經故事涉及動物情感心靈與人之溝通〔註34〕，動物的描寫被強化，其與人之間的關係更形密切，溯其根由，佛教經典不無推波助瀾之功。

第五節　巨型動物

六朝志怪筆記中，敘及巨型動物之情節，計 24 則，以鱗介類最多，禽鳥類、蟲類次之，獸類則居末。

一、巨大鱗介類

鱗介類之巨型動物，包含魚、龜、蟹及蛇。

（一）魚

六朝志怪筆記中之巨魚，有由「重量」加以凸顯者，如《搜神記》卷 20 第 7 則，敘及「江水暴漲」之時，「古巢」出現「重萬斤」之「巨魚」，當其死亡，「萬斤」之份量足可供「合郡」之食。

亦見誇張其「長度」者，如《拾遺記》卷 10 第 4 則，言及「瀛洲」東之「淵洞」有「魚」，其長「千丈」。又如《玄中記》第 24 則載：

> 東方之東海，有大魚焉。行海者一日逢魚頭，七日逢魚尾，其產則
> 三百里爲血。〔註35〕

〔註32〕 孫蓉蓉：〈讖緯與漢魏六朝的志怪小說〉，《中國文化研究》2011 年夏之卷（總第 72 期）（2011 年 5 月），頁 50。

〔註33〕 （東漢）班固撰；（唐）顏師古注；（清）王先謙：《漢書補注（二）·卷五十六·董仲舒傳第二十六》（臺北：藝文印書館，1996 年 8 月初版 4 刷），頁 1164。

〔註34〕 王立：〈中國古代傳說中通達禽獸語母題的佛經文獻淵源〉，《世界文學評論》2006 年第 1 期（2006 年，臺灣未見紙本收藏，出版月不詳），頁 210～211。

〔註35〕 （東晉）郭璞：《玄中記》，收於魯迅輯錄：《古小說鉤沉》（濟南：齊魯書社，1997 年 11 月第 1 版，1997 年 11 月第 1 次印刷），頁 235。

《金樓子・志怪》第 7 則亦見敘述〔註36〕。「東海」「大魚」，《玄中記》中由「行海者」「一日逢魚頭，七日逢魚尾」具寫其大，《金樓子》更以「海燕」飛行之況，於速度上拉大空間，第一日「逢魚頭」，飛至「七日」始「遇魚尾」，誇其巨大。

（二）龜

六朝志怪筆記中可見及之巨型動物，尚有龜。《異苑》卷 3 第 49 則〈叩龜得路〉中，敘三人「入山伐樵」，「路迷」之時遇一「龜」「大如車輪」，體型龐大，其後又有「百餘黃龜」跟隨，此一巨龜或可能為龜王。又如《金樓子・志怪》第 35 則云「滎陽郡」之「巨龜」，「長八九尺」，敘其長度，更具體描述龜之巨大。而《金樓子・志怪》第 26 則，又呈現另一種敘述：

> 巨龜在沙嶼閒，背上生樹木如淵島，嘗有商人依其採薪，及作食，
>
> 龜被灼，熱便還海，於是死者數十人。〔註37〕

「巨龜」之「背」如「淵島」，「商人」在龜背上「採薪」、「作食」，宛如在島上生活，渾然不覺活動的區域其實就在巨龜背上，可見巨龜之大，令人匪夷所思。

（三）蟹

《玄中記》第 22 則言「蟹」之大：

> 天下之大物，北海之蟹，舉一螯能加於山，身故在水中。〔註38〕

《金樓子・志怪》第 7 則亦見載此事〔註39〕。「北海之蟹」，其「螯」「能加於山」，顯見蟹螯如「山」一般，其蟹身之大，也就可想而知。

（四）蛇

敘蛇之巨大者，如《搜神後記》卷 10 第 6 則，三人入山「伐木」，取「二卵」煮之，則見大蛇出現：

> 忽見石窠中有二卵，大如升。取煑之，湯始熱，便聞林中如風雨聲。

〔註36〕　（南朝梁）梁元帝：《金樓子》，《叢書集成新編》第 21 冊（臺北：新文豐出版股份有限公司，1985 年元月初版），頁 51。

〔註37〕　（南朝梁）梁元帝：《金樓子》，《叢書集成新編》第 21 冊，同前註，頁 52。

〔註38〕　（東晉）郭璞：《玄中記》，收於魯迅輯錄：《古小說鉤沉》（濟南：齊魯書社，1997 年 11 月第 1 版，1997 年 11 月第 1 次印刷），頁 235。

〔註39〕　（南朝梁）梁元帝：《金樓子》，《叢書集成新編》第 21 冊，同註 36，頁 51。

須臾，有一蛇，大十圍，長四五丈，徑來，於湯中銜卵去。〔註40〕
「卵」即以「大如升」之形態出現，已顯其大，其後出現的「蛇」，更見「大十圍，長四五丈」，其蛇身之粗達「十圍」，稱巨蛇毫不爲過。

巨大的鱗介類動物，以出現於仙境異域者居多，其以龐大體型現身，襯顯出其在神仙境遇中歷經長久時日之修煉，已爲有靈性的長壽動物，具濃厚的仙家況味，故而在《搜神後記》中，當人取蛇卵置於湯中烹煮之時，可謂成精的大蛇，具有令人死去的神力，此則在物老成精的背景之下，又且含有誡人殺生的警醒意味。

二、巨大禽鳥類

禽鳥類動物呈巨型者，有鵬、鳥、鵲及鴨。

（一）鵬

六朝志怪筆記中，屬巨大禽鳥者，鵬爲其一，《孔氏志怪》第 1 則，敘有人以一「鷹」獻予楚文王，不久，即有「大鵬雛」出現：

俄而雲際有一物凝翔，飄飆鮮白，而不辨其形。鷹於是竦翮而升，矗若飛電。須臾，羽墮如雪，血灑如雨；良久，有一大鳥墮地而死。度其兩翅，廣數十里，喙邊有黃，眾莫能知。有博物君子曰：「此大鵬雛也，始飛焉，故爲鷹所制。」〔註41〕

此則亦見於《幽明錄》第 26 則，僅文字稍異〔註42〕。爲「鷹」所擊「墮地而死」之「大鳥」，其「兩翅」「廣數十里」，尚屬「大鵬」之「雛」鳥，可想見此大鵬之巨。

（二）鳥

《金樓子‧志怪》第 36 則中，則云及一「鳥」：

晉時營道令何潛之，於縣界得一鳥，大如白鷺，膝上自然有銅環貫之。〔註43〕

〔註40〕 （東晉）陶潛撰；汪紹楹校注：《搜神後記》（臺北：木鐸出版社，1982 年 2 月初版），頁 68。

〔註41〕 （東晉）孔約：《孔氏志怪》，收於魯迅輯錄：《古小說鈎沉》（濟南：齊魯書社，1997 年 11 月第 1 版，1997 年 11 月第 1 次印刷），頁 132。

〔註42〕 （南朝宋）劉義慶：《幽明錄》，收於魯迅輯錄：《古小說鈎沉》，同前註，頁 146。

〔註43〕 （南朝梁）梁元帝：《金樓子》，《叢書集成新編》第 21 冊（臺北：新文豐出版股份有限公司，1985 年元月初版），頁 52。

何潛之所獲之「鳥」,「大如白鷺」。

現今文獻所載白鷺之體型,小者約爲 61 公分,中者約 69 公分,大者則爲 90 公分〔註44〕。再就其他鳥類比較之,駝形目鳥類「是現存鳥類中最大者」,如駝鳥屬之,其身長可達 244 公分〔註45〕;而屬另一目的信天翁爲大型海鳥,一般身長爲 76 至 122 公分;至於鷺科,則屬「鸛形目」,爲「大型的涉禽類」〔註46〕。因此,「大如白鷺」之鳥,或可能爲中大型之白鷺,以巨型視之,或不爲過。

（三）鵁

除鵬、鳥外,尚有「鵁」在六朝志怪筆記中,呈現巨型狀態者,《拾遺記》卷 6 第 9 則言:

> 章帝永寧元年,條支國來貢異瑞。有鳥名鵁鶄,形高七尺,解人語。
> 〔註47〕

「條支國」「異瑞」「鵁鶄」「形高七尺」,與一般人七尺之身幾乎等同高度,以當時之制推算,一尺約爲 23.75 公分〔註48〕,七尺則爲 166.25 公分,可見鵁鶄之大。

（四）鴨

「鴨」在六朝志怪筆記中,亦見呈巨型者,《金樓子·志怪》第 27 則,敘及「海鴨大如鵝」,然就一般而言,鵝體型較鴨爲大,今「海鴨」體型卻「大如鵝」,則見其異於常態。

巨型的禽鳥類動物,多載當時社會中見及的特殊奇聞,以文字形式保留其特異情形。

三、巨大蟲類

蟲類出現巨大體型者,含括繭、蠶及蛾。

〔註44〕 參楊玉祥整理:〈鷺科鳥類辨識〉,《鳥語》第 290 期（2009 年 5 月）,頁 20。

〔註45〕 魯長虎、費榮梅編:《鳥類分類與識別》（哈爾濱:東北林業大學出版社,2003 年 3 月第 1 版,2005 年 7 月第 2 次印刷）,頁 34。

〔註46〕 傅桐生、高瑋、宋榆鈞編:《鳥類分類及生態學》（北京:高等教育出版社,1987 年 9 月第 1 版,1987 年 10 月第 1 次印刷）,頁 21、25、26。

〔註47〕 （東晉）王嘉撰:（南朝梁）蕭綺錄:齊治平校注:《拾遺記》（臺北:木鐸出版社,1982 年 2 月初版）,頁 142。

〔註48〕 吳承洛:《中國度量衡史》（上海:上海書店,1984 年 5 月第 1 版）,頁 65。

（一）繭

形容繭之大，有以物品比附者，如《搜神記》卷1第27則敘「五色神蛾」棲止於園客所種的「五色香草」上，遂生「桑蠶」，蠶亦食香草，其繭則爲：

> 得繭百二十頭，大如甕，每一繭繰六七日乃盡。〔註49〕

祖沖之《述異記》第12則亦載〔註50〕。園客及前來相助之女子所養之蠶繭「大如甕」，甚至須「六七日」才能將繭繰盡，顯見繭之體積大且紮實。

另有就其長度形容蠶繭者，如《拾遺記》卷10第5則、任昉《述異記》卷上第76則，言及員嶠山中「有角有麟」之「蠶」「以霜雪覆之」，其繭則「長一尺」，頗爲特出。

（二）蠶

《拾遺記》卷10第5則、任昉《述異記》卷上第76則言員嶠山所見之蠶繭有一尺之長，探其源，化繭前之蠶身亦不小，「冰蠶」長「七寸」，且覆以「霜雪」，生長環境特異，體型因之也較一般所見的蠶大出許多。

（三）蛾

《拾遺記》卷4第5則敘西王母與昭王「遊於燧林之下」，不意蛾竟出現：

> 忽有飛蛾銜火，狀如丹雀，來拂於桂膏之上。〔註51〕

此間「飛蛾」卻如「丹雀」之大，堪爲巨型。

巨大的蟲類動物，如雀之蛾處在遠方異域中；亦有蠶由五色神蛾而變成，遂生巨繭；也見爲霜雪所覆的蠶作繭，呈現五采，體型大且水火不傷。蟲類多出現在仙境或將成仙者的環境中，具濃厚神仙色彩。

四、巨大獸類

有巨大獸類之描述者，包括鼠及狗。

（一）鼠

鼠之巨大者，有如犬者，有如豚者，甚有如牛者。

〔註49〕（東晉）干寶撰；胡懷琛點校：《搜神記》（臺北：鼎文書局，1978年8月初版），頁8～9。

〔註50〕（南朝齊）祖沖之：《述異記》，收於魯迅輯錄：《古小說鉤沉》（濟南：齊魯書社，1997年11月第1版，1997年11月第1次印刷），頁102。

〔註51〕（東晉）王嘉撰；（南朝梁）蕭綺錄；齊治平校注：《拾遺記》（臺北：木鐸出版社，1982年2月初版），頁97。

1. 如犬

「鼠」有如「犬」之大者，如《異苑》卷 3 第 26 則〈鼠王國〉、任昉《述異記》卷上第 90 則，敘及「西域」之鼠「小者如常」，中則「如兔」，「大者」則至「如狗」之體型，且「頭悉已白」，「帶金環枷」，遇「商估」「經過其國不先祈祀」，則「囓人衣裳」；若「得沙門呪願」，則「更獲無他」，顯見佛教在「鼠王國」，備受推崇。

鼠囓人衣之事，《法顯傳》在〈拘薩羅國舍衛城〉中，曾云及眾人前來聽佛論議時，有一女前來謗佛：

> 時外道女名旃柘摩那起嫉妬心，及懷衣著腹前，似若妊身，於眾會
> 中謗佛以非法，於是天帝釋即化作白鼠，齧其腰帶斷，所懷衣墮地，
> 地即劈裂，生入地獄。〔註52〕

此乃法顯於後秦弘始元年（A.D.399）至東晉義熙八年（A.D.412）遊天竺之所記〔註53〕，佛教傳說中，已見天帝釋以白鼠之形象，齧人衣以揭穿冒妊身的假象及謗佛之事，鼠扮演著揭示真相的護佛角色；另一方面，在《異苑》中，即見義鼠予人吉兆的印象〔註54〕。《異苑》及《述異記》，或沿其推崇佛教之內蘊意識，將「鼠」作為護衛佛法、瓦解無明之行的化身，使其體型龐大，以為崇佛之表現。

2. 如豚

鼠亦有如豚之型者，祖沖之《述異記》第 47 則，載及薄紹之曾與祖法開為鄰，祖法開之母去世時，薄紹之見及群鼠如豚之狀：

> 二日，紹之見群鼠大者如豚，鮮澤五色，或純或駁、或著平上幘、
> 或著龍頭，大小百數，彌日累夜。至十九日黃昏，內屋四簷上有一
> 白鼠，長二尺許，走入壁下，入處起火，以水灌之，火不滅，良久
> 自滅。〔註55〕

〔註52〕 章巽：《法顯傳校注》（上海：上海古籍出版社，1985 年 2 月第 1 版），頁 73。

〔註53〕 章巽：《法顯傳校注》（上海：上海古籍出版社，1985 年 2 月第 1 版），序，頁 5。

〔註54〕 「義鼠形如鼠，短尾，每行遞相咬尾。三五為群，驚之則散，俗云見之者當有吉兆。成都有之。」（南朝宋）劉敬叔：《異苑》，《叢書集成新編》第 82 冊（臺北：新文豐出版股份有限公司，1985 年元月初版），卷 3 第 28 則，頁 524。

〔註55〕 （南朝齊）祖沖之：《述異記》，收於魯迅輯錄：《古小說鉤沉》（濟南：齊魯書社，1997 年 11 月第 1 版，1997 年 11 月第 1 次印刷），頁 110。

薄紹之所見「群鼠」，大者「如豚」，甚且服飾上亦有所裝扮，其眾多數目及
龐大身形，確為怪異現象之書寫，此一情節安排在祖法開之母亡後次日即發
生，或有凸顯怪誕事跡描寫之意。

3. 如牛

鼠之體型描述，亦有大至如牛者，《金樓子・志怪》第 33 則中，晉寧縣
內之鼠「狀如牛」，當災害將屆時，此土人口中之「䶗鼠」則會「從山出遊畎
畝」，並「散落其毛悉成小鼠，盡耗五稼」。䶗鼠散下之毛，能再幻為小鼠，
耗去五稼。不論是䶗鼠先「耗五稼」，或「天時將災」，對當下之人民而言，
皆對人民有糧食等各方面缺損之害，鼠以「狀如牛」之型出現，或彰顯出人
民苦於災害的心聲。

（二）狗

《幽明錄》第 57 則中，則見「狗」如「獅子」般大。王姥「九歲」曾死
而復活，在其「自朝至暮」死亡的那段期間，遇「老嫗」帶其「飛見北斗君」，
並見「天公狗」「如獅子大，深目」。王姥入北斗居主之冥界〔註56〕，其境所
見之動物體型甚大，凸顯奇異之處。

巨大獸類動物，如獅子大的狗，出現在北斗君所在的場域中；如犬之鼠，
被視為奉佛崇佛之表徵；如豚之鼠，則顯幽冥怪象；如牛之鼠，則可視為天
災下糧食短缺，人民痛苦的心聲。獸類藉巨大體型，傳達了怪誕異象，對佛
之禮崇，或生活的實景。

綜觀「巨型動物」一節，所涉 24 則敘事中，動物皆以誇大之型出現，或
顯現仙域境界之象，寄寓六朝人士對仙鄉的嚮往之情，鱗介類中淵洞之魚、
東海大魚、及蟹，蟲類屬之；或記天地間所見奇物，將所聞未見者載於文字，
使稀世珍聞廣為流傳，禽鳥類、獸類中如豚之鼠屬之；亦有藉物之大顯其不
凡，考驗人心，予以尊重者得償善報，貪求侵犯者則遭惡果，於敘事中寄託
果報思想，具有警示功能，鱗介類中重萬斤之巨魚、大如車輪之龜、大十圍
之蛇屬之。此外，尚有藉動物宣揚佛教思想者，如獸類中如犬之鼠屬之；更
有藉動物傳達時人所處的環境，表述六朝混亂的時代中遭災缺糧之苦境，獸
類中如牛之鼠，或寄寓了人民心中的無奈。

〔註56〕 干寶《搜神記》卷 3 第 6 則載管輅為顏超延命一事，即有「南斗注生，北斗
　　　　主死」之說。（東晉）干寶撰；胡懷琛點校：《搜神記》（臺北：鼎文書局，1978
　　　　年 8 月初版），頁 20。

　　總覽六朝志怪筆記動物故事奇貌殊能之情節，動物能變幻形體，或爲人、或爲他種動物、或爲其它器物，以人形出現者，映照出當時社會流於狂放，慾望恣行，整體社會呈現無序之態，而人禍又關聯到天道之行，因此天人相應思想滲入，即以動物化爲他種動物之情節呈現出來；亂世中，人的內心企求安定，盼望世事能回歸平靜，動物變爲器物之情節，正反映了回復於本眞之精神需求，日本學者中野美代子指出，中國的化身現象，常見鬼怪及其他動植物化爲人形，並與人交往，呈現出以「求心的化身爲主流」，顯見與「儒教現實主義」密切相關〔註57〕，可謂切中要旨。

　　動物徵狀怪異，一屬外在形體異常，以雜體、多頭、異角、異足，或其它怪狀展現。另一則爲內在徵狀怪異者，有生理現象、內臟、色彩等不尋常之徵狀展現。這些動物或構築了道教追求的仙鄉世界，或結合了天人感應之讖緯災異，也有蘊藏古老圖騰崇拜信仰者，亦有僅單純記載動物罕見之異象。

　　動物具神奇能力，或能招致財寶，吐珠獻玉；或有神奇智力，能預知未來，爲人導引迷途；或有奇異能力，置身於不尋常異域，擁有非常之特質；或具其它如格鬥、跳舞、報仇、滅火、著衣等類似人之能力。動物的神奇能力，或結合道教神仙思想，其能達長生永恆之思維，虛玄而又寬廣之境界，使動物亦具靈性奇能；而天人相應之讖緯思想，亦藉動物顯現異狀，傳達天道賦予人事之災異；亦有純載怪誕之事，筆之於書，爲述異之作，流傳於世。

　　動物懂人語，一爲動物直接作人語，以突兀虛誕之姿，引人注意，此類或含災異休咎徵兆，以提醒人世；或含道教之神仙思想，物老爲精可爲人語；亦有佛家因果輪迴概念，警醒世人善惡有報。二爲動物未作言語而通曉人語，此類動物或己身遭困，或人類遇險，或沙門說法，動物多能因對語言有所了解，將原本可能有的衝突化爲和諧，顯現動物之聰慧。三爲動物通夢於人傳遞訊息，此類動物有己身遭困求助者，有預告未來之事者，有因被殺害報仇者，也有受助而報恩者，除存在災異思想外，更富含因果報應的觀念。

　　巨型動物，涵蓋鱗介類、禽鳥類、蟲類及獸類，此類動物有擴大神仙世界之視野者，有蘊含人事善惡之果報者，亦有推崇佛教之信仰者，並見人類對於亂世遭難之無奈。

〔註57〕　〔日〕中野美代子著；劉禾山譯：《從中國小說看中國人的思考方式·第二章確認人性的方法·兒女與英雄——化身的邏輯》（臺北：成文出版社有限公司，1977 年 7 月初版），頁 47～48。

　　總而言之，六朝戰爭頻仍，時代更迭，道教仙鄉思想對亂世中的人類而言，猶如一條可攀援的繩索，得以遠離苦痛，而社會亂象，又常見以災異思想依附，頗見人們內心，實有著一份尋求安定之企盼，而佛教的因果輪迴，或亦爲當時之人帶來望其來生之信仰力量。

第四章 六朝志怪筆記動物故事——人情互動

　　動物與人相處，有摩擦扞格之處，亦有和諧互助之況，不同性情之磨合，將生發出相異之敘事情節。本章續就「情節單元」觀察六朝志怪筆記之動物故事，以動物和人之「人情互動」為著眼點，由「動物擾人」、「動物助人」、「動物報恩及報仇」、「動物與人成婚」及「動物具人類特性」等五方面歸納整理，分述於後。

第一節　動物擾人

　　六朝志怪筆記中，頗見動物以精怪之形，擾人安寧，這些精魅流連人間，輕者為人所見，困擾人類生活，使人對其畏懼，重者則傷及人命，導致無可彌補的遺憾。本節依精魅擾人程度，以輕者擾人安寧，重者害人性命加以敘述。

一、擾人安寧

　　擾人安寧者，包括「擾人作息」、「惑人情感」、「使人畏懼」，及「令人患病」等四項，分述如下。

（一）擾人作息

　　精魅現於人間，常使人類生活掀起波瀾，若是偶一遇之，把它當成人生不凡之際遇，倒不傷大雅，如《幽明錄》第 257 則，一「身著練單衣帢」之人，「捧手」與施子然交談，自言名「盧鈞」，家在「壇溪邊臨水」。半旬後，

「田塍西溝邊」有一「大坎」，坎中滿是「螻蛄」，其一「彌大」，施子然始悟，先前所遇住於「壇溪」邊之「盧鉤」，實以「反音」之言詞表達，掩飾其真實身分，乃「西坎」之「螻蛄」所化。〔註1〕又如《異苑》卷8第4則，桓謙見「長寸餘」之人，「被鎧持槊，乘具裝馬」，「數百為羣」「相撞刺」，人馬之動作均便捷輕快，且「緣几登竈，尋飲食之所」，將「切肉」等食物，徑帶入「穴中」。蔣山道士朱應子令人以「沸湯」澆灌其入穴之處，後掘得「斛許大蟻」已然死亡。可知桓謙所見「長寸餘」之數百戰士，乃「蟻」所幻化。

如若精魅於夜間出現，人類生活將顯得不平靜。《異苑》卷8第14則，「護軍府」池中之「黿」，以「丈夫」之形冒為「華督」，夜造「護軍府」，遭「街卒」「邀擊」，化為原形而被殺。黿魅於夜間任意出入屋宅，並為街卒以為「犯夜」，實已干擾人類夜間生活。《搜神記》卷19第6則中，「大鯷魚」化為「長九尺餘」的人形，「著卓衣高冠」，於孔子歇宿之館「大吒」，且挾子貢，與子路戰，精魅與人更出現肢體交戰。

精魅多次介入人類的生活空間，更令人倍感困擾。《搜神記》卷4第16則中，一「五色」「大鳥」自稱「天地使者」，在戴文謀「隱居陽城山」時來「憑依」，擾亂其平靜生活。《列異傳》第15則，汝南著「太守服」之「老鱉」，常至「府門」「椎鼓」，造成「郡」中之患。《搜神記》卷3第3則，臧仲英家中的「老青狗」，與家僕益喜共同弄髒飯菜、拿走盛飯的鍋子、燒光「篋簏」中的「衣物」、偷走「婦女婢使」的鏡子，更讓「三四歲」的「女孫」「於圊中糞下啼」。老青狗使臧家上下雞犬不寧，更使其落入擔心孩童安危的恐懼中。而《搜神記》卷18第21則，來季德「停喪在殯」，「里中沽酒家狗」更利用人類尊敬死者之心理，模仿來季德的「顏色服飾聲氣」，「教戒」「孫兒婦女」及「奴婢」，歷經「數年」，使其家人由初歷親喪的「哀割斷絕」，而至數年皆見來季德告誡兒孫，無法將其入葬的「家益厭苦」。精魅如此擾人安寧，可就令人陷入憂心之情了。

（二）惑人情感

動物精魅常以人形之姿，接近人類，使人對其產生好感，如《搜神記》卷17第5則中，「蟬」化為「可十四五」之「年少人」，「衣青衿袖，青幘頭」，令淮南內史朱誕「給使」之妻對其「言笑」。

〔註1〕 《續異記》第3則亦載此事，該則「螻蛄」係以「著黃練單衣袷」之裝扮出現，自云「家在粽溪邊」。

　　亦有精魅利用人類有情，接近昏惑之，以獲得一夜繾綣情，如《搜神記》卷19第4則，「大黿」化爲女子，夜投張福之船，與其共寢。《異苑》卷8第18則，一「獺」利用張道香將與其「夫壻」分離，「假作其壻」，以「離情難遣」誘引道香致「昏惑失常」。

　　另有動物精魅在人間食髓知味，致令人間男女對其鍾情，矢志不渝者，如《異苑》卷6第19則中，「大蟻」化爲一「著黃裳衿帽」之「老公」，與東陽太守朱牙之董姓妾「交好」，常由董妾「牀下」之「坎」出入。《異苑》卷8第13則、《幽明錄》第235則中，「大白黿」令將嫁之女子「失性」，使女子「不樂嫁俗人」，在其「與女辭訣」之時，又致此女「慟哭」，云「失其姻好」。人間女子儼然已將動物精魅所化之男子，視爲不可失去之伴侶。

　　此外，亦見精魅利用人情世故之間隙，見縫插針，乘隙而入者，《幽明錄》第261則中，一「老白雄雞」趁著朱綜「母難」，多於「外處」住之機緣，冒朱綜之形，常接近朱妻，及朱綜回家探視，與妻談話，始知事有蹊蹺，「閉戶」補捉得「家雞」，才揭穿騙局。《異苑》卷8第17則中，殷琅「與一婢結好」，婢死後，殷琅竟仍與婢「猶來往不絕」，致「心緒昏錯」。殷母「深察」之，見一「如斗」之「大蜘蛛」於「夕」時出現，「緣床就琅」後「宴爾怡悅」。殷母殺之，才使琅「性理遂復」。可知大蜘蛛在婢女死後，幻爲女子之形，與殷琅來往，使其心緒陷於昏錯之態。

（三）使人畏懼

　　動物精魅有將一亭據爲己有，在亭中作祟，使眾人畏而卻步者，然一樣米養百樣人，亦有無懼者勇於挑戰，揪出作祟精魅，斷絕後患，造福後人。

　　精魅有單獨爲祟者，如《異苑》卷8第2則，「狸」躲於「官舍」之「墙」中，常使官舍「白日」時「外戶自開」，致令府尹多不敢在「廳事」「治事」，獨樂廣無懼，見「墙有孔」，「掘墙」得「狸」後，「殺之」，「怪遂絕」。《搜神記》卷18第17則、《幽明錄》第65則，傳聞「舊每殺人」位於「豫章」之一座「亭」，乃鹿魅化爲「黃衣」人呼人「開戶」作祟。謝鯤「夜宿」此「亭」，鹿魅卻爲謝鯤使計牽下其「臂」，遂使此亭「無復妖怪」。《幽明錄》第181則中，「代郡界」有一「不可詣止」之怪亭，乃「老雄雞」於夜間僅用一手「攝笛」，以嚇宿於此亭之人，而一「壯勇」諸生以欲代爲吹奏爲計，使鬼「引手」而「數十指出」，諸生即「拔劍斫之」，乃知鬼爲「老雄雞」所化。

　　動物精魅常用各種引發人恐懼之物，欲令宿於亭者望步退縮，如《幽明

錄》第 227 則，精魅利用人的恐懼心理，欲使來者打退堂鼓。一「大如豚」之「鼠」，化爲「長三尺，冠幘皀服」之人，屢次在新的清河太守如廁時，預告其死訊，使其「意甚不樂」，所幸太守未因此鼠屢告以不祥之死事而牽動心緒，有所回應，鼠終因太守「三言」「不應」，「仆地」後，「郡內遂安」。又如《搜神記》卷 18 第 14 則，「南陽西郊」「一亭」常出異端，乃「老狐」以「登梯」暴露可怖之形與人言語、投「死人頭」予人等伎倆騷擾人類，致「人不可止，止則有禍」之傳言沸沸揚揚，宋大賢「以正道自處」，坦然面對，無畏鬼物「形貌」、「死人頭」之恐嚇，在「共手搏」中搶得先機，制其於死地。

亦有精魅採聯合作戰之策略，作祟於亭，如《搜神記》卷 18 第 27 則，「老狸」化爲部郡，「老狢」化爲府君，常在夜裡造訪宿於吳「廬陵郡都亭重屋」之人，先是先後進入，再連袂「叩閣」，以便就近襲擊。丹陽人湯應具「膽武」，「三更」時分，聞「部郡」、「府君」造訪，初不以爲疑。其後，「部郡、府君相詣」，湯應「知是鬼魅」，「持刀迎之」，採取出其不意的「逆擊」與追殺，終使「老狸」、「老狢」不得再爲害世人。又如《搜神記》卷 18 第 26 則，「安陽城南」有一夜宿即見「殺人」之「亭」，每有人欲宿於此，「亭民」便屢屢告誡「前後宿此，未有活者」，所幸一「明術數」之書生放膽探查，詢得夜半時言談之「皀衣」人、「冠赤幘」者，及「亭主」分別爲「北舍母豬」、「西舍老雄雞父」及「老蠍」所化，即於翌日天明，「索劍」尋得「如琵琶」、「毒長數尺」之「老蠍」，於「西舍」得「老雄雞父」，於「北舍」得「老母豬」，殺此「三物」後，亭乃「永無災橫」。

安陽亭書生與《搜神記》卷 19 第 5 則丹陽道士之遭遇，情節極其雷同，前者由懂「術數」之「書生」「索劍」以除蠍、雞、豬等三物，後者則由「道士」殺去鼉、龜等二物，而前者在角色刻畫上，凸顯書生明知山有虎，偏向虎山行的勇氣，內容顯得較爲豐富。

（四）令人患病

精魅留戀人間，有使人因之而病者，如《甄異傳》第 10 則，張安患病，覺病發之時「有物在被上」，當其「舉被捉之」，物則化成「如鷦鷯」之「鳥」，且物一旦化爲鳥後，張安之「瘕」即「登時愈」。《搜神記》卷 2 第 1 則，漢章帝時「有婦爲魅所病」，經壽光侯爲其劾出「蛇」魅，「婦因以安」。《雜鬼神志怪》第 11 則中，「老鼉」令廣陵王家之女「病邪」，直至沙門竺僧瑤以「神咒」「治邪」，才現出原形，爲人「撲殺」。

令人患病之精魅，亦見爲使作祟時間延長而行賄者，如《列異傳》第 8 則，一「長數丈」之「蛇」，向魯少千坦言楚王少女「爲魅所病」，乃它所爲，並欲以賄賂之途，阻止魯少千除魅，顯現蛇魅戀戀於人間之況。

亦有頑強之精魅不易對付，如《搜神記》卷 3 第 19 則，劉世則之女「病魅積年」，請「巫」爲之「攻禱」，「病猶不差」；其後韓友以「布囊」驅捕，首次因「決」而「敗」，再則以「皮囊二枚遝張之」，待懸於樹間「二十許日」，始知爲「狐」作祟，捕得狐後，「女病遂差」。先前巫者研判狸鼺致劉世則之女病，然捕得狸鼺，其病猶存，可知巫者所判爲非。韓友以囊捕之，初次布囊破裂，顯出爲祟之物並非泛泛之輩，待第二次以重疊之皮囊張捕，終於揭曉魅物乃爲狐狸，女子的病也因之而癒。

由數個動物爲魅擾人之敘事來看，可知只要抓到或除去爲魅之物，則可改善擾人情形，人類又可恢復至平定、安寧的生活。

二、害人性命

動物精魅亦見傷及人命者，且喪命之人多爲無辜之受害者。

精魅出現之處，常見人或動物無故而亡者，如《搜神記》卷 2 第 1 則，漢章帝時，一樹使人止者死，鳥過者墜，乃因有「大蛇長七八丈，懸死樹間」，致生墜、亡之事。

也有明目張膽吃人者，如《搜神記》卷 19 第 1 則，「庸嶺」的「大蛇」「長七八丈，大十餘圍」，除人民以「牛羊」祭之，並欲「啖童女年十二三者」，已使「九女」命喪。

動物精魅，有髠人髮者，其幕後操控之手有爲蝙蝠者，如《幽明錄》第 236 則中，宋初淮南郡「有物髠人髮」，太守朱誕以「黐」「塗壁」後，發現「大如雞」之「蝙蝠」，而「屋檐下」已聚有「數百人」之「頭髻」，可知蝙蝠已害人無數。

髠人髮之狐狸魅更爲多見，如《列異傳》第 43 則，「老狸」在「懼武亭」與劉伯夷交戰，夜中覆於伯夷身上，爲伯夷「以帶繫」，用火照，現出「色赤無毛」之「老狸」原形，遂遭「火燒」的命運。次日，也揭穿魅已殺「人髮數百枚」。《搜神記》卷 18 第 15 則〈郅伯夷〉，亦載狐髠人髮之事，狐在黑暗中呈「正黑者四五尺稍高」，至火照時呈「正赤，略無衣毛」，而其與郅伯夷的纏鬥過程，令伯夷「持被掩之，足跌脫，幾失再三」，顯出狐之身手不凡，也照應狐得以「髠人髻百餘」之能力。《列異傳》第 43 則、《搜神記》第 18

卷第 15 則中，皆提及一老狸「殺人髮數百枚」，致凡欲宿懼武亭之人皆被告知「此亭不可宿」。《列異傳》更談到狸之所以害人無數，或與「髮千人」即能遂其「得爲神」之願有所關連，是以爲神之強烈動機，促使其罔顧眾人之命。

更有精魅使心機，以詐術促成弑親的人倫慘劇，《搜神記》卷 18 第 10 則，一「大老狸」冒爲「田中」二耕作者之「父」，施計使二兒將生父「殺而埋之」，其後便作「父形」與其二兒同住「積年」，多年後，始爲一「法師」拆穿，令其兒對殺父之舉憾恨不已。老狸在父親判二兒所遇應爲鬼魅之時，刻意「寂不復往」，利用父親擔心兒子爲鬼所困的心理，以借刀殺人的手法，讓手刃親人的慘劇發生，更進一步鳩佔鵲巢，入住人類家中，冒掌一家之長的威權，待法師揭穿老狸的真面目，又促成二子懊悔，一自殺，一憂悔而亡，可謂害人無數。

《搜神記》卷 16 第 15 則〔註 2〕，亦見魅冒爲家人，引發相爲殘殺的悲劇。此則鬼魅捨棄身爲家長之權勢地位，反冒爲秦巨伯之「兩孫」，藉秦巨伯酒後「夜行」於「蓬山廟」之際，忽來迎接，對其「扶持百餘步」，顯出孫子對祖父的尊敬之心後，出其不意，對其捉頸「著地」，並以將殺害他以爲恐嚇之罵詞，一反家族倫理中後輩敬重長輩的作爲。秦巨伯在「佯死」中，脫離險境，回到家「欲治兩孫」，詢問下始知恐爲鬼魅作祟。「數日」後，秦巨伯「詐醉」「行此廟間」，又見「兩孫來扶持」，秦巨伯「急持」至家，「著火炙之」，兩孫「腹背俱焦坼」，逃之夭夭，秦巨伯「恨不得殺之」。「月餘」後，秦巨伯「又佯酒醉」，此次「懷刃」「夜行」，而孫子恐怕祖父「又爲此鬼所困」，俱往迎之，卻爲秦巨伯所「刺殺」。鬼魅冒人之形，以飄忽不定的行蹤，三番兩次利用人類的疑心，使人增生憤恨、錯殺親人，斫害了人倫之情，實不可取。

綜觀「動物擾人」一節，動物精怪化爲人形遊走人間，或使人之平日生活遭遇干擾，人之作息或因精怪介入致發生變化，甚或失序；亦有精怪接近人類，動人以情，昏人神智，惑人情感，甚且利用人之情性有所依戀的心態，冒充他人，使人陷於不可自拔的情緒，而精怪卻得以從中取樂，遂其慾望；尚見精魅據亭爲王，作祟其間，以人形、人語、死人頭等嚇人之具，亦或聯合其他精怪共同興風作浪，令眾人避之唯恐不及，自己則可據地稱王，爲所欲爲；更有精怪流連於人之生活處所，令人身受病痛折磨，遇有治魅之人，

〔註 2〕　（東晉）干寶撰；胡懷琛點校：《搜神記》（臺北：鼎文書局，1978 年 8 月初版），頁 121。

甚且以重金行賄阻止，總要人受魅病，否則不得干休。如此擾人作爲，令人不得安寧，然敘事中的精魅並無法遂其所願，它們擾人之行，終會被揭穿，而當眞相明朗，精魅多遭受被殺的下場，人類則又恢復平靜生活，病者治癒，惑者回歸理性，一切歸於寧靜。

此外，動物精魅亦有害人性命者，它們或因自身須求，致生啖人、髡人髮等作爲，常使多數無辜者受害，或有如惡作劇之心理，於人間詐騙嬉鬧，冒充人類，使人倫間產生錯殺親人的慘劇，卻又若無其事地頂替他人，在人間享受權勢地位。此類的動物精魅，依然無法一味坐享其利，它們的害人之行，終也會得到正法，爲人所剷除，只是無辜受害者的生命並無法挽回，只能說遲來的正義終會到來，受害者的冤屈終將得到平反。

動物精魅致生擾人、害人之敘事情節，以害物之「妖」角色〔註3〕現於人間，究其產生原因，早在殷商之時，即有鬼神崇拜觀念，原始自然之宗教觀，萬物有靈的想法，加上道教結合民間的巫術及神仙方術，促使妖魅的存在受肯定〔註4〕。而道教中人長生不死得以成仙的追求，相對於動物，則爲物老經修練可成精之移植仿製；若說人之成神仙乃爲眞、善、美的象徵，則階級不得與神仙平起平坐的老物精怪，則有可能是假、惡、醜的象徵，因此，精怪以危害人間的角色存在，產生各種擾人、害人之行。〔註5〕另一方面，六朝處於禮教崩壞、社會動盪之局面，精魅爲害人間，或存有局勢混亂，人民生活因天災人禍不斷，備受侵擾的不穩定意涵，蘊藏了一份企求平靜生活的迫切之情。

第二節　動物助人

六朝志怪筆記中，動物助人之行爲所在多有，動物與人之間出於熟識而相助者，反不如動物主動相幫來得多，顯現動物本性之良善，它們的作爲，有「引人避難」、「助人克敵」、「伸援救難」及「陪伴守護」等四方面，今分別敘述如後。

〔註3〕「妖，祅也。祅害物也。」（漢）劉熙撰；（清）吳志忠校：《釋名・卷一・釋天》，《四部叢刊正編》第 3 冊（臺北：臺灣商務印書館，1979 年 11 月臺 1版），頁 6。

〔註4〕參洪順隆：〈六朝異類戀愛小說芻論〉，《文化大學中文學報》創刊號（1993年 2 月），頁 27～29、34。

〔註5〕參姚立江：〈狐狸精怪故事別解——兼與龔維英先生、何新先生商榷〉，《民間文學論壇》1990 年第 5 期（總第 46 期）（1990 年 9 月），頁 43～45。

一、引人避難

動物助人避難，包含「對致命之險發出警訊」，及「助人逃避追捕者」。

（一）對致命之險發出警訊

動物助人避難方面，有對致命之險發出警訊者，這些動物與幫助的對象並無任何關連，純因人類將面臨屋舍坍塌之險，動物主動提出警訊，避免死傷，如《搜神記》卷3第11則，夏侯藻母親「病困」，本想請淳于智為其占卜，忽見一狐「當門向之嘷叫」，此一怪異現象，令夏侯藻「馳詣智」，淳于智則令其「速歸」，「在狐嘷處拊心啼哭」，直至家人「畢出」為止。夏侯藻如其言，待家人「驚怪」，皆集於外，「堂屋五間」即「拉然而崩」。

狐「當門」「嘷叫」之舉動，促使夏侯藻原本排定、請教於淳于智的拜訪加快步調，也使夏侯藻的家人提早離開屋宇，避免了屋塌不及躲避的災難。狐的嘷叫，可謂是一種遭難的示警，引起夏侯藻對異象的注意，因而由淳于智口中得知應對之法，使家人免於一場禍患。

又如《搜神記》卷11第24則，「事繼母至孝」的衡農「宿於他舍」，「值雷風」之時，「頻夢虎囓其足」，衡農「呼妻相出於庭」，「叩頭三下」後，「屋忽然而壞」，壓死「三十餘人」，獨衡農夫婦「獲免」。虎對衡農，通過夢境以囓足示警，或有提醒衡農快跑之意；而衡農也因夢境怪異，與妻離開屋舍，化險為夷。

狐及虎的示警行為，發生在擔憂母親「病困」而求卜及事母「至孝」的夏侯藻與衡農身上，使堪稱孝子之兩家人得以保全性命，隱約或見對孝行之推崇及孝心之成全，另一方面，亦可顯現：具孝心者乃有福之人。

（二）助人逃避追捕者

當人一旦被追捕，快速尋得藏身之所而不被發現，為當務之急，此時若又有混淆追捕者視聽的狀況出現，多能使被追緝者全身而退，六朝志怪筆記中，即見動物幫人逃避追捕、脫離險境者，如《小說》第3則，漢高祖為躲避項羽的追擊，藏身滎陽板渚津原上的「厄井」中，此時「雙鳩」停駐井上，令人不易思及井中是否藏人，漢高祖因此逃過一劫。雙鳩解救漢高祖於危難之時，凸顯政壇人物經歷化險為夷的奧妙造化，為政治人物添加神話色彩。

二、助人克敵

面對敵人，以少擊多或以弱抵強，終不免居於弱勢，此時動物的助人之

舉，更能為人增加一份助力，六朝志怪中，有動物為有恩有義之主人克敵者，如《搜神後記》卷9第6則，張然發現其妻與奴「私通」，奴「張弓拔矢」欲殺然，張然冀望所養的狗烏龍能救他一命，此時烏龍「注睛舐唇視奴」，向張然示意，張然會意後，一聲令下，烏龍「應聲傷奴」，「奴失刀仗倒地」，張然得以「取刀殺奴」，妻則「付縣」，「殺之」。〔註6〕

烏龍為張然養之「數年」，且常隨於張然左右，家犬與主人間之默契已然建立，烏龍對主人的營救，亦顯出張然平日對烏龍的愛護。

又如《搜神記》卷20第10則、《幽明錄》第84則中，快犬「的尾」對其主人華隆更見有情有義。喜好打獵的華隆，對的尾總「常將自隨」，一次華隆「至江邊伐荻」，「為大蛇所圍」，的尾「暫出渚次」後還，卻驚見華隆為蛇「繞周身」，隨即「咋蛇」，「蛇死」，華隆則「僵仆無所知」。的尾「仿佛涕泣」，周旋盤桓於船際草邊，華隆夥伴發現，於是送華隆回家，的尾直至「二日」後華隆「復蘇」，才有心進食。

的尾在主人被蛇攻擊之時，一心關注主人安危，奮力與蛇搏鬥，自己的生命則置之度外；而當華隆昏迷之際，的尾對主人的擔心，則又在無心進食的行為中表露無遺，的尾與華隆間的情義，可謂深厚。

對於素昧平生之人，動物亦有抱不平而伸出援手者，如《搜神後記》卷3第6則、《宣驗記》第4則中，百餘位山賊劫走百姓的「資產」及「子女」，入「佛圖」後，又「搜掠財寶」，當山賊欲破壞百姓所供養的物品時，「數萬頭」蜜蜂由「衣簏」出，「噆螫群賊」，山賊「身首腫痛」，棄物而走。

蜜蜂對山賊惡行之制止，形如佛寺對百姓之庇護，山賊無故劫掠百姓之資產甚至子女，已屬天理不容，蜜蜂螫賊，頗有護持無辜百姓，伸張正義的象徵意義。

三、伸援救難

動物在人危難之際，有「救難於火」者，有「拯人出險」者，也有「助過河」者。

〔註6〕《齊諧記》第15則，亦有烏龍殺奴救張然之事，然其細節不及《搜神後記》：奴與婦謀然，狗即「注睛舐唇視奴」，並未交代張然與狗之養護及感情；張然見犬對其示意，即令犬對奴下手。其情節之銜接，細節之鋪陳，不如《搜神後記》來得仔細。

（一）救難於火

天災人禍中，火對人造成的傷害頗為慘重，尤其在不自覺情況下，更易使人身陷險境。六朝志怪筆記中，對飽受火之威脅供以幫助者，包括狗及鴉。《搜神記》卷 20 第 9 則，李信純養的狗「黑龍」，見主人「臥處」「恰當順風」，有「火」來，然而李信純醉臥草中，不知已遇火遭災，黑龍為救主人，「以口拽純衣」無效，遂「入水濕身」，「以身灑之」，李信純終得免於難，黑龍則因「運水困乏」，「斃於側」。李信純醒來，見犬及火之「踪迹」，因而「慟哭」，太守聞之，「命具棺槨衣衾葬之」。

李信純對黑龍愛惜有加，平日「行坐相隨」，「飲饌」之時，「皆分與食」，因此當信純醉酒不醒，遭遇災難時，黑龍盡己微薄之力，定要信純遠離災禍才得放心，即使自己力竭「困乏」，也在所不惜。黑龍對信純如此，乃有感於信純的用心對待，於是藉水抵火，報以恩情。

又如《搜神後記》卷 9 第 7 則，楊生養一狗，對其甚為「愛憐」，「行止與俱」。楊生醉酒草中，遇燎原之火，醉而不覺，狗則入水，「以身灑生左右草上」，使楊生「火至免焚」。

而《拾遺記》卷 3 第 4 則，晉文公以「焚林」之計求介之推出仕，白鴉則以「噪」之聲、以「集」之行，使介之推不為火所焚，白鴉有示警之行、護衛之心，其對介之推的頻頻保護，也更加推崇了介之推的德行。

（二）拯人出險

大自然之地形多變，高山深谷所在多有，當人不幸落於深坎，求助無門，動物出現，則有重見天日的希望。六朝志怪筆記中，能救人出險地者，有熊及狗。如《搜神後記》卷 9 第 3 則，一射鹿人墮於坎中熊穴，熊並未對射鹿人加害，又且常分予所覓之果，待熊子長大後，熊母將子「一一負之而出」，對於射鹿人，也助其躍出洞穴。又如《搜神後記》卷 9 第 7 則，楊生「暗行」，墮於井中，其所養之狗則「呻吟徹曉」，引來路人相救，然當相救條件為「以狗相與」，楊生隨即回絕，顯見楊生與狗已有深厚之情，狗則為救主人出井，「下頭目井」，楊生也有所會意，便如路人所言，將狗相贈，然「五日」後，狗又於夜中回到楊生身邊。楊生之狗離主人而去，又能尋得主人住處，自行歸家，狗的靈性藉此深深刻畫而出。

（三）助過河

自然界中河海寬廣者，若無舟楫輔助，不易達彼岸，六朝志怪中，卻有

動物搭成橋或助人渡水者。《拾遺記》卷 2 第 1 則，禹奉舜之命「疏川奠嶽」，「濟巨海」時有「黿鼉」「爲梁」，「黿鼉」成了禹水路的交通工具。又如《搜神記》卷 14 第 3 則，東明因「善射」，橐離國王「恐其奪己國」，「欲殺之」，東明走至「施掩水」時，「以弓擊水」，則見「魚鱉浮爲橋」，待東明渡河後，魚鱉即「解散」，遂使「追兵不得渡」。

禹欲渡海及東明欲逃難之時，遇黿鼉、魚鱉搭橋相助，幫其解決眼前困難，而二人日後皆爲帝王，動物出現於具帝王之命者的需求之際，或也爲其帝王身分增添神話色彩。

而《冥祥記》第 43 則，晉朝王懿「世信奉法」，父親爲丁零所害後，王懿與兄「攜母南歸」，「饑疲絕糧」之下，遇大水不知何處「可得揭躩」時，一「白狼」「旋繞其前」，爲其「引導」，助其渡水。在王懿危及無助時，白狼適時出現，而王毅又且爲信佛之人，此一敘事，頗見推崇佛教之意。

四、陪伴守護

動物與人之互動，亦見默默在旁爲人守護者，有「餵人護人」、幫人行「建築」之事、執「警衛」之勤，及替人「照明」等表現，以陪伴之行爲，表達動物對人的重視及支持。

（一）餵人護人

動物對於落難之人，總見予以幫助之況，如《搜神後記》卷 9 第 3 則，一射鹿人墮於坎中熊穴，熊不僅未加害射鹿人，又且分予「藏果」，使其得以「延命」維生。此一情境或與大熊分果與其子之舐犢天性有關，熊愛其子，在熊穴中，射鹿人也不見任何有害於熊的舉動，熊母第一眼見及射鹿人，恰在熊子群中，熊的愛子天性，或許在分果予子的動作中，將射鹿人視爲熊子之列，展現熊亦有情有義的一面。

對於見棄的嬰兒，動物亦展現愛護之心。《搜神記》卷 14 第 5 則，子文乃鬬伯比與妘子之女私通所生，妘子之母「恥女不嫁而生子」，將子文「棄於山中」，卻有「虎」來乳之，以延續其生命。又如《搜神記》卷 14 第 6 則，蕭同叔子以妾之身分，「有身」卻「不敢言」，將子產於野，所幸「有貍乳而鵲覆之」，引來他人「見而收」，使其平安成長，成就日後的頃公。

子文、頃公皆在褓褓之時即被棄於荒野，得虎、貍乳之，鵲覆之，免除餓死或凍死之命運，其後一爲「楚相」，一爲君王，而動物爲嬰兒餵食、呵護，

或暗含君王將相者命不該絕之意涵，更見上天有好生之德，即使是動物，亦能明瞭生命可貴的意義，並且能身體力行。

對於遭受喪子之痛的母親，動物也給予安慰。《異苑》卷 6 第 9 則〈形見慰母〉中，道生隨桓軌至巴東，途中「墜瀨死」，道生「形見」於母，其母得知兒子已「獲在河伯左右」，不勝哀慟，一「黑鳥」則「以翅掩其口舌上」，使其「生一瘤」，便「不得復哭」。鳥翅掩哀者之口，其動機在止哀者之哭，對道生之母白髮人送黑髮人的哀痛，或有安慰作用，或亦可視爲黑鳥乃幫助道生踐履晚輩不願使尊長傷心之孝心，然黑鳥使道生母生瘤，多少會影響及於生活，則又有不甚恰當之處。

動物所助對象，不僅限於落難之人，《拾遺記》卷 9 第 6 則中，神異「頻斯國」之「丹石井」，乃仙人以「長繩」「引汲」飲水之處，當王子晉「臨井而窺」時，「有青雀銜玉杓以授子晉」。王子晉乃傳說中之仙人，當其近井，青雀爲其效力，顯現青雀知曉王子晉將成仙，也顯出青雀在神仙世界中的靈性。

（二）建築

動物於建築之工事，頗多能力，有能爲人築塘者，如《小說》第 47 則、《錄異傳》第 18 則，漢文翁欲「砍柴爲陂」，夜中即有「百十野豬」「鼻載土，著柴中」，至天明，「塘成」。動物助漢文翁成事，正爲漢文翁之神異能力增添色彩。

有能造墳者，如《拾遺記》卷 1 第 15 則，「孝養之國」中的人一旦死亡，「葬之中野，百鳥銜土爲墳，群獸爲之掘穴」。《拾遺記》卷 1 第 14 則，則言舜「葬蒼梧之野」時，有鳥「憑霄雀」「自丹州而來」，「能羣飛銜土成丘墳」。鳥銜土成墳的對象，有孝養國中之人，也有以孝聞名而爲帝之人，皆具孝養特質。

亦有能示城界者，如《搜神記》卷 14 第 9 則中，韓媼於「野中」持「巨卵」歸，育化爲「嬰兒」，此小兒「四歲」時爲助劉淵「築平陽城」，則「變爲蛇」並「令媼遺灰志其後」，「憑灰築城」則城可就，後果如其言。《搜神記》卷 13 第 9 則，秦爲防備胡人侵襲，於「武周塞」內築城，「城將成」卻「崩者數焉」，則有馬「周旋反復」，當地父老遂「依馬跡以築城」，「城乃不崩」。蛇及馬以足跡示城界，使百姓得以居於鞏固之城內，生活亦得無虞。

（三）警衛

動物在六朝志怪筆記中，有扮演警衛之角色者，《搜神後記》卷 10 第 2 則，一「年可二十許」、「騎白馬」之人，「暫寄息」於尹氏家中，次日，「大水暴出」，尹舍有被淹之虞，一「三丈餘」之「大蛟」「盤屈庇其舍」。大蛟在水患中適時出現，或可視為答謝尹家借予「寄息」之行，故在大水造成「山谷沸涌，邱壑淼漫」之際，護衛尹舍，保其安全。

《搜神記》卷 11 第 12 則，王業為「荊州刺史」，秉持「無使有枉百姓」之心，任內「苛慝不作，山無豺狼」，當其「卒於湘江」時，出現「二白虎」「宿衛其側」，喪事完畢，則「踰州境，忽然不見」。二白虎儼然以護衛身分，為具仁心之刺史守靈，王業有德於民之作為，由白虎守護王業之遺體彰顯而出。

由上可見，動物所護衛之對象，皆為具善德仁心者，尹家借予他人寄息，僅為舉手之勞，卻予人方便；王業以一州之長行其德政，百姓皆受其惠，顯見具備德心善意之人，乃為動物樂意相幫者。

（四）照明

六朝志怪筆記中，可見及動物能為人照明的情形，或有於神仙境內銜珠以光亮一室者，如《拾遺記》卷 4 第 6 則中，有「黑鳥」「銜洞光之珠」，「懸照於室內，百神不能隱其精靈」。

亦有體恤孝子盡孝，路途遙遠，為其照明者，如《拾遺記》卷 6 第 5 則，郅奇「居喪」，「所居去墓百里」，「夜行」時總「常有飛鳥銜火夾之」，「雖夜如晝之明也」。飛鳥總在郅奇由家至墓的往返途中，為其照明，對其孝行孝思，亦有彰顯之效。

更見百姓受荼毒，銜火亂暴君之視聽，以阻斷暴政之持續者，如《拾遺記》卷 2 第 7 則，紂派飛廉、惡來以「烽燧」為記，以「討諸侯」、誅賢良、囚百姓、「收其女樂，肆其淫虐」，導致「神人憤怨」，民不堪其苦。此時卻出現「朱鳥銜火」，「以亂烽燧之光」，遂令紂「使諸國滅其烽燧」，終止燒殺擄掠之惡行。朱鳥銜火之作為，使「億兆夷民乃歡，萬國已靜」，無異替天行道，遏止暴行。

綜觀「動物助人」一節，動物與人因有情感存在，在人須援手時給予幫助者，僅止於人所養的狗顯現作為，它們基於平日與主人的深厚情感，在主人落難時奮力相幫，如《搜神後記》卷 9 第 6 則中的「烏龍」、《搜神記》卷

20 第 10 則中的「的尾」、《搜神記》卷 20 第 9 則中的「黑龍」、《搜神後記》卷 9 第 7 則中「楊生」之狗，堪爲名副其實之義犬。

　　君侯將相或德行爲人所尊之賢者，出現動物助其成事之情節者，多爲其不凡的生平添加神話色彩，如《小說》第 3 則中的「雙鳩」、《拾遺記》卷 3 第 4 則中的「白鵝」、《拾遺記》卷 2 第 1 則中的「黿鼉」、《搜神記》卷 14 第 3 則中的「魚鱉」、《搜神記》卷 14 第 5 則中的「虎」、《搜神記》卷 14 第 6 則中的「貍」及「鸇」、《小說》第 47 則中的「野豬」、《拾遺記》卷 1 第 14 則中的「憑霄雀」，以及《搜神記》卷 11 第 12 則中爲王業守靈的「虎」屬之。

　　動物助人之行，多具獎善罰惡之旨，紂有暴行，則朱雀銜火以亂；孝子有所行，則動物爲其照明、引其避難、爲其造墳；遇落難者，則保其所食不缺、帶其遠離險地；百姓所居城池不穩，則示以城界，助其建築，以鞏固工事。動物之作爲，亦體現了積善之家必有餘慶，多行不義必自斃之理，表現動物本性之善，也顯揚了公道正義。

第三節　動物報恩及報仇

　　動物能有助人之舉，可見動物存有情感，亦具良善之性。動物與人之間的互動，施受關係占其一，動物若有遭委屈或無辜遭害感受者，有以報仇方式表達抗議之作爲產生；反之，動物感受到人類之關愛與付出，亦會有湧泉以報之回饋。本節以動物對人之報恩、報仇兩方面爲觀察分析之點，論述如下。

一、報恩

　　現實中的動物受人之助，會懂得感恩圖報〔註7〕，六朝志怪筆記中的動物亦然，有「報療傷、除痛之恩」者、「報釋放之恩」者、「報救援、餵食之恩」者，及「報助戰、難產之恩」者。

（一）報療傷、除痛之恩

　　身體遇有傷痛，則感不適，若得他人外力解除，得而逐漸回復健康狀態，則倍感愉悅。動物中有因軀體受創，遇人援救，因而銘感於心，有所回饋者，如《搜神記》卷 20 第 1 則，龍因「背生大疽」，致雨水「腥穢」，求助孫登以

〔註7〕　參張志榮：〈動物的感恩圖報和報復行爲〉，《少年月刊》1994 年第 3 期（1994年 3 月），頁 44～45；胡立新：〈從動物感恩故事看自然的「內在價值」問題〉，《江漢大學學報》（人文科學版）第 25 卷第 2 期（2006 年 4 月），頁 39～40。

醫其疾，「疾瘳」後，則報以一水「湛然」之井，晉魏郡「亢陽」之象也得以改善。龍之病痛因孫登醫術得以解除，龍感孫登之情，也實現承諾，報以當地人民亟需之「水」，解除旱象，龍所回報之物，無異爲百姓之寶。

《搜神記》卷 20 第 5 則，一蛇「被傷，中斷」，幸遇隋侯令人「以藥封之」，因而「能走」。經「歲餘」，「蛇銜明珠以報之」。蛇傷「中斷」尚不至於死，然已屬嚴重，隋侯及時施藥，對其有療傷之功，「歲餘」後，蛇則以寶物回饋隋侯，此物「珠盈徑寸」，且「夜有光，明如月之照，可以燭室」，堪爲珍奇特出。

《搜神記》卷 20 第 3 則、任昉《述異記》卷上第 65 則，玄鶴被射傷，求助噲參，在其「收養」「療治」下，得以瘳癒而飛，至夜中，則有雌雄二鶴雙雙前來，「各銜明珠」以報。玄鶴在被射傷，走投無路時，得噲參收容並療傷，心懷感恩者不只此一玄鶴，由其「雌雄」各銜珠以報，見出動物亦是其一成員受恩，則舉家成員感懷在心。

《搜神記》卷 20 第 4 則、《續齊諧記》第 3 則中，一黃雀「爲鴟梟所搏」，又「爲螻蟻所困」，楊寶潛其遭遇，將其帶回，置於「巾箱」，「食以黃花」「百餘日」，待其「毛羽成」，黃雀即「朝去，暮還」。「一夕」，雀以「黃衣童子」之形贈楊寶「白環四枚」，祝禱其「子孫潔白，位登三事」。黃雀因楊寶之適時援救，感其「盛德」，以寶物白環相贈，更以環之「潔白」特質以爲表徵祝福，令其子孫之德如環之白，得以位登三公，光耀楊家。

《異苑》卷 3 第 21 則〈大客〉中，象腳上之「巨刺」爲「行田」之人所「牽挽得出」，病狀消除，「歡喜」之餘，掘「數條長牙」以贈人，並應行田者勿侵田稼之求，使田稼不再「爲象所困」。象之巨刺拔除，以象牙爲答謝之禮，並許以不再擾民，使行田者之「業田」無患。此一敘事，在《大唐西域記》卷三〈伽濕彌羅國〉有相類之處，其文云一沙門爲羣象所阻，避於樹上，仍爲象掘倒樹根，將沙門帶走：

> 既得沙門，負載而行，至大林中，有病象瘡痛而臥，引此僧手，至所苦處，乃枯竹所刺也。沙門於是拔竹傅藥，裂其裳，裹其足。別有大象持金函授予病象，象既得已，轉授沙門。沙門開函，乃佛牙也。〔註8〕

〔註 8〕　（唐）釋辯機撰；（唐）釋玄奘譯：《大唐西域記・卷三・迦濕彌羅國》，《景印文淵閣四庫全書》第 593 冊（臺北：臺灣商務印書館，1986 年 3 月初版），頁 678〜679。

佛經故事中，象報拔刺之恩，以「佛牙」相贈，表達其至高無上的敬謝之意。而《異苑》此則情節類佛經故事，或與佛經故事有所關連。

諸如此類負傷之動物，當它們受人救助，則以對人類堪爲寶之物相贈，表徵對人類搭救之懇切謝意。

（二）報釋放之恩

當動物在人爲因素下被限制於特定空間，或將被補捉殺害，剝奪自由時，若遇貴人相助，使其能擁有自主活動的天地，亦令動物產生感激之情，《搜神後記》卷 10 第 8 則、《幽明錄》第 87 則中，一「白龜子」爲一邾城「軍人」買來，養之「漸大」後，放於江中。後邾城敗，「赴江者莫不沉溺」，此軍人「披甲入水中」，但「覺如墮一石上」，乃是其先前「所放白龜」載其至岸，因之得免於溺。白龜因軍人「憐之」，得由爲人所養而至江中尋找自由，擺脫受人束縛的命運，故當軍人落難，有「沉溺」之虞，白龜僅讓軍人投水後「水裁至腰」，游水抵岸前後，白龜「出頭」、「回首」等動作，無不表達對軍人當日將其放生之感謝。

動物除爲恩人解危，亦有饋以仕途爵位者，如《搜神記》卷 20 第 6 則，「餘不亭」有一「龜」爲「籠」所困，爲孔愉買下，放於「餘不溪」中，則見「龜中流，左顧者數過」。後孔愉「功封餘不亭侯」，鑄印時，「龜鈕左顧，三鑄如初」，始揭曉孔愉得以封侯，與放龜之舉有關，龜因孔愉而得自由，便以「左顧者數過」，報孔愉以侯爵之位。

又如《搜神後記》卷 9 第 15 則中，「千歲狐」「伯裘」於「夜半」遭酒泉郡太守陳斐「以被冒取」，「外人」「持火」欲「殺之」，陳斐卻將其釋放，此後伯裘便向陳斐白以郡內事，使陳斐所治「境界無毫髮之奸」。事經月餘，主簿李音與陳斐侍婢「私通」，並「與諸僕謀殺斐」，陳斐情急下求救於伯裘，「即有物如曳一疋絳」，且「劃然作聲」，「諸僕伏地失魂」，俯首認罪，陳斐遂殺了李音。千歲狐於陳斐手中得以活命，便對陳斐仕途多所幫助，更於陳斐處危難時，適時化險爲夷，伯裘對陳斐釋放恩情之回饋，可謂富於仁義。

動物之生命得以保全，不受拘禁之苦，其感恩之行，除顧慮恩人安危外，亦在其官爵上有增進之功。

（三）報救援、餵食之恩

動物或遇勁敵攻擊，或處困境，生命之延續堪憂之時，此時人類及時之救援，將如動物困於茫茫大海中的一根浮木，爲其燃起死裡逃生的希望。《幽

明錄》第 94 則中，「一雙白鳥」為一「五丈許」之蛇襲擊，當其陷於「不得去」之險境，恰有一「射師」對蛇「穀弩射三矢」，鳥才得以存活。不久，「雲晦雷發」，使得射師「懾」且「不得旋踵」，此時，於「百餘步」外「整理毛羽」之鳥復「徘徊」於射師之上，「似如相援」，待「雷息電滅」，「射師得免」後，鳥才「高飛」。射師肯為白鳥解危，後來當射師遭遇困境，白鳥亦不顧雷電襲擊，即使「毛落紛紛」，亦願捨身相護，顯見白鳥對射師之恩銘感五內。

《搜神記》卷 20 第 8 則、《齊諧記》第 1 則中，蟻王被困於江中「短蘆」，幸董昭之「以繩繫蘆著船」，靠岸後才「得出」。當夜，蟻王入董昭之夢中致謝，並告以「若有急難，當見告語」。「十餘年」後，昭之「被橫錄為劫士，繫獄餘杭」，蟻王令眾蟻「嚙械」，助昭之「出獄」，並告知「投餘杭山」，不久，董昭之「遇赦，得免」。蟻王在生命垂危之際，昭之出手相救，其夜，蟻王率「百許人」相從，一方面顯出蟻王地位之尊，亦揭露出蟻王及蟻群對昭之懇切的感恩之情，是以當昭之無故繫獄，蟻王則義無反顧，救其於劫難之中。

《搜神記》卷 20 第 11 則、《幽明錄》第 158 則中，螻蛄受龐企之祖餵食，致「形體」漸大，而在龐企上祖「繫獄」，將遭「行刑」之前，「掘壁根，為大孔」，孔破，龐企上祖「得從此孔出亡」。螻蛄受龐企上祖餵食之恩，加之龐企上祖乃因「坐事」而「繫獄」，「非其罪」而遭冤，故在龐企上祖生命受脅時，螻蛄助其逃命，並使其「遇赦得活」，毋須苟且偷生。而螻蛄在龐企上祖餵食期間，僅數日間則呈現「其大如豚」之狀，顯現螻蛄具神異狀態。加之龐企遠祖，乃為逼供下的犧牲品，螻蛄「夜掘壁根」使其能「破械」而出，一方面為螻蛄受餵食之恩而報，一方面也顯出龐企遠祖實乃無辜受禍，命不該絕。

動物在歷經近於死劫的災難後，得知恩人遇到性命堪憂的劫數時，往往能以感同身受之心，盡力助其脫離險境，是以當恩人有難，動物則挺身而出，助其避禍，以報恩人使其宛如重生之恩情。

（四）報助戰、難產之恩

動物遭困，亦見主動向人求助者，當人類協助解決困難後，動物亦有知恩報答之舉。《搜神後記》卷 10 第 5 則中，白蛇得「射人」允諾，「引弩」相助，扭轉「勢弱」之況而勝過仇敵，贏得戰局，便以「一年」之獵產量多相報，答謝射人，使其「驟至巨富」。白蛇受「射人」之助，報以生活所需，使其「射獵」之本行得以發揮。

　　《搜神記》卷 20 第 2 則中，蘇易「善看產」，一日夜裡「忽爲虎所取」，見
牝虎「當產」卻「不得解」，「匍匐欲死」，便爲其助產，探出「三子」。牝虎「生
畢」，即「負易還」，並「再三送野肉於門內」。牝虎難產之時，蘇易爲其助產，
使其順利產下三子，牝虎以力之所及，報以「野肉」，表達對蘇易的感激之情。

　　須助戰之白蛇、求助產之牝虎，在與生命交戰難操勝算之時，得人相助，
亦銘感於內，故當其順利度過難關，除以白蛇之口頭答謝、牝虎背人還家表
達謝意外，並以獵產量豐富及持續送野肉之方式，助以實際生活所需，表其
衷心感謝。

　　綜上所述，動物報恩之情節，以鱗介類爲數最多，禽鳥類、獸類居次，
蟲類則居末，此四類動物，在人類爲其療傷、釋放或救助之時，皆見物質上
之回饋。探究動物報恩故事之出現，在佛經故事中已然可見，劉惠卿曾指出，
佛經中有「五例動物報恩故事」〔註 9〕，表現了動物與人皆蒙受恩助，但動物
懂得報恩而人卻負義的主題，情節上較顯曲折，六朝志怪筆記受佛經文學影
響，動物報恩故事顯得多見，然於情節上則簡化爲動物陷困境，遭人解救，
動物報恩三環節〔註 10〕，而報恩方式則以物質之回饋爲主，情節的簡化及方
式的表達，實則融入中國民情，六朝動盪社會中，生計之需求爲百姓所須，
財富、官爵之追逐，也符合時人之嚮往〔註 11〕，故六朝志怪之動物報恩情節，
含有佛經故事的影響啓發，又具時代的人情特性，顯現社會對於善舉之提倡。

二、報仇

　　動物存有情感，會彼此相互支援，其親子間的情感也不亞於人類，兒女
受害時，父母會有報復舉動出現〔註 12〕，有時甚至犧牲生命，也毫無怨尤。

〔註 9〕　五例爲《六度集經・卷三・大理家本生》、《六度集經・卷五・難忘本生》、《雜
　　　　寶藏經・卷四・沙彌教蟻子水災得長命報緣》、《經律異相・卷二十六・摩日
　　　　國王經・日難王棄國學道濟三種命》、《經律異相・卷十四・阿難現變經・慈
　　　　羅放鱉後遇大水還濟其命》。劉惠卿：《佛經文學與六朝小說母題》（西安：陝
　　　　西師範大學中國古代文學博士學位論文，2006 年 4 月），頁 92。
〔註 10〕　劉惠卿：《佛經文學與六朝小說母題》，同前註，頁 92～94。
〔註 11〕　參王丹丹、王玉潔：〈《搜神記》「動物報恩」故事來源與演變〉，《柳州師專學
　　　　報》第 26 卷第 3 期（2011 年 6 月），頁 14～16、34。
〔註 12〕　動物間相互支援，及動物中父母因兒女被殺而展開報復之事，可參程俊松：〈動
　　　　物的報仇與報恩〉，《三月風》2003 年第 7 期（2003 年 7 月），頁 47～48；林
　　　　南：〈動物的報復心〉，《思維與智慧》2004 年第 11 期（2004 年，出版月未詳），
　　　　頁 45。

六朝志怪筆記中的動物，即可見報仇行為，當其己身受害、親族被傷、甚或恩人遭戮，動物也有為其不平而付諸行動者，俾使施暴之人付出傷及生靈的代價。

（一）涉及己身：使人病或卒

受人點滴之恩，湧泉回報的觀念，在西漢之時，已深植人心〔註13〕，而動物若善心助人，卻得到人們忘恩負義的對待時，亦見動物產生不平之心，而有所行動。《搜神後記》卷11第5則，黃赭入山「迷不知道」，「饑餓」「數日」，「大龜」應黃赭示路之求，經「十餘里」，終使黃赭見及「賈客」，得以「乞食」。豈知，黃赭向賈客提出欲共取大龜，「言訖」，「面即生瘡」，欲取龜，亦「不見龜」，「還家數日」，即「病瘡而死」。大龜見黃赭迷路兼又為飢餓所苦，示其出路，助黃赭脫險；然當黃赭心懷不軌，忘恩背義，則令黃赭面「生瘡」而死，透露了因果概念，助人毋須求回報，然受施者也不能有背恩之行，一旦負義之心念生，則難逃惡報之及於己身。

六朝志怪筆記中，有動物無由被殺，源於人類殘害生靈所致，當真相大白，動物亦會有報復之舉，其一，有直接尋殺害之人下手者，如《搜神記》卷20第14則，一「長六七丈，形如百斛船，玄黃五色」的大蛇，因「昏醉」臥於「東野大藪」「岡下」，無故被陳甲「射殺」。「三年」後，陳甲與鄉人「共獵」，復至當初「見蛇處」，道出昔日殺蛇事，當夜，大蛇即化為一「烏衣黑幘」之人，通夢於陳甲，對其「無狀」之殺害，行使「腹痛而卒」的報復。

其二，有使其家人病痛纏身多年，冀使手刃生靈之人倍嘗親人受苦之折磨者，如《搜神記》卷3第15則中，顧家本有「大蛇」居於神祠旁之「大樹」，然樹為顧球之「先世」所壞，大蛇居所遭砍伐，蛇也為人所殺，從此顧球之姊一病數十年。其先人伐樹之舉，猶如將家族樹斲削，樹遭抑遏，則無法護佑子孫；顧球之姊病後，「有群鳥數千，回翔屋上」，縣農則「見龍牽車，五色晃爛，其大非常」，然「有頃遂滅」，似表徵著幸運、得以庇蔭顧家的福分，消失殆盡，反招來表徵災厄的「群鳥」臨頭，為「妖邪」所「嬰」。靈蛇遭難，顧家即由福轉禍，女子遭受久病之報應，可見靈蛇生命一旦喪失，殺害靈蛇之家即須付出代價，只是靈蛇並不以殺者償命之方式報復，反而殃及後代子

〔註13〕西漢即有「夫施德者，貴不德；受恩者，尚必報」的說法。見（西漢）劉向：《說苑・卷六・復恩》（臺北：臺灣商務印書館，1979年11月臺1版，《四部叢刊正編》第17冊），頁50。

女，使其長期遭受病魔之苦，如此使其親人備受折磨之報復方式，更甚於對殺害者自身的懲罰。

六朝志怪筆記中，亦有動物尚存活世間，然因生命屢屢受脅，便採取與施暴者同歸於盡的強烈做法，如《幽明錄》第 148 則中，「大魚」數次見欺於「以釣爲樂」、「好食赤鯉鱠」的老翁，遂藉「食餌」之機，以「釣綸」纏住老翁，與其同歸於盡，以老翁葬身大海的結局，遂了老翁嗜魚之願，大魚之報復方式，頗具諷刺意味。

（二）涉及親族：令人懼或亡

動物中，有同類或親族爲人所害，則見集結群力，爲受害之同類挺身而出者，如《宣驗記》第 2 則中，惠祥因曾「齧虱」，「虱」便趁惠祥「仰眠」之時，使其「手交於胸上，足挺直」，加以「鞭捶」，惠祥以爲「手足」有繩而行動受制，直至法向口述「上並無繩」，才令惠祥得以「轉動」。虱爲人所齧，則發揮眾志成城之力，限制人的行動，更見同仇敵愾之心。

血濃於水的親情，常令親族家人互相掛懷，人類如此，動物也無異，《搜神後記》卷 10 第 5 則中，黃蛇與敵白蛇相戰，白蛇「勢弱」，央求「射人」相助，黃蛇被「射人」「引弩」射死，數年後，「射人」復至當初黃白二蛇交戰之山畋獵，時黃蛇之子「已大」，以「三烏衣人，皆長八尺」之形，對「射人」「張口向之」，「射人即死」。黃蛇之子，秉持著殺親之仇不共戴天之信念，等待時日，亦使自身養足實力，在仇人再度入山時，對殺其長輩之兇手，索其性命，以慰逝去之親人。而蛇子「張口向之」，即能置「射人」於死，顯出蛇子神奇之力量。

再觀《搜神後記》卷 10 第 6 則中，廣州三人「入山」「伐木」，見「石窠」中有二「大如升」之卵，取而煮之，「湯始熱」之時，「便聞林中如風雨聲」，一「大十圍，長四五丈」之蛇，將湯中之卵「銜去」，三人則「無幾皆死」。大蛇發現蛇卵爲人所煮，速將其「銜去」，顯出長者護衛幼輩之心，即使幼輩遭遇不幸，也要將其帶回身邊，而令小蛇喪命之人類，則亦須以性命爲償。至於蛇取人性命之方式，並未言明，僅指出蛇「銜卵」離去後，「三人無幾皆死」，蛇之神力，於此可見。

（三）涉及恩義：殃及眾人

《搜神記》卷 20 第 15 則，一「頭上戴角」之小蛇，在「孤獨」「老姥」「憐而飴之食」之餵養下，長至「丈餘」。一次因「吸殺」「令」之「駿馬」，

「令」「責姥出蛇」，無所獲，「遷怒」「殺姥」。蛇因此「爲母報讎」，使「方四十里」與「城」「俱陷爲湖」，「唯姥宅無恙」。

丈餘之蛇吸殺駿馬，顯現蛇的獸性；然而老姥與蛇之間，卻有著如親情般的恩情。又貧又孤的老姥平日對蛇憐愛，使蛇對老姥存有感恩情懷，老姥與蛇之間，已蘊育出母子般的親情，因此，一旦老姥遭到不測，對蛇而言，即是不共戴天之仇，縣長一時的遷怒，使老姆葬送性命，蛇亦令縣長經歷其所轄人民遭不測之滋味。蛇對縣令的仇恨之深，展現在「四十許日」「若雷若風」的異象中，當「百姓相見」，見及頭上「戴魚」之時，即蛇報母讎之言語踐履之日。老姥對蛇的恩情，使蛇對於老姥的住宅，即使在「陷湖」之時，也呈現「無恙」之態，顯現蛇的恩怨分明。而小蛇具有「戴角」之特徵，胡萬川在〈邛都老姥與歷陽嫗故事之研究〉一文中，曾提及：傳說中蛇有角，近於神話中之龍。龍、蛇同爲水族，且被古人視爲同類〔註14〕，故文中之蛇，乃近於龍之化身。當其感到不平或受激怒，則以洪水形式進行報復，顯出其神異之力量。

綜上所述，六朝志怪筆記中有報仇作爲之動物，以鱗介類爲數居多，蟲類僅虱有此行爲。虱之同類受害時，群虱會對侵犯者以鞭捶方式進行復仇。魚、蛇、龜受害時之報復形式，則使加害者亡命，或使其後代一病數十年；而當其受了人類之恩，恩人卻又蒙害時，則以水患使城陷爲湖，加重了死傷之狀。由此可見，非水族動物採報復行動時，其作爲不如水族動物之復仇來得強烈，水對於水族動物的助力，促成其雪怨力量的助長。

由早期人類生活觀之，古代中國有信仰鱓、鰻、鰌等細長魚的現象〔註15〕，而五帝中的顓頊，爲皇帝之孫，《山海經·大荒西經》敘及顓頊和魚之間有所關連：「有魚偏枯，名曰魚婦……風道北來，天乃大水泉，蛇乃化爲魚，是謂魚婦。顓頊死即復蘇」〔註16〕，顓頊子爲鯀，鯀子禹〔註17〕，禹治水之

〔註14〕 胡萬川：〈邛都老姥與歷陽嫗故事之研究〉，《中央研究院第二屆國際漢學會議論文集》（文學組）（上冊）（臺北：中央研究院，1989 年 6 月），頁 377 ～378。

〔註15〕 〔日〕森安太郎著；王孝廉譯：《中國古代神話研究》（臺北：地平線出版社，1974 年元月初版，1979 年 2 月 2 版），頁 65、75。

〔註16〕 （東晉）郭璞注：《山海經·大荒西經第十六》（臺北：臺灣商務印書館，1979 年 11 月臺 1 版，《四部叢刊正編》第 24 冊），頁 70。

〔註17〕 （西漢）司馬遷撰；（南朝宋）裴駰集解：《史記·卷二·夏本紀第二》（臺北：藝文印書館，2005 年 2 月初版 4 刷），頁 45。

時，曾有「白面長人魚」授「河圖」予禹之記載〔註18〕，可知夏的祖先與魚存在密切關係。皇帝玄孫帝嚳之妻，感生而生子后稷，即周之始祖，《淮南子》言「后稷壠在建木西，其人死復蘇，其半魚，在其間」〔註19〕，顓頊與后稷死後，皆化為魚或半人半魚之形，可知魚圖騰信仰存於其中。此外，由出土文獻觀察，夏朝仰韶文化出土彩陶中，可見人魚合體、人面魚身的圖騰〔註20〕，廣漢三星堆遺址第二期至第四期上，可見及許多似魚鷹的鳥頭柄勺、魚形牙璋、刻有魚形的金杖，及青灰色的魚形玉珮等〔註21〕，魚顯然在人民生活中占有極重要的地位，其成為夏、周民族之圖騰，可以想見。

　　魚為人類食物所需，因生活密切之故，成為人類圖騰；亦有人類因動物對其生命產生威脅，在求安心理下，致生圖騰親屬、圖騰祖先觀念者，如蛇即是。西南地區民族如彝族有蛇與人為夫婦，繁衍後代的故事，畬族將蛇視為神明〔註22〕，伏羲氏部落以蟒蛇為圖騰〔註23〕，伏羲、女媧之形甚且為「蛇身人面」〔註24〕，《拾遺記》敘「羲皇」為「蛇身之神」〔註25〕，蛇明顯成為圖騰崇拜之對象。

　　龜為長壽動物，自古即與非現實存在的龍、麟、鳳並列為四靈動物之一〔註26〕，可見龜列於被人類推崇的地位。《尚書》曾言禹能得天下，乃因神龜傳洛

〔註18〕　（周）尸佼：《尸子》（臺北板橋：藝文印書館，1967 年版，《百部叢書集成》第 49 函，《湖海樓叢書》本），存疑，葉 4。

〔註19〕　（西漢）劉安：《淮南子・卷第四・墬形訓》（臺北：臺灣商務印書館，1979 年 11 月臺 1 版，《四部叢刊正編》第 22 冊），頁 30。

〔註20〕　胡國鋒：〈夏族魚圖騰析〉，《藝術與設計》（理論），2007 年第 7 期（2007 年 7 月），頁 160。

〔註21〕　子房：〈古蜀人的魚圖騰〉，《文史雜誌》2012 年第 1 期（總第 157 期）（2012 年 1 月），頁 51。

〔註22〕　趙生軍：〈中國古代蛇圖騰崇拜芻議〉，《思茅師範高等專科學校學報》第 23 卷第 4 期（2007 年 8 月），頁 60。

〔註23〕　董素芝：《偉哉羲皇》（北京：中華書局，2004 年 10 月北京第 1 版，2004 年 10 月北京第 1 次印刷），頁 22。

〔註24〕　（周）列禦寇撰；（東晉）張湛注；（唐）殷敬慎釋文：《列子・卷二・黃帝第二》，《景印文淵閣四庫全書》第 1055 冊（臺北：臺灣商務印書館，1986 年 3 月初版），頁 596。

〔註25〕　（東晉）王嘉撰；（南朝梁）蕭綺錄；齊治平校注：《拾遺記・卷二》（臺北：木鐸出版社，1982 年 2 月初版），頁 38。

〔註26〕　「麟鳳龜龍，謂之四靈。」（東漢）鄭玄注；（唐）孔穎達疏；（唐）陸德明音義：《禮記注疏・卷第二十二・禮運》，《景印文淵閣四庫全書》第 115 冊（臺北：臺灣商務印書館，1986 年 3 月初版），頁 470。

書與禹，使禹掌握了統治權〔註27〕，亦可知龜在夏民族中，存有圖騰崇拜之跡。

　　魚、蛇、龜皆為圖騰崇拜的對象，在圖騰親屬、祖先觀念之下，更可進一步成為圖騰神，在人民信仰中，神則具有神異力量，故當魚、蛇、龜等動物無故受害之時，或存有圖騰神因被觸犯激怒，遂引發嚴重後果之意味，圖騰崇拜的觀念，也因此被強化。

　　綜觀「動物報恩及報仇」一節，中國本有受人恩情，湧泉以報的觀念，佛經故事傳入，傳揚善報思想，動物報恩主題更為多見，動物受到人類善之援救，則盡己力回報其恩；而動物若遇人類無故侵犯甚或虐殺，則展現反撲，表達不滿抗爭，此等動物報仇情節，或與圖騰崇拜有關，圖騰神遭侵犯褻瀆，則依其所受傷害程度展現報復，尤當與恩情義理相牴觸時，更見強烈的復仇舉動。然六朝志怪筆記，動物報恩之情節，較動物報仇之情節為多，此一現象，除顯現善惡果報之思想外，亦對善行具有鼓勵作用。

第四節　動物與人成婚

　　六朝志怪筆記中，動物會幻化為人，或與人相戀，縱其一夜之情，亦有與人成婚，甚而生兒育女者。本節就動物與人成婚之情節，分「娶凡女」、「嫁凡夫」、「生下人類子女」、「產下獸類子女」四部分加以論述。

一、娶凡女

　　與凡間女子成婚的動物，包含狗及蛇。

（一）狗娶女

　　《玄中記》第6則，簡述了「犬戎為亂」，狗討之以娶女之情節：

> 帝之狗名槃護，三月而殺犬戎，以其首來。帝以為不可訓民，乃妻以女，流之會稽東南二萬一千里，得海中土。方三千里，而封之。生男為狗，生女為美女。封為狗民國。〔註28〕

　　《搜神記》卷14第2則，所敘則更趨細微，言「盤瓠」銜來戎吳將軍之首，

〔註27〕　「天與禹洛出書，神龜負文而出，列於背。」（西漢）孔安國傳；（唐）陸德明音義；（唐）孔穎達等疏；張鈞衡校勘：《尚書註疏・卷第十二・洪範第六》孔傳，《叢書集成續編》第265冊，頁764。

〔註28〕　（東晉）郭璞：《玄中記》，收於魯迅輯錄：《古小說鉤沉》（濟南：齊魯書社，1997年11月第1版，1997年11月第1次印刷），頁233。

群臣認為「不可妻」，王之女卻建言其父信守承諾，願嫁予盤瓠為妻：

> 盤瓠將女上南山，草木茂盛，無人行跡。於是女解去衣裳，為僕豎
> 之結，著獨力之衣，隨盤瓠升山，入穀，止於石室之中。〔註29〕

其後並見子孫繁衍：

> 蓋經三年，產六男，六女。盤瓠死，後自相配偶，因為夫婦。〔註30〕

盤瓠助高辛氏銜得將士數度「不能擒勝」之「戎吳將軍首」，「為國除害」，得
王妻之以女，此後即據地發展，繁衍子孫。與《玄中記》之敘事相較，盤瓠
在《搜神記》中更見幻化情節，由蟲幻為犬，顯出神異，「為國除害」，又被
認為是「天命使然」，不論在《玄中記》或《搜神記》的敘事裡，盤瓠儼然已
為一方部落之始祖，具有圖騰崇拜的思想。

中國在商、周之時，即見金銘上有犬氏族的徽識，多數研究者認為此徽
與周朝常接觸的犬戎有關；上古北方民族「狄」，早期稱獫狁，便有對犬崇拜
的圖騰意識。〔註31〕此外，瑤族以槃瓠為遠祖，普米族有向狗磕頭的儀式，
苗族則有狗為族人帶來穀糧之「敬狗日」，西藏珞巴人的「獵神」即是「獵狗」，
皆因狗對人忠誠，且衷心照顧人類生活，儼如保護神之地位〔註32〕。狗在人
類生活中，占有重要地位，尤其在生存不易的早期環境中，狗輔助人類生活，
更具保護之功，動物崇拜甚而轉為圖騰信仰的思想，存在其中。

（二）蛇娶女

娶得凡間女子的動物，除狗外，尚見蛇娶女，《搜神後記》卷 10 第 7 則
即載一女子出嫁，至夜，始知夫君竟為蛇：

> 至夜，女抱乳母涕泣，而口不得言。乳母密于帳中以手潛摸之，得
> 一蛇，如數圍柱，纏其女，從足至頭。乳母驚走出外，柱下守燈婢
> 子，悉是小蛇，燈火乃是蛇眼。〔註33〕

〔註29〕 （東晉）干寶撰；胡懷琛點校：《搜神記》（臺北：鼎文書局，1978 年 8 月初
版），頁 101。

〔註30〕 同前註。

〔註31〕 劉毓慶：《圖騰神話與中國傳統人生》（北京：人民出版社，2002 年 4 月第 1
版，2002 年 4 月北京第 1 次印刷），頁 355～357。

〔註32〕 楊俊峰：《圖騰崇拜文化》（北京：大眾文藝出版社，2000 年 1 月北京第 1 版，
2000 年 1 月北京第 1 次印刷），頁 184～189。

〔註33〕 （東晉）陶潛撰；汪紹楹校注：《搜神後記》（臺北：木鐸出版社，1982 年 2
月初版），頁 68。

蛇之所居，「重門累閣，擬於王侯」，房中「帷帳甚美」，新嫁娘初至夫家，只知嫁入門第甚佳之戶；然當女子抱乳母「涕泣」，乳母暗中探查，不僅女子「口不得言」，乳母也「驚走出外」，才知曉原來這是一場蛇娶女的異類婚姻。

二、嫁凡夫：鳥妻

動物與凡間男子成為夫妻者，《玄中記》第 46 則屬之：

> 昔豫章男子，見田中有六七女人，不知是鳥，匍匐往，先得其毛衣，取藏之，即往就諸鳥。諸鳥各去就毛衣，衣之飛去。一鳥獨不得去，男子取以為婦。生三女。〔註34〕

《搜神記》卷 14 第 15 則亦載其事〔註35〕，豫章男子取「一女所解毛衣」藏之，不得飛去的「一鳥」，便成為人婦，與男子共度人間生活。

娶凡女之動物，以原形現於人間，它們或成圖騰之祖，或具顯赫家境；而嫁凡夫之動物，則經歷幻化過程，以女子之形出現人間，卻為凡間男子強留而下。

三、生下人類子女

動物與人成婚，所生子女，有與凡人無異，外表為人形者。

（一）猿與人生子

《搜神後記》卷 9 第 5 則中，一「獼猴」為丁零王翟昭養於後宮「妓女房前」，獼猴化為「笑語如人」之「年少」男子，促使妓女「懷妊」，「各產子三頭」，且「出便跳躍」，如人而無異。〔註36〕

《博物志》卷 9 第 14 則〔註37〕及《搜神記》卷 12 第 9 則，皆載猿與人

〔註34〕　（東晉）郭璞：《玄中記》，收於魯迅輯錄：《古小說鉤沉》（濟南：齊魯書社，1997 年 11 月第 1 版，1997 年 11 月第 1 次印刷），頁 238～239。

〔註35〕　（東晉）干寶撰：胡懷琛點校：《搜神記》（臺北：鼎文書局，1978 年 8 月初版），頁 105。

〔註36〕　就動物學觀點，猿、猴並無顯著差別，廣義的猿，即猿猴，包含猿類及猿猴類。狹義的猿，則單指人猿。猿與猴個性相異，猿寧靜和緩有秩序，猴則暴躁跳囂無節制。此處《搜神後記》卷 9 第 5 則中為「猴」，《博物志》卷 9 第 14 則、《搜神記》卷 12 第 9 則所述為「猿」，以廣義言之，同屬一類。參李甲孚：〈侯、猴、玃〉，《婦女雜誌》第 137 期（1980 年 2 月），頁 33～35。

〔註37〕　（西晉）張華撰；（宋）周日用等注：《博物志》（《四部備要》第 421 冊〔臺北：臺灣中華書局，1966 年 3 月臺 1 版〕），卷 9，葉 2。

生子之情節，文字相類，今以《搜神記》爲例：

> 伺道行婦女有美者，輒盜取，將去，人不得知。……此物能別男女
> 氣臭，故取女，男不取也。若取得人女，則爲家室，其無子者，終
> 身不得還。〔註38〕

「猳國」搶得女之「美者」以爲「家室」，所產之子「皆如人形」，及其長，亦「與人不異」，可知猿與凡間女子之所生，外表之行止皆與人類無異。

　　猿與人生子情節之產生，與猿猴崇拜密切相連，在商朝，其始祖「帝俊」爲族人祭祀之圖騰神，外形像獼猴；此外，亦有堯、舜、顓頊、帝嚳、黃帝皆爲帝俊化身的說法，顯見猿猴乃時人圖騰崇拜的對象；秦漢之時，猴被列爲十二生肖之一，可見歷來猿猴具有一定之重要地位。另一方面，猿強搶女子之現象，早於漢代《焦氏易林》即見記載：

> 南山大玃，盜我媚妾。怯不敢逐，退然獨宿。〔註39〕

任昉《述異記》卷上第122則曾言「猿五百歲化爲玃，玃千歲化爲老人」〔註40〕，猿之變化無常，女子卻處於被劫掠甚或被侵犯的危險及恐懼之中，於是，將「猿」視爲「神」以祈求其保平安，亦爲祭拜之訴求。〔註41〕因而，《搜神後記》卷9第5則中，猿之多產，或蘊含避免女子被刼落於恐懼之祈求，而《博物志》卷9第14則、《搜神記》卷12第9則中，猿與女子生養子孫，產生「以楊爲姓」的族群，皆有明顯圖騰崇拜的痕跡存在。

（二）鳥與人所生之女亦能飛

　　《玄中記》第46則、《搜神記》卷14第15則中，豫章男子娶得鳥妻，「生三女」。鳥妻雖與男子生活於凡間，仍思回歸於鳥之身分，想方設法「使女問父」，終得知曉「毛衣」所藏處，待其「衣而飛去」後，又復歸，供其「三女」以羽衣，三女亦得而「飛去」。可知鳥妻所生之女，仍具鳥之特質，如其母，得毛衣則爲鳥而飛。

〔註38〕　（東晉）干寶撰：胡懷琛點校：《搜神記》（臺北：鼎文書局，1978年8月初版），頁93。

〔註39〕　（西漢）焦延壽：《焦氏易林·卷一·坤·剝》，《四部叢刊正編》第21冊（臺北：臺灣商務印書館，1979年11月臺1版），頁16～17。

〔註40〕　（南朝梁）任昉：《述異記》，《叢書集成新編》第82冊（臺北：新文豐出版股份有限公司，1985年元月初版），頁37。

〔註41〕　參黃兆漢：〈中國古代的猴神崇拜〉，收於氏著：《中國神仙研究》（臺北：臺灣學生書局，2001年11月初版），頁354～430。

　　《詩經》中有「天命玄鳥，降而生商」〔註42〕之說，言帝嚳次妃簡狄生
契，乃因吞鳥卵而致孕；此外，《史記・秦本紀》中也見「玄鳥隕卵，女脩吞
之」而生大業，秦族的祖先孟戲、中衍「鳥身人言」〔註43〕之說，可見人、
鳥之間有傳承關係，因鳥而生人的事跡在古籍中多可見及，明顯透露出早期
社會中，鳥為圖騰崇拜的對象。

四、產下獸類子女

　　動物與人生養之兒女，亦見獸類子女者。

（一）狸女嫁人，生子為狸

　　《幽明錄》第126則，敘淳於矜與一女子「結為伉儷」，並有二子之事：

> 經久，養兩兒，當作祕書監；明果驄卒來召，車馬導從，前後部鼓
> 吹。經少日，有獵者過，覓矜，將數十狗，徑突入，齚婦及兒，並
> 成狸；絹帛金銀，並是草及死人骨蛇魅等。〔註44〕

一「美姿容」之女子，與淳於矜「二情」相和，「成婚」後，並養有兩兒，後
「獵者」經過來訪，數十隻狗突然闖入，「婦及兒」遭「齚」而成「狸」，始
知與淳於矜結髮之女子，乃「狸」所化，而所生之子，亦不脫為「狸」。

（二）龜女與人生龜

　　《孔氏志怪》第9則敘「龜女與人生龜」之情節，《雜鬼神志怪》第12
則〔註45〕亦載，今以《孔氏志怪》為例，該則言謝宗與一女子「往來同宿」，
船人以女子為「邪魅」，與謝宗「共掩之」，才發現實情：

> 良久，得一物，大如枕；須臾，得二物，並小如拳。以火視之，乃
> 是三龜。宗悲思數日方悟。自說：「此女子一歲生二男，大者名道湣，
> 小者名道興。」既為龜，送之於江。〔註46〕

〔註42〕　（南宋）朱熹：《詩經集傳・卷八・頌・商頌・玄鳥》，《景印文淵閣四庫全書》
　　　　　第72冊（臺北：臺灣商務印書館，1986年3月初版），頁903。

〔註43〕　（西漢）司馬遷撰；（南朝宋）裴駰集解：《史記・卷五・秦本紀第五》（臺北：
　　　　　藝文印書館，2005年2月初版4刷），頁93。

〔註44〕　（南朝宋）劉義慶：《幽明錄》，收於魯迅輯錄：《古小說鉤沉》（濟南：齊魯
　　　　　書社，1997年11月第1版，1997年11月第1次印刷），頁171～172。

〔註45〕　闕名：《雜鬼神志怪》，收於魯迅輯錄：《古小說鉤沉》，同前註，頁260～261。

〔註46〕　（東晉）孔約：《孔氏志怪》，收於魯迅輯錄：《古小說鉤沉》，同註44，頁135。

一「姿性婉娩」之女子，來訪謝宗所搭之船，「因相爲戲」，促成二人「往來彌數」「逾年」，「一歲生二男」。當「女子及二兒」「被索」，其形「縮小」，僅見一物「大如枕」，二物「並立如拳」，「乃是三龜」。

綜觀「動物與人成婚」一節，與凡間之人成婚者，雄性動物及雌性動物皆有之。雄性動物娶凡間女子，如狗娶女，猿與人生子所衍生之「狗民國」、「蠻夷」、或「蜀中西南」「楊」姓之眾人等，「盤瓠」、「猳國」扮演族群始祖之角色，此類動物與人成婚之情節，多具圖騰崇拜、子孫繁衍，得以開枝散葉、盛大族群之概念，此與早期社會環境惡劣、生存不易、希冀人之生命、家族得以延續之因素，有深厚的因緣關係。

至於動物與人所生子女，雄猿與凡間女子所生之後代，皆如人形，長大後亦與人無異。而雌性動物與凡間男子所生之兒女，外表爲人之形，本質實具有動物之特質，鳥妻所生之女，亦如其母能飛；狸女所生之子，原形爲狸；龜女與人所生，乃爲龜，《神異經》曾載：

> 西方深山有獸焉，面目手足毛色如猴，體大如驢，善緣高木，皆雌無雄，名綢。順人，三合而有子，要路彊牽男人，將上絕冢之上，取菓并竊五穀食，更合三畢而定，十月乃生。〔註47〕

雌綢與男子合而生幼獸，顯現出雌性動物與凡間男子婚配，則生獸子，與六朝志怪筆記中，雌性動物與凡間男子所生子女，具如其母本爲動物之特質，有異曲同工之妙。

再就其情節加以觀察，除狗娶女、猿與人生子之「盤瓠」、「猳國」爲圖騰始祖之情節外，其餘與人成婚甚而生子之動物，皆以與人分離之結局收場，其中，鳥妻攜女而去爲主動離開之情節，餘則爲動物原形爲人或獵犬揭穿，無法再冒爲人形與人相處，幸運者如龜女及龜子，被放回江中，否則將如使妓女產子之猿、及狸女，遭人或狗處以極刑，不得存在世間。由上可見，超現實世界中及時行樂的觀念，天馬行空之思維，與當時社會動盪，人民冀求婚姻家庭，卻因環境無力促成，息息相關，因此，志怪中的虛幻假象，終歸消逝於無形，回復到現實。放誕、享受的思維，正呈現亂世中人類心靈的想望及寄託。

〔註47〕 （西漢）東方朔：《神異經・中荒經》，《叢書集成新編》第 26 冊（臺北：新文豐出版股份有限公司，1985 年元月初版），頁 113。

第五節　動物具人類特性

六朝志怪筆記中的動物，在與人互動的過程中，除擾人、助人、報恩、報仇、與人成婚外，亦見表現出人類特性者，包含「執法」、「傳訊」、「為人治病」、「哭喪」、「縱火」及「避賢官」等，分述如後。

（一）執法

當不公不義之事發生，則見執法者出面主持正義公理，六朝志怪中，動物亦有能如法官審案以定人罪之事。《搜神記》卷 2 第 11 則言：

> 扶南王范尋養虎於山，有犯罪者，投與虎，不噬，乃宥之。故山名大蟲，亦名大靈。又養鰐魚十頭，若犯罪者，投與鰐魚，不噬，乃赦之，無罪者皆不噬。故有鰐魚池。〔註48〕

《異苑》卷 3 第 16 則亦云其事，該則將「虎」及「鰐魚」合而敘之〔註49〕。扶南王范尋遇有「未知曲直」之訟事，則將「犯罪者」交予所畜養之「虎」及「鱷魚」判決，魚、虎若「不食」，則以為「有理」而「宥之」。如此之斷案方式，以近乎神判方式進行，以現今觀點而論，只呈現出機率現象，並無實際可驗證之依據，科學性顯得薄弱。然而推原至其當時之環境背景而言，遠在五帝皋陶時代，實已有神獸判案的傳說，《說文解字》云：「廌，解廌獸也，侣牛，一角。古者決訟，令觸不直者。」〔註50〕在中國西南少數民族中，則有崇虎習俗存在，《後漢書・西羌傳》即見：

> 羌無弋爰劍者，秦厲公時為秦所拘執，以為奴隸。……後得亡歸，而秦人追之急，藏於巖穴中得免。羌人云爰劍初藏穴中，秦人焚之，有景象如虎，為其蔽火，得以不死。〔註51〕

先秦時期，羌人祖先爰劍因得虎之保護而不死，「虎」便成為羌族崇拜信仰的對象。漢朝《風俗通義》則提及「虎者，陽物，百獸之長也。能執搏挫銳，

〔註48〕（東晉）干寶撰；胡懷琛點校：《搜神記》（臺北：鼎文書局，1978 年 8 月初版），頁 14。

〔註49〕（南朝宋）劉敬叔：《異苑》，《叢書集成新編》第 82 冊（臺北：新文豐出版股份有限公司，1985 年元月初版），頁 524。

〔註50〕（東漢）許慎撰；（清）段玉裁注：《說文解字注・第十八卷・第十篇上》（臺北：藝文印書館，2005 年 10 月初版），頁 474。

〔註51〕（南朝宋）范曄撰；（唐）章懷太子李賢注：《後漢書・列傳第七十七卷・西羌傳》（臺北：臺灣商務印書館，1937 年 1 月初版 1 刷，2010 年 11 月臺 2 版 1 刷，《百衲本二十四史》），頁 1312～1313。

噬食鬼魅。今人卒得惡遇，燒悟虎皮飲之，擊其爪，亦能辟惡。此其驗也」〔註52〕，虎儼然扮演著保護神的角色。在《搜神記》中稱虎爲「大靈」，《異苑》更明言「穢貊之人，祭虎爲神」，可知虎被推崇至神靈的地位，若遇「曲直」無從斷定之事，則藉民情中認爲有靈性的動物，施予裁決權，使判決具有某一程度的權威性，也滿足了法所呈現的公正性，至於以鱷魚判人罪，或亦循相類似的思維而行事，因此，動物審案融合了動物有靈及動物崇拜的觀念。〔註53〕

此外，動物若觸犯偷盜行爲，亦見甘願伏罪者，如《異苑》卷9第12則：

> 晉南陽趙侯，少好諸異術。……侯有白米，爲鼠所盜，乃披髮持刀，畫地作獄，四面開門，向東長嘯，羣鼠俱到。呪之曰：「凡非噉者過去，盜者令止。」止者十餘，剖腹看臟，有米在焉。〔註54〕

「鼠」盜「趙侯」之「米」，聞趙侯「凡非噉者過去，盜者令止」之「呪」，則「止者十餘」，顯出動物犯侵盜之行亦願伏法之作爲。

（二）傳訊

動物會爲人傳遞家書，通以訊息，在人之眞誠對待下，常以眞心回饋，如祖沖之《述異記》第15則中，陸機待快犬「黃耳」「常將自隨」，因此人、犬之間頗能保有默契，加上黃耳「點慧，能解人語」，故當陸機「羈旅京師」，「久無家問」，快犬「黃耳」則爲主人「賫書馳取消息」，且長遠路程，「往返」費時僅「半月」，反較「人程五旬」更具效力。

動物爲活者傳訊，亦爲離開人世、身在異鄉的主人報喪，《列異傳》第14則，關內侯之子「獨行無伴」，卻「卒得心痛」客死異鄉，關內侯家「昔所失」之駿馬，卻似冥冥中知曉關內侯子遭遇不幸，引善心爲小主人「殯殮」之鮑宣至「關內侯家」「住宿」，關內侯因而得知兒子死訊及權置殯殮之所。駿馬對小主人之死若有所知，對從未謀面、幫小主人善心料理後事的鮑宣，也在鮑宣「至京師」即「隨之」，終將鮑宣引至關內侯家，使家人知曉生死大事，駿馬傳訊之能力，頗見靈性。

〔註52〕 （東漢）應劭：《風俗通義・祀典第八・桃梗、葦茭、畫虎》（臺北：臺灣商務印書館，1979年11月臺1版，《四部叢刊正編》第23冊），頁59。

〔註53〕 參張冠梓：〈初民的審判——神判〉，《東南文化》2003年第9期（總第173期）（2003年9月），頁55～58。

〔註54〕 （南朝宋）劉敬叔：《異苑》，《叢書集成新編》第82冊（臺北：新文豐出版股份有限公司，1985年元月初版），頁539。

（三）為人治病

六朝志怪筆記中，有動物能為人治病者，如《搜神記》卷 18 第 19 則云：

> 漢，齊人梁文，好道，其家有神祠，建室三四間，座上施皁帳，常
> 在其中，積十數年，後因祀事，帳中忽有人語，自呼高山君，大能
> 飲食，治病有驗。文奉事甚肅。〔註55〕

數年後，梁文發現以「高山君」自稱，出現於「神祠」者，乃「袁公路家羊」，
其能「治病」且「有驗」，顯出其在醫藥方面，或具有不少常識。

（四）哭喪

動物與人之間存有感情，有因朝夕相處而培養出者，如《幽明錄》第 245
則，益州刺史吉翰自從得一「青牛」，即「常自乘」並「恒於目前養視」，故
當吉翰「遘疾多日」，牛「不肯食」；及吉翰亡，牛「流涕滂沱」。要移動吉翰
遺體「還都」時，牛不肯先行，待吉翰之喪「下船」，牛乃「隨去」。青牛得
吉翰多時之照護，吉翰有疾，牛便無心飲食；吉翰喪亡，青牛則落於悲傷，
更堅持隨侍在後關照其身後事，其對吉翰的情義，顯然可見。

六朝志怪，有人生動物之奇事，其特殊之母子關係，亦見血濃於水的親
情，如《搜神記》卷 14 第 8 則，後漢定襄太守竇奉之妻生一子武，「並生一
蛇」，蛇雖為竇氏所生異物，卻為竇氏安置於適其生長之「野中」。竇氏妻亡，
「將葬」「未窆」之時，有一「大蛇」由「林草中」出，至棺前「委地俯仰」，
更「以頭擊棺，血涕並流」，「狀若哀慟」，「有頃」才離去。此大蛇知其母亡，
無可斬斷的生育之情，在蛇「擊棺」「哀慟」下表露無疑，骨肉至親不可離棄
之情感，在人與動物之間，亦深刻體現而出。

又如《搜神後記》卷 10 第 1 則，一「長沙」「浣衣」女子生下如「鯡魚」
之「蛟子」三，更將其「著澡盤水中養之」，雖「天暴雨水」時，三蛟「俱去」，
然「天欲雨」時，三蛟「輒來」。母子之間存在著心有靈犀的情感，女知三蛟
將來，「便出望之」，而「蛟子亦舉頭望母，良久方去」。「經年」之後，女亡，
三蛟「俱至墓所哭之，經日乃去」，且其「哭聲」，「狀如狗噑」。蛟與女子具
有濃厚的生養之情，日後蛟雖離母而去，母子間的情感，仍處處可見，雨水
來臨前，女子引領而望，蛟子則望母良久；女亡之時，三蛟墓前慟哭，「經日
乃去」，在在顯出深深繫連的親子情。

〔註55〕　（東晉）干寶撰；胡懷琛點校：《搜神記》（臺北：鼎文書局，1978 年 8 月初
　　　　版），頁 142。

（五）縱火

動物有出現縱火行為，危害居住之安全者，如《異苑》卷 9 第 4 則，為解決紀元龍家「頻失火」之苦境，管輅建議主人力請「駕黑牛故車」的「角巾諸生」留宿，遂找出縱火者：

> 主人罷入，生乃持刀出門外，倚兩薪積間，側立假寐。忽有一物直來過前，狀如獸；手中持火，以口吹之。生驚舉刀斫便死。視之則狐。自是主人不復有災。〔註56〕

「苦頻失火」之況，乃因「狐」「手中持火，以口吹之」所致。狐以危及安全之行，使紀元龍一家人生活堪虞，雖說狐擁有人類持火的技能，然其縱火行為，已嚴重影響到人類生活的安全。

（六）避賢官

中國自古即有敬重賢者之傳統，動物亦有因賢官在任，在其所轄境內不予危害的情形，如《搜神記》卷 11 第 11 則：

> 後漢，徐栩，……少為獄吏，執法詳平。為小黃令時，屬縣大蝗，野無生草，過小黃界，飛逝，不集。刺史行部責栩不治。栩棄官，蝗應聲而至。刺史謝令還寺舍，蝗即飛去。〔註57〕

徐栩為「獄吏」時，即有「執法詳平」之名聲，其為「小黃令」時，「蝗」則「過小黃界，飛逝不集」；刺史「責許不治」，栩「棄官」，蝗則「應聲而至」，待「刺史謝」，栩「還寺舍」，「蝗即飛去」。蝗不至小黃界，小黃即有免受蝗災之福，刺史之責，徐栩之棄官，致引來群蝗，顯出徐栩並無「不治」之實，蝗之避小黃界而不入，頗有推舉賢官之意。

綜觀「動物具人類特性」一節，動物呈現多方面貌，有會縱火、玩火害人，引發眾人危險的狐，顯現動物對人致生困擾的一面；有犯法伏法、知悉是非觀念的鼠，執法斷案、居於法官角色的虎及鱷魚；有能為人治病、在醫術上頗具聲名的羊；亦見能為主人傳遞家書、報喪的狗和馬；與其親近之人離開人世，則顯其悲傷難過的牛、蛇及蛟；得知賢官所轄區域，則不對其縣治造成災害的蝗。六朝志怪中的動物，除縱火的狐顯出狡獪之性，更多體現

〔註56〕　（南朝宋）劉敬叔：《異苑》，《叢書集成新編》第 82 冊（臺北：新文豐出版股份有限公司，1985 年元月初版），頁 539。

〔註57〕　（東晉）干寶撰；胡懷琛點校：《搜神記》（臺北：鼎文書局，1978 年 8 月初版），頁 80。

的是人類互遞訊息、維護公理、讚揚賢治、體恤他人的善心善舉，在動物故事中，六朝志怪動物的擬人化行為，融合人類文化，可謂爲人類社會關係及思想感情的縮影。

　　總覽六朝志怪筆記動物故事人情互動之情節，動物老而成精者，常化爲人形，遊戲人間，或干擾人之正常作息，或迷惑人之神智情感，或作崇駭人而令人心生畏懼，罹患魅病，甚或爲求自身利益或慾望之滿足，不惜犧牲無數人之性命，有人髮被髡者，更有家庭破碎者。諸如此類動物擾人之情節，肇原於動物有靈、物老爲精之觀念，致動物可以人形之姿，遊走世間；而動物以禍害角色呈現，實也暗含時局社會之混亂，當時人心之不安。

　　動物除爲精怪者有擾人之行，現實中的動物實則出現助人之舉。義無反顧「伸援救難」者，多爲主人畜養多年的家犬，一旦主人落難，家犬則展現奮力救助的行爲，顯出人畜間的情感。動物助人中，更多見者爲動物與人並不相識，卻主動伸予援手，如帝王將相、孝子賢良，皆爲動物幫助的對象，或引其避難，或助其克敵，或陪伴守護，透顯出敘事蘊含推崇善行的思想，並見加諸於君王賢能之神話功能。

　　動物存有感情，亦會有報恩報仇的行爲。當動物因傷病或生命受脅而得人之助，亦見其以食物、寶物、官爵等物質上之回饋，表其感恩之情。然當動物無故遭人所殺，甚或其親族慘遭殺戮，動物亦會有所反擊，表達其不平之氣，此間蘊含佛家眾生平等之念、善惡果報之觀，也見圖騰神不得侵犯之信仰。

　　在動物與人互動的敘事中，有動物與人成婚的情節，動物崇拜之圖騰概念，衍生如狗娶女而有蠻夷之國、猿與人生子而有楊姓子孫，將推原神話與動物作繫連。此外，則見平凡之人與動物成婚配，而其所育之子嗣，多與母親之本質相同，與猿生子之凡間女子，其子與人無異，而鳥、狸、龜之兒女，則不脫動物本質，然當爲母之人原形畢露，則家庭關係遭瓦解，動物顯形後或離去，或爲人殺滅，一切復又回歸成婚前的原始現狀，此一現象，顯現了平凡百姓對婚姻、家庭有所期待，卻無力達成，則以幻想方式，建構出虛幻的、可想見卻不可及的婚姻，道出時代動盪下平民內心的無奈。

　　動物可說是人之社會縮影，會執法的官員，展現法律的公平及權威；會傳訊的通報者，傳遞各在遠方家人間的訊息；能通醫術的治病者，可斷定症狀病灶；會放火的破壞者，則引發人類恐慌；亦有知賢助賢的配合者，總不在賢官治內製造蝗災。人類各方的特性，在動物中亦展現無遺。

　　奇幻世界中的動物，有具奇特外形、怪異徵狀，或呈巨型，或具異能，能變幻形體、預知未來、與人溝通，甚或在人之生活周遭，與人產生擾人、助人、報恩、報仇、成婚、傳訊等互動，動物與人之接觸，愈益接近、愈趨頻繁，動物也由如神話般遙遠不可及的異獸，轉而為人類身旁具情感起伏的有情者，六朝志怪筆記中的動物，幾與人類生活息息相關，有時更具有人之情感、智慧，呈顯出靈動形象。